김대산 新무협 판타지 소설
Fantastic Oriental Heroes

心 심
劍 검
誌 지

심검지 1

김대산 新무협 판타지 소설

초판 1쇄 찍은 날 § 2012년 9월 10일
초판 1쇄 펴낸 날 § 2012년 9월 17일

지은이 § 김대산
펴낸이 § 서경석

편집부장 § 권태완
편집책임 § 박우진
디자인 § 이혜정

펴낸곳 § 도서출판 청어람
등록번호 § 제1081-1-89호
등록일자 § 1999. 5. 31
어람번호 § 제2-2255호

주소 § 경기도 부천시 원미구 심곡2동 163-2 서경B/D 3F (우) 420-822
전화 § 032-656-4452 팩스 § 032-656-4453
http://www.chungeoram.com
E-mail § chungeorambook@daum.net

ISBN 978-89-251-3000-2 04810
ISBN 978-89-251-2999-0 (세트)

心劍誌

심검지

1 용(龍). 검(劍). 괴(怪)

김대산 新무협 판타지 소설

Fantastic Oriental Heroes

도서출판 청어람

目次

序

꼬물거리는 새끼 용(龍) 한 마리!
아주 작고 희미한 검 한 자루!
그의 내부에서 지금 그것들이 자라고 있다!

第一部

황촌지사(黃村之事)

第一章
황촌(黃村)

1

겨울이다.

멀리 사방의 높다란 산들은 죄다 머리에 흰 눈을 쓰고 있다.

다만 가까운 산등성이들은 초목이 드물었고, 온통 검은색이 도는 흙과 바위뿐이어서 황량한 풍경을 이루고 있다.

구불구불 이어지는 좁고 거친 산길에 때때로 불어 닥치는 골바람에는 이상하게도 훈훈한 열기가 떠돌았다. 또한 퀴퀴하고도 매캐한 냄새가 진하게 코끝을 자극했다.

"흠! 유황 냄새가 짙은 걸 보니 멀지 않은 곳에 화구가 있음직하구나."

사뭇 가파른 경사로 이어진 산길을 걸어 올라가고 있던 늙은이 하나가 잠시 멈춰 서서 사방을 둘러보며 혼잣말을 뱉었다.

노인의 행색은 남루해 보였다.

그러나 노인의 얼굴에는 보기 좋을 정도의 홍조가 감돌고 있었고, 온통 순백색인 쪽진 머리와 대체적으로 잘 정돈된 수염 등에서는 만만치 않은 연륜과 기품을 짐작해 볼 수 있었다.

그때였다.

우르릉!

멀리 어느 화구가 폭발이라도 일으킨 모양으로, 폭음에 이어 가볍게 땅이 울렸다.

노인이 손 그늘을 만들어 소리의 근원지가 됨 직한 먼 곳을 한번 가늠해 보고 나서 짐짓 길게 숨을 한번 들이켜고는 다시 걸음을 내디뎠다.

그런 노인의 허리는 꼿꼿해 보였고, 성큼성큼 내딛는 걸음걸이는 힘이 있고도 여유자적해 보여서 사뭇 늙은이답지 않은 강단마저 느껴졌다.

얼마나 더 걸었을까?

노인은 다시금 걸음을 멈추고 사방을 둘러보며 나직이 탄식을 뱉었다.

"허! 이런 황폐한 곳에도 마을이 있었던가?"

노인은 지금 주변이 온통 산으로 둘러싸인, 제법 험한 지세의 어느 산중턱 즈음에 서 있었는데, 산모퉁이 하나를 돌아 닿는 건너편의 완만한 산자락에 수십 채의 가옥이 옹기종기 모여 앉아 있는 광경이 보인다.

한참을 걸어가자니 길은 문득 제법 넓은 공터로 이어졌다.

그리고 공터의 중간 즈음에는 검은 빛의 집채만 한 바위 두 개가 나란히 잇대어져 있었는데, 마치 마을로 들어가는 길목을 지키는 수호신이나 되는 것처럼 자못 웅장해 보였다.

황(黃) 촌(村).

전면에 거친 필체로 각각 새겨진 글자로 보아 그 커다란 두 개의 바위는 아마도 마을의 표지석(標識石)인 모양이다.

그리고 그 표지석의 아래쪽 둘레로는 나지막하면서도 평평한 바위 여러 개가 빙 둘러 놓여 있었는데, 아마도 지나는 객들에게 지친 다리를 잠시 쉬어 가라는 살뜰한 배려로 보였다.

2

표지석 뒤편의 마을로 통하는 쪽에서 문득 인기척이 들려왔지만, 노인은 잠시간 다리만 쉬었다가 스쳐 지나갈 과객의 처지로서 굳이 아는 체는 하지 않기로 했다.

그렇지만 노인은 이내 입가에 빙그레 웃음기를 떠올리고 말았다.

보지 않아도 곧장 알 수 있었던 것이다, 표지석 너머의 그 인기척의 주인공이 한 쌍의 젊은 남녀리는 것을.

그리고 벌써부터 풋풋한 젊음의 향기가 사방을 온통 상큼하게 만드는 것만 같아서 노인은 결국 못 이긴 체 눈을 두 개의 바위가 맞붙은 사이의 작은 틈새에다 가져다댔다.

여인은 짐짓 토라진 듯이 팔랑팔랑 앞서 걸어오고 있었고, 청년은 멋쩍은 듯하면서도 의젓하고도 여유있는 걸음걸이로 뒤를 따르고 있었다.

아직은 한참이나 떨어진 거리였지만, 노인의 안력은 무척이나 밝아 그 한 쌍의 남녀를 비교적 자세히 살펴볼 수 있었다.

여인은 이제 열다섯쯤이나 되었을까? 여인이라기보다는 아직 소녀의 느낌이다.

그러나 옥색 치마저고리를 정갈하게 차려입은 그녀는 제법 미려한 자태를 뽐내고 있었다.

"좋구나. 여인으로서 더할 수 없이 귀한 기질을 타고났구나."

노인이 감탄하며 나직이 중얼거렸다.

이어 청년에게로 향한 노인의 시선에 다시금 이채가 담겼다.

"허!"

이번에 노인은 차라리 탄식을 뱉어냈다.

백의장삼을 멋들어지게 차려입은 청년은 스물 안팎으로 보였는데, 훤칠한 키에 보는 이의 눈을 시원하게 만들 만큼의 수려한 용모를 지니고 있다.

그러나 노인이 경이롭게 훑고 있는 것은 청년의 용모가 아니라 신체 전반이었으니, 곧 탄탄한 어깨와 가슴, 여인의 것인 양 늘씬한 허리선, 그리고 쭉쭉 길게 뻗은 양팔, 단단한 하체 등이다.

'어쩌면 그 아이와도 능히 견줄 만하겠다.'

언뜻 그런 평가를 떠올리고는 노인은 새삼 놀라워했다.

그가 알고 있는 '그 아이'야말로 천하에 다시없을 기재임을 여태껏 단 한 번도 의심해 본 적이 없거늘, 이제 이런 궁벽한 곳에서 능히 그 아이와 견줄 만한 또 하나의 천하기재를 만날 줄이야!

불쑥 치솟는 흥분과 들뜸, 실로 오랜만에 맛보는 그 느낌에 대해 노인은 잠시간 느긋하게 즐겨 볼 마음이 되었는데, 다분히 의도적인 그러한 방만은 이어서 문득 약간의 짓궂은 충동까지 불러일으켰다.

노인에게 그런 것은 가히 파격이라고 할 만하였다.

그러나 노인은 오늘 이상하게도 그런 파격에까지도 기꺼이 한번 젖어볼 마음이 되었다.

다만 다리를 쉬는 잠깐 동안만이다.

그리고 그의 이러한 충동과 파격은 어디까지나 저 한 쌍의 젊은 남녀가 지닌 귀하고 빼어난 자질이 능히 그의 호기심을 불러일으킬 만하기 때문이다.

이윽고 그 한 쌍의 남녀가 표지석 너머의 바로 가까이까지 다가왔을 때 노인은 기척을 죽였다. 그리고 기왕에 발동된 스스로의 주책과 엉큼함을 짐짓 한 번 더 탓하면서도 정작은 슬그머니 귀를 기울였다.

표지석 너머에서 남녀가 옥신각신 실랑이를 시작했다.

그러나 노인이 처음부터 그들 남녀의 세세한 대화 내용에까지 관심이 있었던 것은 아니고, 더욱이 언뜻 듣기에 그들의 얘기는 밑도 끝도 없이 서로 밀고 당기는 것에 불과했기에 그저 느긋하게 흘려듣고만 있을 뿐이다.

그런데 그러던 중이다.

"심전(心田) 오라버니! 이 사람 좀 봐!"

소녀가 갑자기 외쳤는데, 그 목소리가 돌연히 화가 난 듯이,

혹은 억울함을 호소하는 듯이 뾰족했다.

노인이 짐짓 혀를 차는 심정이 되며 귀 대신 눈을 바위틈에다 가져다대었다.

사실 노인은 마을로부터 나오는 또 하나의 기척을 진작부터 눈치채고 있었다. 그리고 그 기척이 그의 오랜만의 주책스러운 유희를 깨지 말기만 바라고 있었는데, 이윽고 그것이 그의 유희 속으로 끼어들고 마는 형국이 되자 그제야 그 새로운 존재에 대해서도 또 약간의 호기심이 슬그머니 생기는 것이다.

노인의 시야에 급하게 뛰어오고 있는 사람 하나가 잡혔다.

열대여섯 살이나 되었을까?

아직은 청년의 모습을 내지 못하고 있는 그 허름한 옷차림의 소년에 대해 노인이 짧은 순간이나마 그가 감탄해 마지않았던 백의 청년과 비교를 해본 것은 어쩔 수 없는 일이다.

그리고 노인은 천천히 고개를 끄덕였다.

평범했다. 백의 청년에 비하자니 그 소년은 너무도 평범했다. 용모도, 신체도, 느낌도 특별할 것이 전혀 없어서, 그리하여 온전한 그 평범함이 오히려 특징적이라 할 수 있을 만큼.

사실은 당연히 그래야만 하는 것이다. 이 궁벽한 산촌에서 그를 감탄시킬 만한 기재가 한꺼번에 셋이나 등장할 수는 없는 일이 아닌가? 그 지극한 당연함이 노인으로 하여금 절로 고개를 끄덕이게 만든 것이다.

"아씨! 무슨 일이십니까?"

잠깐의 급한 뜀박질에 숨을 헐떡이며, 그런 중에 다시 경계와 흥분으로 잔뜩 붉어진 얼굴로 소년이 물었다.

"오라버니! 이 사람이 자꾸만 괴롭혀!"

그러나 달려온 기세와는 달리 소년은 당장에 청년에 대해 무어라 말을 하지는 못하는 모습이다. 혹은 이미 청년이 누구이며 또 소녀와 어떤 사이인지에 대해 알고 있는 듯이, 그래서 벌써부터 주눅이 들고 만 듯이 보이기도 했다.

그렇더라도 소년은 곧장 소녀의 앞을 막아서며 양팔을 벌렸고, 소녀는 재빠르게 소년의 등 뒤로 숨어들며 짐짓 몸을 움츠렸다.

청년은 가볍게 실소하는 한편으로 찬찬히 소년을 살피는 모습이다.

그런 청년의 시선과 마주하며 비록 잔뜩 긴장한 얼굴이었지만 소년의 붉게 변한 얼굴에는 자신의 몸으로라도 소녀를 지키겠다는 단단한 결의가 가득해 보였다.

잠시간 소년을 살핀 청년이 문득 싱긋한 미소를 떠올렸다.

"너는 누구냐?"

청년의 그 물음에서 적의는 느껴지지 않았다.

그러나 청년의 느긋한 여유와 더욱이 대뜸 하대하는 말투만으로도 소년은 그대로 멈칫 굳어버리고 마는 모습이다.

"나는… 나는 이심전(李心田)이오!"

사뭇 떨려 나오는 소년 이심전의 목소리에 청년이 가볍게 실소하며 다시 말했다.

"너의 이름을 물은 것이 아니라 초혜(草蕙)와 어떤 관계인지를 묻고 있는 것이다!"

"나는… 초혜 아씨와…….."

청년의 기세에 완전히 눌린 때문인지, 대답이 궁해진 것인지 이심전은 제대로 말을 잇지 못하였다.

그에 청년이 한층 부드러운 투로 다시 말했다.

"이봐, 이심전! 초혜와 할 애기가 남았으니 잠시 자리를 좀 비켜주겠나?"

그러나 이심전은 당황해하면서도 벌려 뻗은 팔을 내릴 기색은 아니었다.

"흥!"

소녀 초혜가 청년을 향해 짐짓 매섭게 코웃음을 치고는 얼른 이심전의 손을 잡아끌었다.

"심전 오라버니, 나는 저 사람과 할 애기 없어. 그러니 우리는 그만 마을로 돌아가."

청년이 짐짓 어이없다는 듯한 표정으로 초혜를 보며 물었다.

"초혜, 너는 지금 정혼자인 내 앞에서 감히 다른 남자의 손을 잡은 것이냐?"

그러자 초혜가 차갑게 톡 쏘았다.

"누구 마음대로 사운(獅雲) 공자가 벌써 제 정혼자가 된 것인 가요?"

"하하하! 이미 우리 집에서 너희 집으로 사주단자(四柱單子)가 갔고, 그에 대해 너희 집에서 우리 집으로 택일단자(擇日單子)를 보냈거늘, 그럼에도 내가 아직 너의 정혼자가 아니란 말이냐?"

"그러나 혼서(婚書)와 혼수(婚需)를 받는 납폐(納幣)의 절차가 아직 행해지지 않았으니 양가의 혼약(婚約)이 완전히 이루어졌다고는 할 수 없는 것이지요!"

청년 사운이 문득 정색을 하였다.

"음! 너의 그런 말은… 나와의 정혼을 탐탁하게 여기지 않는 다는 뜻이로구나! 좋다! 사실이 그렇다면 나는 지금 당장……."

사운이 뒷말을 줄이며 얼굴 표정을 무겁게 굳혔는데, 그런 중에도 슬쩍 초혜의 표정을 살피는 것이다.

그런데 그때 초혜의 얼굴이 갑자기 하얗게 질리며 두 눈에는 금세 눈물이 차오르는 것을 보고는 사운이 얼른 표정을 풀며 급하게 말을 이어냈다.

"나는 지금 당장 납폐를 행하도록 가친을 졸라야겠구나!"

"아아, 사운 공자! 당신은 정말……!"

하얗던 얼굴을 금세 발갛게 상기시키며 초혜가 가늘게 떨리는 소리를 뱉어냈다.

사운이 빙그레 웃으며 성큼 초혜에게로 다가섰다.

그런데 여전히 초혜의 앞을 막아서 있던 이심전은 크게 당황한 기색이면서도 미처 비켜줄 생각까지는 하지 못한 듯이 엉거주춤 양팔을 벌린 채로 버티고 서 있었다.

"눈치없는 녀석이로구나."

사운이 나직이 뱉으며 슬쩍 이심전의 손을 낚아채 한쪽으로 끌어당겼다.

그런데 사운이 다만 부드럽게 한쪽 옆으로 당기려고 했던 것인데, 막상 이심전은 크게 휘청거리며 세 걸음을 급하게 내딛고 나서야 겨우 몸의 중심을 잡고 서는 것이다.

그러고도 이심전의 얼굴에는 크게 놀란 기색이 그대로 드러나 있는데다 초혜가 급하게 달려가 그의 팔을 부축하는 바람에 사운은 그만 멋쩍은 표정이 되고 말았다.

"사운 공자, 심전 오라버니는 어릴 때부터 저와 같이 자라서 친오라버니나 마찬가지예요!"

그 말이 방금 전의 거친 행동에 대한 질책처럼 들렸기에 사운이 얼른 웃어 보이며 이심전에게 말했다.

"네가 초혜와 그처럼 가까운 사이이고 또한 오늘 초혜를 위하는 마음을 직접 보았으니 앞으로는 나와도 가까이 지내도록 하자. 음, 내가 너보다는 몇 살 위인 것 같으니 형이라고 불러도 좋겠고."

"와! 그러면 좋겠네요!"

초혜가 크게 기뻐하며 이심전의 팔을 잡아당겼다.

"심전 오라버니, 그렇게 해. 사운 공자는 무공이 굉장히 뛰어나. 그러니까 오라버니가 사운 공자를 형으로 두게 된다면 앞으로 우리 황촌 마을에서는 물론이고 산 아래 큰 마을에서까지도 누구도 오라버니를 괴롭히지 못할 거야."

그리고 초혜는 다시 좋은 생각이 들었다는 듯이 재빨리 덧붙였다.

"아니지. 그럴 게 아니라 사운 공자에게 무공을 가르쳐 달라고 하는 게 어때?"

빙그레 웃으며 듣고 있던 사운이 하하하, 웃고 나서 흔쾌한 표정으로 이심전에게 말했다.

"좋다, 너는 몸이 몹시 유약한 것 같으니 네가 나를 형이라고 부른다면 앞으로 틈나는 대로 네게 맞는 몇 가지 무공 재간을 가르쳐 주도록 하마."

그러나 이심전은 고개를 숙이고 묵묵히 땅바닥만 보고 있다. 그런 모습에서 그는 딱히 반발하는 느낌은 아니었으나, 그렇다고 쉽사리 승복하는 것 같지도 않아 보였다. 마치 사운에게 감히 반발하지는 못하되, 초혜 앞에서 그 나름의 최소한의 자존심은 지키고 싶어하는 것처럼.

"하하하! 지금 당장이 어색하다면 다음에 만날 때부터 그렇게 하는 걸로 하지."

이심전을 향해 말한 사운이 이번에는 초혜를 보며 농담처럼 슬쩍 던졌다.

"어쩌면 오늘 중으로 다시 와야 할지도 모르겠는걸."

그 말에 초혜의 얼굴이 금세 발갛게 물들었다.

"하하하!"

호탕하게 소리 내어 웃으며 사운이 성큼성큼 표지석을 돌아나갔다.

3

"네 이름이 사운이라고 했더냐?"

표지석 바로 뒤쪽에 앉아 있다가 불쑥 물어오는 노인에 대해 사운은 크게 놀라고 말았다.

그리고 놀람은 곧바로 삼엄한 경계로 이어졌다. 그처럼 가까운 곳에 사람이 있었는데도 내내 어떤 기척도 느끼지 못하였다는 데 대해.

"노인장은 뉘신데 초면에 함부로 남의 이름을 거론하시는지요?"

당황한 중에도, 더욱이 자신이 일부러 약간의 기세를 돋우고 있는 중임에도 조금도 의연함을 잃지 않고 오히려 당차게, 마치 무례함을 따지는 듯이 되묻는 사운에 대해 노인의 하얀 눈썹이 일시 꿈틀하였다.

그러나 노인은 이내 부드럽고 온화한 표정으로 되었다.

사운의 모습에서 오만에 가까울 만큼의 당당함을 보았기 때문이고, 이어 그것이 예전의 즐거웠던 기억 하나를 문득 떠오르게 만들었기 때문이다.

노인의 짧은 회상 속에서 몇 마디의 대화가 빠르게 스쳐 지나갔다.

4

"네 이름이 무엇이냐?"

웃으며 하는 그의 물음에 그 당찬 어린아이는 눈빛을 똑바로 세우며 대답했다.

"당신부터 말하면 말해줄게!"

"당신이라……. 허허허! 내가 네 할아비니라!"

어린아이가 귀여운 입술을 한번 야무지게 다물더니 한쪽 옆에 공손한 자세로 서 있는 반백의 중노인을 가리키며 말했다.

"거짓말! 내 할아버님은 저기 계시는걸."

"흠! 네 할아비가 내 아들이라면?"

그러자 어린아이는 중노인을 보며 눈빛으로 물었다.

중노인이 조심스럽게 고개를 끄덕이자, 어린아이는 곧장 그를 향해 꾸벅 절하며 또랑또랑한 목소리로 인사를 차렸다.

"운아(雲兒)가 증조할아버님을 뵙습니다!"

마치 좀 전까지의 일은 없었던 것으로 치고, 다시 관계를 시작한다는 듯이 어린아이는 영악스러웠다.

5

'그러고 보니 정처없이 세상을 떠돈 지 어느덧 이십 년의 세월이 흘렀구나. 그 맹랑하던 다섯 살 꼬마 녀석은 지금쯤 어떻게 변하였을꼬.'

노인의 회상이 거기까지 이르렀을 때 문득 고운 목소리 하나가 퍼뜩 그를 회상에서 벗어나게 했다.

"사운 공자, 무슨 일이에요?"

잰걸음으로 표지석을 돌아 나온 초혜가 사뭇 의아하다는 얼굴로 노인과 마주 서 있는 사운의 곁으로 다가왔다.

뒤이어 이심전이 또한 표지석을 돌아 나왔으나 선뜻 다가오지는 못하고 그 자리에 멈춰 섰는데, 그런 그의 얼굴은 시뭇 풀이 죽어 있는 채였다.

능사운이 갑자기 손을 잡아 가볍게 이끄는 바람에 초혜는 움찔 놀라고 말았다.

그러나 그녀는 이미 능사운이 노인에 대해 보이는 경계와 신중을 눈치채었기에 말없이 그가 이끄는 대로 따랐다.

능사운은 초혜의 손을 잡아 이끈 채로 곧장 마을 쪽을 향해 걸었다. 초혜를 마을까지 데려다주려는 것이다.

두 남녀가 저 멀리 사라질 때까지 노인은 내내 엷은 미소를 띤 채 바라보고만 있었다.

이심전도 망연히 마을 쪽을 바라보고 서 있었다.

그런 모습에서 두 노소 사이에는 묘하게도 어떤 종류의 동질감 같은 것이 느껴지는 것 같기도 했다.

6

목적했던 일을 끝내고 떠나기 전에 사운이라는 청년을 한 번 더 찾아보리라고 마음을 정하고 나서야 노인은 이윽고 이심전에게로 관심을 돌렸다.

"너는 이곳 주변의 화산에 대해 잘 아느냐?"

"예?"

이심전의 그 불분명함 내지는 약간의 흐릿함에 대해 노인은 가볍게 미간을 좁히며 다시 물었다.

"혹시 이 근처에 용암을 볼 수 있는 장소가 있느냐?"

"화구(火口)… 라면 몇 군데가 있긴 합니다만……."

"좋다, 나는 화구를 구경하고자 하니 너는 그 몇 군데 중에서 가장 큰 곳으로 나를 안내해 줄 수 있겠느냐?"

"지금 말입니까?"

이심전의 그 반문을 듣고서 노인은 문득 사방을 둘러보았다.

서편의 높다란 산봉우리 너머로 어느덧 뉘엿뉘엿 해가 넘어

가고 있는 중이었다.

그리고 사방을 둘러싸고 있는 산들로부터는 성급하게도 어둑한 기운이 몰려 내려오고 있었다.

"허!"

노인은 가볍게 탄식했다.

지금이라도 서두르면, 아니, 밤중이라도 굳이 하고자 하면 못할 것은 아니로되, 잠깐 생각해 보니 굳이 그럴 필요까지는 없고 그럴 마음도 들지 않는다.

"네 집이 어디냐? 내일 아침 일찍 너를 찾아가도록 하마."

이심전이 잠시 망설이는 기색이더니 마지못한 듯이 대답했다.

"저희 집은 마을에서 외떨어져 있어서……."

노인이 가볍게 실소하고 나서 내처 몰아가듯이 말했다.

"작은 산촌에서 집 하나 찾는 일에 무슨 어려움이 있겠느냐?"

그리고 노인은 소매 안에 달린 주머니에서 은자 한 냥을 꺼냈다.

"이것은 내일의 네 수고에 대해 미리 사례를 하는 것이니 받아두어라."

"아, 아닙니다!"

이심전이 급하게 고개를 가로저었다.

"어찌 마다하느냐? 한 냥으로는 적다는 것이냐?"

노인이 짐짓 소매 속으로 다시 손을 넣는 시늉을 하자 이심전이 이번에는 펄쩍 뛰다시피 하며 두 손을 내저었다.

"아닙니다! 그런 것이 아니라……."

"허! 그런 것이 아니라니, 그럼 무엇이 문제란 말이냐?"

"화구 주변은 몹시 뜨거운데다 독기가 심해 바로 가까이까지는 다가갈 수가 없습니다."

"상관없다. 너는 다만 노부를 그 화구가 보이는 곳까지만 안내해 주면 되느니라."

"그러나… 기껏 그런 정도의 수고로 은자를 받을 수는 없습니다."

"허!"

노인은 문득 약간의 당혹스러움에 빠지고 말았으나, 이내 다시 말을 꺼냈다.

"네 생각이 정히 그렇다면 이렇게 하면 되겠구나. 생각해 보니 노부가 이 근처에 달리 머물 곳이 마땅히 있지도 않은 터이고, 또한 기왕에 이렇게 인연이 되었으니 오늘 밤은 너희 집에서 머물었으면 싶은데, 어떠하냐? 물론 너희 집 어른들께는 다시 허락을 구해봐야겠지만 말이다."

이심전이 잠깐 생각하고 나서 공손히 대답했다.

"마침 저희 가친께서 며칠간 출타 중이시라 집에는 저 혼자뿐입니다. 하니 어르신께서 저희 집이 편하겠다 여기신다면 그리하십시오."

노인은 새삼 자세히 이심전의 얼굴을 살펴보았다. 이런 궁벽하기 이를 데 없는 산촌의 어린 소년치고는 이심전의 말하는 품이 사뭇 진중하다 싶은 생각이 문득 든 때문이다.

그리고 노인은 빙그레 웃으며 두 냥의 은자를 이심전의 손에 쥐어주었다.

"이제는 받아두어도 좋을 것이다. 너희 집에서 하룻밤을 머물게 되었으니 오늘 저녁과 내일 아침밥까지 신세를 져야 할 게 아니냐? 그러자면 이 두 냥의 은자가 결코 과하다고 할 수는 없을 터이다."

이심전이 잠깐의 머뭇거림 끝에 은자를 받아 드는데, 그런 그의 얼굴이 사뭇 들뜬 기색으로 되는 것을 보고 노인은 다시금 빙그레 미소 지었다. 소년에게 은자 두 냥이 얼마만큼의 큰 가치일지 능히 짐작이 되는 까닭이다.

이심전이 앞장서 노인을 안내하여 떠난 뒤 어둑한 정적 속에는 표지석만이 우뚝 서 있었다.

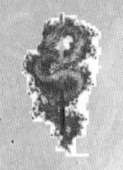

第二章
혈룡사(血龍沙)

1

이심전의 집은 마을에서 이삼 리 정도 떨어진 산자락 위쪽에 외따로이 있었다.

집까지 오면서 이심전의 부친이 사냥꾼 일을 주로 한다는 얘기를 들었거니와, 미리 얘기를 듣지 않았다고 하더라도 집의 사방 벽과 처마 아래로 여기저기 널려 있는 산짐승의 가죽이며 마른 고깃덩어리만으로도 노인은 그런 사실을 능히 짐작할 만했을 것이다.

귀틀집이었다. 통나무의 형체가 고스란히 드러나 있는 벽 사이사이의 틈새는 흙으로 거칠게 메워져 있었고, 지붕은 두꺼운 나무껍질 같은 것들로 얼기설기 이어져 있었다.

집의 구조는 단출하기 그지없었다. 부엌 딸린 방 한 칸에 그 옆에 바짝 붙어 있는, 아마도 헛간 겸 창고로 쓰는 듯한, 문도 없이 가마니를 두어 장을 쳐 놓은 흙벽의 작은 공간 하나가 다였다.

"이 방을 쓰도록 하십시오."

이심전이 가리키는 곳이 그 집의 유일한 방이었기에 노인은 물어보지 않을 수 없었다.

"노부가 이 방을 차지하면 너는 어떻게 하려느냐?"

이심전이 아무렇지도 않다는 듯이 다른 쪽을 가리키며 대답했다.

"저는 저곳에서 자면 됩니다."

예의 그 가마니가 쳐진 곳이었다.

노인이 빙그레 웃으며 고개를 가로저었다.

"허허허! 어찌 객이 주인을 내치고 안방을 차지할 수 있겠느냐?"

그러나 이심전은 사뭇 차분하게 대답했다.

"제게 은자를 주셨으니 방을 내드리는 것은 당연한 일입니다."

소년의 그 말에서는 은연중에 나름의 소신과 고집 같은 것이 엿보이는 듯도 하여 노인은 마지못해 일단은 고개를 끄덕인 후 빙그레 미소 지으며 다시 말했다.

"그럼 노부가 이 방을 쓰도록 하마. 그러나 애야."

"예, 어르신."

"나 같은 늙은이들은 낯선 곳에서 하룻밤을 지내는 게 쉽지만은 않은 노릇이란다. 이를테면 자다가 갈증이 나면 물 한 대접을 부탁할 사람이 필요할 수도 있고, 혹은 늦게까지 잠을 이루지 못할 때는 몇 마디 실없는 말이라도 건넬 친구가 아쉬울 수도 있는 게지. 그래서 말인데, 너는 다소간의 성가심을 무릅쓰고라도 오늘 밤 이 늙은이의 친구가 되어주지 않겠느냐?"

노인이 그렇게까지 말을 하는 데야 이심전이 마다할 수는 없어서 꾸벅 고개를 숙이며 대답했다.

"예, 어르신께서 그러시다면 말씀대로 하겠습니다."

2

방은 어른 두 명도 여유있게는 눕지 못할 만큼 좁았고, 가구라곤 두어 채의 누더기 이불이 단정히 개어진 채 동그마니 올라 있는 작은 나무 궤짝 하나가 전부였다.

딱히 할 말을 찾지 못해 잠시간 어색한 침묵을 지키던 중에 노인은 문득 그 나무 궤짝 옆에 십여 권의 서책이 쌓여 있는 것을 보았다. 그리고 그것이 지금까지의 그의 느낌과는 사뭇 어울리지 않는다는 데서 불쑥 말을 꺼냈다.

"저 서책들은 네 것이냐?"

"예."

"하면, 글을 읽을 줄 안다는 말이렷다?"

"어릴 때 잠시 배운 적이 있어서 겨우 읽고 쓸 정도는 됩니다."

이심전이 쑥스러운 기색으로 대답했기에 노인이 빙그레 웃으며 다시 물었다.

"이런 궁벽한 산촌에 살면서 자식에게 글을 가르치기란 실로 쉽지 않은 일일 터인데… 혹시 네 부친은 본래 외지에서 살다가 무슨 사정이 있어서 이곳으로 들어온 것은 아니더냐?"

"아닙니다. 저희 집은 대대로 이 마을에서 살아왔고, 가친께서는 글을 알지 못하십니다."

"오, 그래? 그렇다면 너는 누구에게 글을 배울 수 있었느냐?"

"촌장어른께 배웠습니다."

"마을에 촌장이 따로 있더냐?"

"예. 저희 황촌 마을의 제일 웃어른이신데, 심전이라는 제 이름도 그분께서 지어주셨다고 합니다."

"그랬구나. 한데 심전이라고 하면… 혹시 마음의 밭이라는 뜻이더냐?"

"그렇습니다."

"흠!"

노인이 짐짓 뜻을 새겨보는 시늉이자, 이심전이 조금은 조심스럽게 말을 이었다.

"밭을 갈 듯이 늘 마음을 일구고 가꾸며 살라는 뜻에서……."

그에 노인이 다시금 새겨보는 시늉이다가는 문득 가볍게 웃으며 말했다.

"허허허! 참으로 심오한 뜻이 담긴 이름이로구나."

그리곤 이내 그러한 대화에 식상해진 듯이 노인은 그 십여 권의 서책을 무릎 앞으로 당겨왔다.

"그래, 너는 이 책을 다 읽었느냐?"

괜스레 이리저리 서책을 뒤적거리던 노인이 불쑥 물었다.

"예. 혼자 있을 때면 그냥 심심풀이 삼아서……."

"흠!"

노인이 짐짓 감탄스럽다는 듯 시늉을 했지만, 기실 서책들은 그저 그러저러한 것들이었다.

도회지에서라면 소년보다 훨씬 더 어린 나이에 이미 다 읽었을 아주 기초적인 책들이었고, 더욱이 그것 중 몇 권에는 소년이 보기에는 그리 적절치 못하다 할 잡스러운 내용이 기술되어 있기도 했다.

아마도 일자무식인 이심전의 부친이 글을 익힌 아들을 위하는 마음에서 이런저런 경로로 구해다 놓은 것들일 텐데, 그러다 보니 잡다한 것들까지 섞인 듯했다.

심지어 무공에 관한 책도 한 권이 섞여 있었는데, 그 내용이 그야말로 수박 겉 핥기 식인 다가 얼토당토않은 잠언들까지 남발되어 있는 것을 보고는 노인은 절로 새어 나오는 실소를 참기 어려울 정도였다.

노소간에 대화가 다시 끊기고, 노인은 계속 책장을 뒤적이고만 있었다.

그러나 노인의 눈은 벌써부터 서책의 내용을 보지 않고 있었고, 대신 스스로의 사념 속으로 점점 깊숙이 빠져들고 있는 중이었다.

이심전도 그런 눈치를 챘는지 방해가 되지 않으려 조용히 침묵을 지키고 있었다.

3

노인은 그 한 줌의 핏빛 모래에 대한 생각에 몰입해 있는 중이었다.

그 한 줌의 핏빛 모래는 지금 바로 그의 품속에 있는 작은 홍옥병 안에 들어 있다.

그 핏빛 모래에는 한 가지 기이하고도 놀라운 전설이 깃들어 있었다.

오랜 세월 세상의 은밀한 전설로 전해 내려온 그 신비의 모래에 대해 사람들은 그저 추운 겨울밤 화톳불 곁에서 할아버지가 옛날얘기를 조르는 손자에게 해주고, 그리고 그 손자가 할아버지가 되어 다시 손자에게 해주며, 어느덧 수천 년의 세월을 전해온, 말 그대의 전설로 치부했다.

그러나 시대를 막론하고 일부의 사람들은 그 전설에 대해 단순한 흥미를 넘는, 유난한 관심을 가지고 세상을 헤집고 다니기도 했다.

그런데 그 일부의 사람 중 정말로 드물게는 핏빛 모래를 실제로 찾아낸 사람들도 있었다. 물론 그들이 찾아낸 핏빛 모래가 정말로 전설에서 말하는 그 핏빛 모래인지는 누구도 확인해 줄 수 없는 일이었지만.

노인도 그런 사람들 중 하나였다. 실제로 핏빛 모래를 찾아낸 사람.

더욱이 노인은 자신이 찾아낸 핏빛 모래가 바로 전설의 그 핏빛 모래, 혈룡사(血龍沙)임을 확신하였다. 그리하여 지난 수천 년간 누구도 풀지 못한 그 신비의 전설을 풀기 위해 이미 꽤나 오랜 시간을 진력해 오고 있는 중이다.

그러나 온갖 시도 끝에 노인이 내린 결론은 혈룡사에 어떤 신비가 숨어 있다는 것은 분명해 보이는데, 그것이 사람의 힘으로는 도저히 취할 수 없다는 것이다.

노인은 결국 혈룡사를 아예 이 세상에서 없애 버리기로 작정했다. 자신이 가지지 못하는 이상 그 어떤 만약의 경우에도 그 신비가 다시는 세상에 나오지 못하도록, 그리하여 그 어느 누구도 그 신비를 가지지 못하도록, 나아가 아예 전설로라도 그 신비가 더 이상 존재하지 않게 하려는 욕심이었다.

사실 노인은 혈룡사를 없애 버리기 위해 이미 여러 가지의 시도를 해본 바였다.

바람이 세차게 부는 날 혈룡사를 공중에다 흩뿌려도 보았고, 격랑을 일으키며 흐르는 강물에다 부어도 보았다.

그런데 허사였다. 기이하게도 한 식경 정도가 지나고 나면 혈룡사는 어김없이 홍옥병 안으로 돌아와 있었던 것이다. 그런 것은 병의 마개를 닫아놓아도 마찬가지였다.

심지어 노인은 혈룡사를 아예 녹여 버리려는 시도를 하기도 했다. 사실 그는 바위나 강철도 한 줌의 물로 녹여 버릴 만한 능력을 지니고 있는 사람이었다.

그러나 노인은 역시 실패하고 말았다. 혈룡사는 그의 손바닥 사이에서 녹는 대신에 아예 타버려서 한 무리의 붉은 연기로 화해 공기 중으로 흩어졌으나, 역시나 한 식경 뒤쯤에는 홍옥병 안에 원래의 핏빛 모래 그대로 얌전히 쌓여 있었던 것이다.

기이하다고밖에 할 수 없는 그런 기현상들은 역설적으로 노인으로 하여금 그 핏빛 모래가 어떤 신비를 지니고 있다는 확신을 더욱 확고하게 만들었기에 노인은 이윽고 마지막 선택으로 세상과 동떨어진 이곳 화산 지대까지 오게 된 것이다.

혈룡사를 화산의 용암 속에 쏟아부어 버리고 나서 홍옥병 또한 가루로 바수어 용암 속으로 던져 버릴 작정이었다.

혈룡사가 불괴지물(不壞之物)이라 용암 속에서도 녹지 않을지 모르나, 홍옥병을 부수고 그 가루마저 용암에 녹여 아예 돌아올 곳 자체를 없애 버리려는 것이다.

아니, 설령 홍옥병마저도 불괴지물이라고 할지라도 그것들이 화산의 용암 깊숙한 속으로 묻힌 이상에는 결코 다시는 세상 밖으로 나올 수 없을 것이다.

4

노인은 품속에서 비단 주머니 하나를 꺼내 손바닥 위에 올려놓고는 가만히 쓰다듬었다.

'이제 다가올 아침이면 지난 수천 년 세월 동안 이 세상에서 가장 위대했던 전설 하나가 영원히 사라지고 말 것이다. 그러니 이제 마지막으로 그 전설을 감상해 보는 지금의 이 순간이야말로 그 얼마나 장엄한 시간일 것인가?

노인은 저절로 엄숙해지는 심정을 금하지 못하였다.

그러던 중에 노인은 살짝 곁눈질로 보는 이심전의 눈길을 접하고는 별다른 의미 없이 그냥 빙그레 웃음을 지어주었다.

그런데 이심전은 멋쩍은 듯이 웃는 듯 마는 듯 애매한 얼굴이 되면서도 여전히 비단 주머니에서 시선을 떼지 못하였고, 그런 그의 두 눈에서는 짙은 호기심이 비치고 있었다.

노인은 다시금 가볍게 실소하고 말았다. 그런데 다음 순간 그는 문득 한 가닥의 짙은 아쉬움을 느꼈다.

'이 위대하고도 장엄한 순간을 나 홀로 맞는다는 것은 너무나도 안타까운 일이 아니겠는가?'

그것이 조금 전까지만 해도 전혀 생각해 보지 못했던 의외의 느낌이라는 데 대해 노인은 언뜻 당혹스러워지고 말았다. 그러나 그러한 당혹은 이내 전혀 생각해 보지 못했던 의외의 흥취로 바뀌는 것이었다.

"이 주머니 안에 무엇이 들었는지 궁금한 것이냐?"

노인의 물음에 이심전의 두 눈이 반짝 빛을 발했다. 그러나 그는 그렇다고 냉큼 대답하지는 못하고서 그저 쑥스러운 웃음만 지을 뿐이다.

노인은 담담히 웃으며 비단 주머니의 입구를 조인 끈을 느슨하게 풀고는 그 안의 물건을 꺼냈다.

모습을 드러낸 것은 하나의 옥병(玉甁)이었다.

투명하도록 밝고도 붉은 광채를 은은하게 뿜어내는 그 병의 표면을 가만히 들여다보고 있자니 마치 깊이를 알 수 없는 무저(無低)의 수면이 잔잔히 일렁이는 듯이 신비롭기 그지없어서 그대로 사람을 빨아들일 것만 같은 느낌에 사로잡히고 마는 것이다.

"아~!"

홍옥병의 신비로움에 순간적으로 빠져들고 만 듯이 이심전이 나직한 탄성을 토해냈다.

순간 노인의 흥취는 더욱 짙어졌고, 나아가 문득 가벼운 유희 하나를 즐겨볼 충동까지 일으키게 되었다.

"허허허! 너는 무척이나 감탄을 잘하는 편이로구나."

노인이 웃으며 하는 말에 이심전이 흠칫 당황하며 반문했다.

"예?"

"겨우 겉만 보고서 그리 감탄을 하니, 만약 병 속에 들어 있는 걸 본다면 놀라 기절하지나 않을까 걱정이 되는구나."

노인이 이심전의 호기심을 더욱 크게 불러일으킬 셈으로 한 말이었는데, 이심전은 그것을 자신의 쓸데없는 호기심에 대한 질책으로 들은 듯하였다.

"예……."

대번에 풀이 죽고 만 듯이 힘없이 말끝을 흐리더니 이심전은 곧바로 눈빛에서 호기심마저 지워 버렸다.

미처 생각지 못했던 소년의 단순함에 대해 노인이 실소를 금 치 못하면서도 얼른 다시 물었다.

"이 병 속에 무엇이 들었는지 보고 싶지 않다는 것이냐?"

이심전의 얼굴에 언뜻 호기심이 되살아났다. 그러나 그는 애 써 자제를 하는 듯이 대답을 하지 않고 묵묵히 있었다.

노인이 눈빛으로만 웃으며 문득 정색을 했다.

"사실 이 병 속에 들어 있는 물건을 보는 데는 상당한 위험이 따를 수도 있으니 네가 보고 싶다고 하더라도 노부로서는 먼저 네 다짐을 듣지 않고는 보여줄 수가 없는 입장이다. 즉, 네가 이 병 속의 물건을 보는 과정에서 만약에 어떤 중대한 일이 벌어진 다고 해도 그 모든 일은 어디까지나 네 스스로 감당해야만 한다는 것이다. 어떠냐? 너는 노부에게 그러한 다짐을 할 수가 있겠느냐?"

순간 이심전은 움찔하며 대번에 긴장하는 기색이 되고 마는 듯했다.

그러나 곧이어 소년의 얼굴이 벌겋게 상기되는 걸 보고 노인은 다시금 실소를 금치 못하였다.

세상을 넘치도록 산 노인이 어수룩한 산촌 소년 하나를 순간적으로 최고의 긴장과 몰입 속으로 몰고 가는 일은 이처럼 실로 간단한 일이었던 것이다.

그리고 그 긴장과 몰입이 크면 클수록 소년은 오늘 밤 일생 동안 잊지 못할, 그야말로 환상적인 꿈 하나를 꾸게 될지도 모를 일이다.

'부디 그리 되기를……'

노인은 문득 간절하게 고대하는 심정으로 되었다.

내일 아침이면 영원히 사라져 갈 가장 위대한 전설이 세상과 멀리 격리된 이 궁벽한 산촌의 순박하기 이를 데 없는 소년의 가슴속에서라도 신비로운 환상으로 남아 있기를…….

물론 소년은 자신의 그 환상의 진정한 모습이 무엇인지에 대해 끝내 알 수 없을 테지만.

"애야, 네게는 아직 어려운 말이겠다만… 인생이란 것은 말이다, 매 순간 선택과 결정을 하며 이어 나갈 수밖에 없는 실로 간단치가 않은 문제란다. 그리고 그것이 쉽든 어렵든, 혹은 사소하든 중대하든 결국은 남이 아닌 나 스스로 하지 않을 수 없는 것이며, 당연히 그에 따른 모든 책임 또한 나 스스로가 져야만 하는 것이지. 허허허! 너도 노부도 이 세상의 누구라도 말이다."

노인은 잔잔한 눈빛으로 이심전의 흑백 분명한 두 눈을 들여다보았다. 지금 그가 한 말은 이심전의 다짐을 이끌어내기 위해서라기보다는 이 순간의 그 스스로의 어떤 심정을 초연히 뱉어낸 느낌이었다.

잠시 노인의 말뜻을 새기는 듯하더니 이심전이 이윽고 눈빛에 투명한 결기를 비치며 또박또박 말했다.

"저는 그 병 속에 무엇이 들어 있는지 보고 싶습니다. 그리고 그리하는 중에 어떠한 일이 생긴다고 하더라도 제 스스로 모두 다 감당할 것입니다."

그에 노인은 진정으로 기꺼워하며 너털웃음을 터뜨렸다.

"허허허! 좋다, 좋아!"

5

"용을 본 적이 있느냐?"

불쑥 홍옥병을 내밀며 묻는 말에 이심전이 흠칫 당황해하며 대답했다.

"없습니다."

그리고 이심전은 곧바로 반문했다.

"용이 정말로 있습니까?"

노인이 잔잔하게 웃으며 고개를 끄덕였다.

"당연히! 당장에 이 병 속에도 한 마리 용이 들어 있느니라.

천하에서 가장 신비로운 한 마리 혈룡(血龍)이 말이다."

"아……!"

잔뜩 억눌린 탄성을 겨우 뱉어내는 이심전에 대해 노인은 담담히 웃으며 말했다.

"손바닥을 펴보거라."

이심전이 주춤거리면서도 조심스럽게 손바닥을 펴 내밀자 노인은 천천히 홍옥병의 마개를 열고는 이심전의 손바닥에 무언가를 쏟아부었다.

사르르!

그 한 줌의 고운 모래는 기이하게도 투명한 붉은빛으로 반짝였다. 마치 세상에 다시없는 진귀한 보석처럼.

소복이 소년의 손바닥 위에 쌓인 그 한 줌의 붉은 모래는 지극히 부드럽고도 따뜻한 감촉이었다.

그런데 가만히 모래의 촉감을 느껴보고 있던 이심전은 문득 움찔 놀라지 않을 수 없었다. 그는 지금 잔뜩 긴장하여 감히 조금도 움직이지 못하고 있는데도 그 한 줌의 붉은 모래가 마치 저절로 스멀거리는 듯이 자꾸만 손바닥이 간지러운 느낌이 들어서였다.

그러던 중에 이심전은 정말로 크게 놀라 저도 모르게 소리를 내고 말았다.

"엇?"

아아! 그 한 줌의 붉은 모래가 돌연 일렁거리는 것이었다. 저절로 손바닥에서 벗어나 아래로 흘러내릴 것만 같이.

이심전이 얼른 손바닥을 오므리며 다급하게 외쳤다.

"모래가… 모래가 움직입니다!"

그러나 노인은 조금도 급할 것이 없다는 듯이 느긋하게 홍옥병의 주둥이를 이심전의 손바닥으로 가져다댔다.

그러자 신기하게도 그 한 줌의 붉은 모래는 저절로 빨려들 듯이 병 속으로 사라졌다.

노인이 천천히 홍옥병의 마개를 닫고 난 후에 담담히 소리 내어 웃으며 말했다.

"허허허! 노부가 이미 말하지 않았더냐? 이 병 속에 한 마리 신비로운 혈룡이 들어 있다고."

"그럼… 방금 전의 그 모래가 바로 혈룡이었다는 말씀이십니까?"

이심전이 도저히 믿지 못하겠다는 듯이 중얼거리며 자신의 빈 손바닥을 눈앞에 가져다대어 보았다.

노인은 짐짓 정색을 하였다.

"그렇다. 네 손바닥에 부어졌던 그 한 줌의 붉은 모래, 혈룡사(血龍沙)가 바로 혈룡이다."

"아아!"

"흠! 네가 원한다면 놈의 진정한 모습을 보도록 해줄 수도 있다."

순간 이심전의 두 눈이 부릅떠졌다.

"정말이십니까?"

가늘게 떨려 나오는 이심전의 목소리에서 지금 그의 흥분이 어떠한지를 짐작하고도 남았기에 노인 또한 진정으로 기꺼워 크게 고개를 끄덕였다.

"물론이다. 잠시 후 자시가 되거든 너는 이 병을 들고 집 밖의 달빛이 잘 비치는 곳으로 가거라. 그리고 마개를 열어 혈룡사를 손바닥에다 붓고 허공에다 힘차게 흩뿌려 보거라. 그리하면 천지간에서 가장 강하고 가장 신비로운 한 마리 거대한 혈룡이 사납게 포효하며 천지를 압도하는 위대한 광경을 목격할 수 있을 것이다."

"아아!"

이심전이 참지 못하고 나직한 탄성을 흘려냈다.

그 때문에 이심전은 노인이 조금 뒤늦게 흘려낸 마지막 한 마디까지는 미처 듣지 못하였다.

"어쩌면……!"

그때 이심전은 이미 그의 순박한 감성으로는 감당하기 어려운 어떤 거대한 환상 속으로 빠져들고 만 듯했다.

第三章
소년, 용을 보다

1

이심전은 손에 든 홍옥병에서 잠시도 눈을 떼지 못하였다.

방문에 비치는 달빛의 정도로 보아 시각은 이미 자시로 접어든 뒤다.

그처럼 호언장담하던 노인은 막상 자시까지 기다리지 못하고 자리에 눕더니 그대로 곤한 잠에 빠져버린 듯이 고른 숨소리를 내고 있었다.

다시 한동안을 망설이다가 이심전은 이옥고 자리를 털고 일어섰다.

스르륵.

탁.

조용히 방문이 열렸다가 다시 닫히는 소리가 방 안의 정적을 조심스럽게 흔들어놓았다.

노인은 천천히 몸을 일으켜 앉았다. 그리고 멀어져 가는 바깥의 기척에 잠시간 귀를 기울였다.

노인의 입가에 문득 한 가닥의 쓴웃음이 떠올랐다. 그러나 그는 기왕에 시작한 이 한 판의 작은 유희를 끝까지 끌고 가보기로 했다.

방문을 나서니 온 사방에 달빛이 가득했다. 그 찬연한 광경에 잠시 마음을 빼앗긴 끝에 노인은 이윽고 마당으로 한 발을 내디뎠다.

순간 놀랍게도 노인의 모습은 그 자리에서 꺼지듯이 사라지고 말았다. 마치 달빛 속으로 녹아든 것처럼.

2

이심전의 집에서 조금 떨어진 곳에는 뒷산으로부터 작은 계곡이 뻗어 내려와 있었다.

이심전은 지금 계곡으로 내려서서 물속에 두 발을 담근 채로서 있는 중이다.

한겨울이었지만 계곡 물은 차갑지 않고 오히려 미지근했다. 황촌 인근에는 몇 군데 온천수가 솟아나는 곳이 있는데, 이 계곡의 상류 근원이 되는 곳에 그중의 하나가 있기 때문이었다.

이심전은 잔뜩 긴장한 채로 손에 든 홍옥병을 들여다보았다.

이제 곧 정말로 보게 될지도 모르는 굉장한 광경에 대한 강렬한 호기심과 긴장이 이미 진작부터 그를 온통 휩싸고 있었다.

"흐읍!"

길게 숨을 한 번 들이마신 후 그는 지극히 조심스럽게 홍옥병의 마개를 열었다.

순간 터질 듯한 홍분이 격랑처럼 그의 가슴을 훑으며 지나갔다.

그는 참지 못하여 잔뜩 들이켰던 숨을 다시 내뱉고 말았다.

"후우!"

그리고도 그는 차마 바로 홍옥병 속의 혈룡사를 부어낼 용기를 내지 못했다.

그의 손이 가늘게 떨리고 있었다.

좀 더 시간이 필요했다. 이 터질 듯한 홍분과 긴장을 추스르기 위해서는.

그는 다시 심호흡을 반복했다.

"흐읍!"

"후우!"

3

노인은 한참 떨어진 곳에서 이심전을 지켜보고 있었다.

이심전이 병의 마개를 언 채로 심취한 듯이 가만히 서 있기만 했지만, 그래도 노인은 그저 지켜보고 있기로 했다. 달빛만이 고요한 사방의 정적을 타고 고스란히 전해져 오는 소년의 터질 듯한 홍분과 긴장을 음미하고 있다.

이제 곧 이심전이 병에서 혈룡사를 부어내고, 그것을 공중에 흩뿌릴 때에야 노인은 비로소 할 일이 생기게 될 것이다.

이심전의 눈앞에 한 마리 포효하는 혈룡을 만들어주는 일 말이다.

물론 그것이야 다만 인위적으로 만들어내는 눈속임일 뿐이지만, 그렇더라도 순박하기 짝이 없는 산촌 소년의 가슴속에 일생 동안 지워지지 않을 신비를 심어주기에는 충분할 것이다.

4

이심전은 겨우 마음을 가다듬었다.

그런데 그가 막 홍옥병을 기울이려 할 때였다.

사라라~ 랑!

문득 기이한 소리가 나는 듯하더니 홍옥병으로부터 지극히 투명한 핏빛 안개 같은 것이 스멀거리며 뿜어져 나오는 것이 아닌가?

"어헛?"

미처 예상하지 못했던 기이한 현상에 이심전이 억눌린 신음 같은 소리를 흘려냈다.

병에서 뿜어져 나온 붉은 안개는 금세 공간으로 퍼져 나가더니 빠르게 하나의 형체를 만들어갔다.

두 눈을 부릅뜬 채 지켜보던 이심전이 이윽고는 비명처럼 소리를 내지르고 말았다.

"용이다!"

그랬다. 붉은 안개는 어느 틈에 한 마리 붉은 용으로 화해 있었다.

아름드리 굵기에 구불구불 길게 이어진 몸통은 온통 붉게 빛나는 비늘로 뒤덮여 있었고, 부리부리한 두 눈은 마치 번개를 내뿜는 듯이 눈부셔 이심전은 감히 마주 바라보지 못했다.

"키아아아~!"

한순간 혈룡이 우렁차게 포효했다.

천지간을 온통 떨어 울리는 듯한 엄청난 충격파와 위엄이었다.

이심전이 경악의 소리조차 지르지 못하고 그저 찢어질 듯이 두 눈만 부릅뜨고 있는데, 돌연 혈룡이 그 거대한 몸통을 쭉 뻗어 공간을 단축해 오더니 그대로 이심전을 덮쳤다.

혈룡은 삽시간에 이심전의 온몸을 칭칭 동여매고 말았다.

뜨거웠다.

언젠가 촌장어른께 들었던 지옥의 겁화가 바로 이런 것인가 싶었다.

뿐만 아니라 몸통을 죄어드는 이 엄청난 힘이라니!

금세라도 온몸이 터져 그대로 산산조각 나버리고 말 것만 같았다.

무엇보다도 그를 짓누른 것은 공포였다.

도저히 감당하지 못할 거대한 공포!

그는 마침내 죽을힘을 다해 비명을 내질렀다.

"으아아악!"

5

"어헛!"

이심전이 토해낸 억눌린 신음 같은 소리를 들었을 때, 노인은 퍼뜩 주변 사방의 기척부터 살폈다.

그러나 적어도 방원 십 장 범위 이내에는 소년이 비명을 지를 만한 어떤 위협의 징조도 없었기에 노인은 아마도 혈룡사를 뿌리기도 전에 소년의 지나친 상상이 먼저 발동한 것이겠거니 여겼다.

"용이다~!"

이어 비명처럼 터져 나온 이심전의 외침에 대해서도 노인은 다만 고개를 한번 갸웃했을 뿐 어떤 행동을 취하지는 않았다. 이번에도 아무런 이상을 발견할 수 없었기 때문이다.

역시나 이심전이 섣부른 상상으로 제풀에 놀라 소리를 지른 것이라고 생각했다.

그리고 정말로 이심전이 스스로의 상상만으로 용을 만들어낸 것이라면 그것도 괜찮으리라고 생각했다. 굳이 그가 진력을 소비해 가며 만들어내는 인위적인 환상보다는 그 편이 오히려 훨씬 더 훌륭한 신비이지 않겠는가?

그러나 다시 '으아아악!' 하는, 사력을 다해 지르는 비명이 길게 밤하늘을 찢었을 때 노인의 몸은 번뜩하고 그 자리에서 사라졌다.

동시이다시피 허깨비와도 같이 불쑥 이심전의 곁에 나타난 노인은 마침 나무토막처럼 뻣뻣하게 쓰러지고 있는 이심전의 몸을 붙잡아 세웠다.

그러나 그때 이미 막 수면에 닿고 있는 홍옥병까지 낚아채지는 못하였다.

　퐁!

　물에 푹 잠겼다가는 불쑥 솟아오르는 병을 노인은 발끝으로 가볍게 차올려 손에 잡았다.

　그러나 노인은 곧바로 짧은 당황의 소리를 뱉어내고 말았다.

　"이런!"

　병이 비어 있었던 것이다.

　병 안에 있던 한 줌의 혈룡사는 단 한 개의 알갱이도 남아 있지 않았다. 아마도 방금 물에 잠겼을 때 순간적으로 깨끗하게 씻기어 나가 버린 것이리라.

　그러나 노인은 이내 가볍게 실소하고 말았다. 혈룡사가 씻기어 나간 것이 결코 문제가 될 것은 아니었으므로.

　문득 물줄기의 맴돌이에 걸려 떠내려가지 못하고 제자리에서 빙빙 돌고 있는 병마개를 발견하였기에 노인이 다시 가볍게 차올려 손에 잡으며 나직이 탄식했다.

　"가장 멋지고 찬란한 신비를 선사해 주려 했거늘, 이 여린 아이의 상상이 지나친 바람에 애꿎게도 악몽을 그리고 만 듯하구나. 허허허! 이렇게 되면 결국 노부는 순박하기 그지없는 어린아이를 상대로 실없이 못된 장난질이나 치고 만 격이 되지 않았는가?"

　이심전을 안은 채 노인은 천천히 한 걸음을 내디뎠다. 그리고 다음 순간 그의 모습은 감쪽같이 사라지고 말았다.

6

'으아악!'

이심전은 길게 비명을 내질렀다. 그러나 소리는 목구멍 안에서만 맴돌며 밖으로 터져 나오지 않았다.

그 한 마리 거대한 혈룡은 한순간 수백, 수천 가닥의 붉은 뱀처럼 변하더니 그의 온몸 구석구석으로 파고들었다.

그러나 막상은 기이하게도 아프지도 뜨겁지도 않았다.

그렇더라도 공포스러웠다. 지독히도.

그의 살갗을 사정없이 헤집으며 파고든 그 수백, 수천 가닥의 붉은 가닥은 곧바로 자취를 감추었다.

그러나 그는 생생하게 느끼고 있었다. 그것들이 거침없이 그의 몸 더욱 깊은 곳을 향해 파고들고 있다는 것을.

깊은 곳으로, 더욱 깊은 곳으로, 그리고 이윽고는 더 이상 깊을 수 없는 가장 깊숙한 곳으로.

가장 깊숙한 곳!

그곳은 그로서도 뭐라고 말하기 어려운 곳이었다. 자신의 몸에 그처럼 깊고 은밀한 곳이 있다는 것을 이제까지 전혀 알지 못하다가 지금에야 느끼게 되었기 때문이다.

상황은 다시 급박하게 변하였다.

붉은 가닥들은 그곳에 들어가지 못하고 있었다.

그곳은 마치 철옹성이라도 되는 것처럼 굳건한 벽으로 막혀 있어서 그것들의 침투를 결코 허용하지 않았다.

그리하여 그것들은 무수히 튕겨나고 다시 부딪쳐 가기를 치열하게 반복하고 있었다.

쿵!

쿵!

쿵!

격렬한 충돌이 그의 온몸을 울렸다.

그것들은 나아가 그의 영혼까지를 온통 울리는 듯한 거대한 충격파를 만들어내었다.

그러나 그것들의 시도가 아무리 거칠고 치열해도 단 한 번의 시도도 성공하지 못하였다.

그것들은 절망하였고, 그 절망은 다시 격렬한 분노로 뒤바뀌는 듯했다.

이윽고 그것들은 다시 한데 뭉쳐 한 마리의 거대한 혈룡으로 화했다.

"키아아아~!"

천지가 무너질 듯이 굉렬하게 포효하며 그 한 마리 혈룡은 그의 내부를 온통 휘저었다.

그의 내부는 엄청난 열기로 가득 찼다.

아아! 그 끔찍한 뜨거움이란······. 그의 내부는 펄펄 끓는 용암으로 가득 채워진 것만 같았다.

'으아아악!'

그는 사력을 다해 처절한 비명을 토해냈지만, 소리는 여전히 바깥으로 토해지지 못했다.

7

노인은 이심전의 이불을 다시 고쳐서 덮어주었다.

이심전은 혼절해 있는 중에도 계속 악몽에 시달리는지 잔뜩 인상을 쓴 채 이를 악다물고 있었고, 온몸은 땀으로 흥건하게 젖어 있었다.

노인은 안쓰러운 얼굴로 가만히 이심전의 손목을 잡았다. 그리고 한 가닥의 부드럽고도 따뜻한 기운을 천천히 흘려 넣어주었다.

그러나 노인은 이내 설핏 이마를 찌푸리고 말았다.

"음! 이렇게 취약해서야 어디……."

이심전의 혈맥이 지나치다고 할 정도로 가늘고 미약했던 것이다.

노인은 그 한 가닥의 기운을 더욱 세심하게 가다듬어서 다시 이심전의 내부로 흘려보냈다. 일단 단전에 한 가닥의 진기를 심어 이심전의 놀란 기혈을 안돈시켜 줄 작정이었다.

그러나 노인은 이내 다시 짧은 탄식을 내뱉고 말았다.

"고약하구나!"

허약하기 이를 데 없는 이심전의 기맥이 혹시 다칠까 보아 신중하게 훑어나간 끝에 이윽고 단전 부근에 이르렀는데, 대맥을 이루며 단전과 통해야 할 부분이 아예 막혀 있었던 것이다.

노인은 잔뜩 미간을 좁힌 채 지극히 조심스럽게 진기를 움직여 막힌 부분을 살짝 건드려 보았다.

순간 이심전의 몸이 화들짝 요동쳤다. 뿐만 아니라 그의 얼굴에 돌연 서너 가닥의 시퍼런 힘줄이 돋아 오르더니 굵은 지렁이처럼 꿈틀거리는 것이었다.

자칫했다가는 안 그래도 허약하기 이를 데 없는 주변 기맥들을 아예 엉망으로 망쳐 놓기 십상인지라 노인은 황급하게 진기를 소멸시켰다.

　"후천적으로 막힌 게 아니라 선천적으로 대맥이 형성조차 되지 않은 희귀한 절맥(絶脈)이로구나!"

　노인의 탄식이 무거웠다.

8

　이심전은 좀처럼 악몽에서 벗어나지 못하고 있는 듯이 내내 인상을 쓰고, 혹은 몸을 뒤틀며 몹시도 고통스럽고 힘에 겨워하는 모습이었다.

　그러나 노인으로서는 더 이상 어떻게 해볼 수 있는 게 없었다. 그저 안타깝게 지켜볼밖에.

　그렇게 근 반 시진쯤이나 지났을까? 그때서야 이심전은 겨우 악몽에서 벗어난 듯했다. 그리고 그야말로 기진맥진한 모습으로 마치 죽은 듯이 늘어져 깊은 잠에 빠져들었다.

　노인은 이심전이 과연 어떤 악몽을 꾸었는지에 대해 약간의 궁금함이 있었다. 그러나 기껏 그런 정도의 의문을 풀기 위해 이심전을 억지로 깨울 수는 없는 노릇이라 그저 떠오르는 대로의 상념에 의식을 내맡긴 채로 망연한 시간을 보냈다.

　그렇게 다시 얼마간의 시간이 흘렀을까?

　다시 반 시진은 족히 넘게 흘렀음에 분명하다 생각하는 순간, 노인은 퍼뜩 한 가지 확인해야 할 일을 떠올렸다. 물론 당연히 정해진 대로 되어 있을 일이었지만.

그러나 노인의 얼굴은 곧바로 굳어지고 말았다. 당연히 정해진 대로 되어 있어야만 할 그 일이 되어 있지 않았으므로.

혈룡사는 병 속으로 돌아와 있지 않았다, 한 식경이 이미 한참이나 지났음에도.

동시에 노인은 그것이 결코 돌아오지 않을 것이라고 짐작했다. 직감이었지만 또한 확신이기도 했다.

노인은 천천히 홍옥병을 집어 손바닥 위에 올려놓았다.

'이것은 무엇을 뜻하는가? 혈룡사의 신비가 갑자기 사라져 버리기라도 했단 말인가? 그러나 만약 그런 것이 아니라면……?'

심중으로 일련의 의혹들이 빠르게 스쳐 지나가면서 노인은 일순 격한 감정에 휩싸이고 말았다.

파스스!

홍옥병이 돌연 고운 가루로 부서져 내리며 노인의 손바닥 위에 소복이 쌓였다.

그 바람에 노인은 문득 격정으로부터 벗어날 수 있었다. 그러나 곧바로 또 다른 격정이 일어났다.

'그러나… 무엇이 문제가 될 것인가? 진정 그것이 전설에서 전하는 그대로의 신위로 현세한다고 한들 그것이 노부에게 무슨 문제가 될 것인가?'

새로운 격정을 노인은 차라리 즐겼다. 그런 격정이야말로 그가 오랫동안 잊고 있던, 이제는 까마득하기만 한 젊은 날의 한때 그를 온통 사로잡았던 그 가슴 벅차던 웅심(雄心)과도 닮아 있었으므로.

그리고 노인의 손바닥 위에서는 경이로운 광경이 벌어졌다.

파바밧!

소복이 쌓였던 고운 가루가 다시 원래의 홍옥병으로 재생되고 있었다.

9

"아아~!"

화들짝 깨어 벌떡 일어나 앉는 이심전의 눈빛에 아직까지도 다분한 공포가 남아 있음을 보고 노인은 일말의 미안함을 느끼지 않을 수 없었다.

"애야, 괜찮으냐?"

노인이 온화한 표정으로 물었으나, 이심전은 아직 완전히 깨지 않은 듯이 웅얼거리며 물었다.

"용은… 혈룡은 어찌 되었습니까?"

노인이 짐짓 실소하며 말했다.

"허허허! 혈룡이라니? 그러고 보니 너는 정말로 혈룡의 꿈을 꾼 모양이로구나."

"꿈이라고요?"

"그럼, 꿈이지 않고. 이거 참, 아무래도 이 늙은이의 장난이 지나쳤던 모양이로구나. 하지만 세상에 진짜 용이 어디 있겠느냐? 그저 전설에나 나오는 얘기일 뿐이지."

이심전이 문득 혼란스러운지 머리를 흔드는 모습에 노인이 다시금 실소하며 덧붙였다.

"허허! 노부가 꽤나 오래 살았지만 너처럼 순진한 아이를 보기는 처음이다. 그래, 노부가 잠시 가볍게 한 농을 조금의 의심도 없이 진정으로 믿었더란 말이냐?"

자신이 겪은 그 생생한 광경들이 한바탕 꿈을 꾼 것에 지나지 않는다는 노인의 말을 듣고서 이심전은 찬찬히 모든 것을 돌이켜 보았다.

과연 그랬다. 그 모든 일은 너무도 놀랍고 기이해서 과연 꿈에서밖에는 일어날 수가 없는 일들이었다.

그리고 참으로 부끄러워지는 것이었다. 노인이 꾸민 그 간단하고도 황당한 장난에 그처럼 어이없이 놀아나고 만 스스로의 어리석음에 대해.

그때 노인이 홍옥병의 마개를 열고는 손바닥 위에다 거꾸로 뒤집어 보이며 말했다.

"네가 돌아올 시간이 지나도 오지 않기에 노부가 나가 보았더니 웬일로 너는 정신을 잃은 채 쓰러져 있고 병은 마개가 열린 채로 비어 있었다. 도대체 어찌 된 일이냐?"

그러나 이심전으로서는 뭐라고 대답할 말이 없었다.

혈룡의 얘기를 다시금 주워섬길 수도 없었고, 병 안에 있던 혈룡사가 없어졌다는 것에 대해서는 참으로 당황스러운 심정이 되고 말았다. 더욱이 그는 이미 어떠한 일이 생긴다고 할지라도 그 모든 것을 다 감당할 것이라고 다짐까지 한 바가 있지 않는가?

이심전이 힘겹게 몸을 추스르며 자리에서 일어났기에 노인이 담담히 물었다.

"어딜 가려느냐?"

"혹시… 혈룡사를 다시 주워 담을 수 있을까 하여…….."

"허! 흐르는 물에 쏟아진 모래를 무슨 재주로 다시 주워 담는단 말이냐?"

순간 이심전의 얼굴이 딱딱하게 굳어지고 말았기에 노인은 담담히 웃으며 천천히 고개를 저었다.

"허허허! 그리 걱정할 것 없느니라. 굳이 혈룡사를 되찾으려는 것은 아니니 말이다."

"하지만… 제 불찰로 인해 그처럼 귀한 물건을 잃어버렸는데…….."

"어허! 괜찮대도 그러는구나."

그래도 이심전의 얼굴이 펴지지 않자 노인은 느긋하게 고개를 끄덕여 보이고 나서 다시 말을 이었다.

"혈룡사가 귀한 물건인 것은 사실이다. 그러나 냉정히 말하자면 실은 아무 짝에도 쓸모가 없는, 그야말로 무용지물인 것이다. 하니 잃어버렸다고 해서 노부에게 그리 큰 손해가 될 것은 없으니 너 또한 마음을 쓰지 않아도 좋다는 것이다."

이어 노인은 다시금 빙그레 미소를 떠올리며 슬며시 덧붙였다.

"흠! 그럼에도 네가 정히 부담을 떨치기 어렵다면… 이리하면 어떻겠느냐?"

이심전이 급히 머리를 숙이며 대답했다.

"말씀만 하십시오. 제가 할 수 있는 일이라면 무엇이라도 하겠습니다."

"어제 집에 들어오면서 보니 말린 고기가 제법 널려 있던데 그중 질기지 않은 놈으로 몇 점 골라 아침상에 올리거라. 그것으로 혈룡사를 잃어버린 값을 치른 것으로 쳐주마."

순간 이심전은 크게 감복한 표정이 되었다.

"왜? 그리하기 싫으냐?"

노인이 슬쩍 묻자 이심전은 그제야 펄쩍 뛰듯이 두 손까지 내저었다.

"아, 아닙니다!"

"하하하하!"

노인이 짐짓 흔쾌하게 한바탕을 웃고 나서는 문득 다시금 빙그레 미소를 띠며 손에 들고 있던 홍옥병을 불쑥 내밀었다.

"네가 그처럼 악몽까지 꾼 데는 어쨌든 노부의 잘못도 없다고는 할 수 없으니 사과하는 뜻으로 이 옥병을 네게 주마."

이심전이 놀라며 사양하였다.

"아, 아닙니다. 제가 어떻게 그럴……."

그러나 노인은 아예 이심전의 손에다 병을 쥐어주었다.

"괜찮으니 가지거라. 이것이 아무리 귀한 물건이라 한들 노부는 이미 흥미를 잃었으니 가지고 있어봐야 성가시기만 할 뿐이다."

이심전이 얼떨결에 홍옥병을 받아 들고는 곧바로 온 얼굴이 붉게 상기되고 말았다.

그의 마음속에 문득 한 마리 혈룡이 선명하게 되살아나고 있었다.

아아! 비록 한바탕의 악몽에 불과했다고는 하나 그의 가슴속 깊은 곳에서는 여전히 그 한 마리 거대하고도 신비로운 혈룡이 꿈틀대고 있는 것만 같았다.

第四章
소년, 가슴속에 한 자루의 검을 심다

1

방문의 창호지를 통해 느껴지는 바깥은 어느새 새벽 기운이
다가와 있었다.

그러나 완전히 날이 밝기까지는 아직 좀 더 시간이 필요할 것
이기에 노소 두 사람은 묵묵히 각기의 상념에 빠져들어 있는 중
이었다.

노인은 진작부터 몰아에 들어 있었다.

꽤나 오랫동안 집착해 왔던 물건으로부터 마침내 자유로워진
덕분인지―사실은 그것을 버리고 나서야 자신이 그동안 그것에 집
착해 왔다는 사실을 불현듯이 깨달은 것이지만―노인은 여느 때보
다도 사뭇 쉽게 몰아일체의 경지에 들어설 수 있었던 것이다.

세상의 모든 것과 완전히 단절되어 온전히 스스로에게만 몰
입해 드는 뿌듯한 충만과 나 이외의 세상 모든 것이 다 멈추어

버린 듯한 안온한 고요가 얼마나 흐르는 중이었을까?

"저……."

몰아를 깨는 그 한마디의 머뭇거림에 노인은 소리없이 탄식하며 깊은 침잠에서 깨어났다.

"혹시… 무공을 아시는지요?"

노인이 아련한 아쉬움을 갈무리하며 담담히 반문했다.

"무공을 아느냐고? 그래, 네가 보기에는 노부가 무공을 할 줄 아는 것 같으냐?"

"예."

이심전의 대답에서는 확신의 느낌마저 들었기에 노인은 짐짓 의아하다는 듯이 다시 물었다.

"호? 노부의 어떤 점이 그리 보이더냐?"

"그냥… 처음 뵐 때부터 어르신은 보통 분이 아니신 것 같았습니다."

"허허허!"

노인이 짧은 너털웃음을 웃다가 문득 웃음을 거두었다.

"하면, 너는 무공에 대해서 아는 것이 있느냐?"

"……."

이심전이 언뜻 대답을 하지 못하자 노인은 담담한 투로 다시 물었다.

"무공을 할 줄 안다는 것이… 구체적으로 어떤 의미라고 생각하느냐?"

그제야 이심전이 머뭇거리며 대답했다.

"그것은… 몸이 건강해지고… 힘이 세지며… 바람처럼 빠르고… 자유롭게 움직일 수 있으며… 곰처럼 강하고… 범처럼 용맹해질 수 있는… 그런 것이라고 생각합니다."

노인이 잠시간 묵묵히 이심전을 바라보고 있다가 천천히 고개를 끄덕였다.

"그렇구나. 그렇다고 할 수 있겠구나."

이어 노인은 빙그레 미소를 떠올리며 물었다.

"너는 무공을 배우고 싶은 게로구나?"

이심전이 눈빛을 반짝이며 대답했다.

"예, 배우고 싶습니다!"

"그래, 네 말대로 무공을 배워서 힘이 세지고 빠르고 용맹해졌다고 치자. 하면 그다음에 너는 또 무엇을 하고 싶으냐?"

이심전이 그런 데까지는 미처 생각해 보지 않았던 듯 언뜻 얼굴을 붉혔다. 그러나 곧 사뭇 작아진 소리로 대답했다.

"만약 무공을 배워서 제 몸이 건강해진다면… 가장 먼저는 가친을 따라 맘껏 사냥을 다니고 싶습니다."

소년의 소박한 희망에 절로 공감되는 바가 있어서 노인이 가볍게 고개를 끄덕이는데, 이심전이 상기된 얼굴로 다시 말을 이었다.

"그리고 더욱 무공이 높아진다면, 그래서 정말로 강한 사람이 된다면……."

이심전이 생각만으로도 가슴이 벅차다는 듯한 기색이 되었기에 언뜻 호기심이 생긴 노인이 가만히 재촉을 하였다.

"그래, 정말로 강한 사람이 된다면, 그때는 또 무엇을 하고 싶으냐?"

이심전이 크게 한번 숨을 들이켜고 나서 가늘게 떨리는 목소리로 말했다.

"넓은 세상으로 나가 가난하고 어려운 이들을 도와주고 지켜주는 그런 사람이 되고 싶습니다."

순간 노인은 갑자기 정색이 되었다. 그리고는 이심전의 두 눈을 똑바로 들여다보며 물었다.

"세상을 구하는 영웅협객이라도 되겠다는 것이냐?"

이심전이 흠칫 놀라고 마는데, 노인이 정색인 채로 다시 말했다.

"세상을 구하는 영웅협객 따위는 없다!"

그 말이 사뭇 단호하고도 차가웠기에 이심전이 당황하여 어쩔 줄을 몰라 했다.

그러나 노인은 마치 크게 화가 난 것처럼 강한 어조로 말을 토해내는 것이었다.

"네가 생각하는 영웅협객이 어떤 것인지 모르겠으나, 서책에 나오는 내용이나 사람들의 입으로 전해지는 영웅담은 그저 꾸며진 이야기일 뿐이다. 멀리서 보면 아름답기 그지없는 꽃밭일지라도 막상 그 속에 들어가서 본다면 듬성듬성 맨땅도 있고, 혹은 더러운 거름도 있으며, 또 혹은 지렁이가 꿈틀거리기도 하는 것이다. 그와 마찬가지로, 세상에 전해지는 모든 영웅담은 막상 그 자세한 사정들을 들여다보면 그저 우연히 그렇게 된 것이 크게 부풀려져 와전되었거나, 혹은 영웅이 아닌 다른 누구라도 그런 상황에 처했다면 자연히 그렇게 할 수밖에 없는 상황이었거나, 또 혹은 그들이 정말로 용기를 낸 경우라고 해도 사실은 어이없는 판단 실수이거나, 순간의 감정을 다스리지 못해 무모하게 덤벼든 결과가 그야말로 우연히 그리되었을 뿐인 것이다. 그러니 결국 영웅이요, 협객이란 것은 알고 보면 그냥 보통의 필부(匹夫)일 뿐인 것인데, 다만 영웅을 필요로 하는 세상 사람들이, 혹은 말하기 좋아하는 사람들이 영웅협객을 만들어냈을 뿐인 것이다!'

그렇게 한순간 불쑥 치민 냉소를 내키는 대로 쏟아내고 나서야, 더욱이 그 같은 쏟아냄에 있어 다분히 의식적으로 조금치의 자제도 개입시키지 않았다는 사실에 대해 노인은 문득 계면쩍은 자책을 하지 않을 수 없었다.

이심전은 잔뜩 위축된 모습으로 감히 노인과 눈도 맞추지 못하고 있었다.

노인이 쑥스러운 웃음을 만들며 말했다.

"허허허! 늙어갈수록 느는 것은 주책밖에 없다고 하더니 필경은 노부를 두고 한 말인 듯하구나."

이어 노인은 슬쩍 떠보듯이 덧붙였다.

"그런데 네가 무공을 배우려는 솔직한 이유는 혹시… 아까 낮의 그 초혜라는 아이 때문은 아니냐? 그 아이에게 무공을 자랑하고 싶고, 또한 그 아이가 보는 앞에서 그 사운이라는 청년을 당당히 이겨 보이고 싶은 게 아니냔 말이다."

순간 이심전은 크게 당황한 기색이 되더니 금세 온 얼굴을 발갛게 물들이고 말았다.

그런 모습에 노인은 내심 실소를 금치 못하였으나, 이내 차분하게 정색하며 말했다.

"하지만 너는 아무래도 무공을 익히기는 어려울 것 같구나."

순간 이심전의 얼굴은 붉어진 채로 다시 딱딱하게 굳고 말았다.

"어이해……?"

노인은 가만히 소년의 눈을 응시하며 말해주었다.

"단적으로 말해 너의 타고난 체질상의 제약 때문이다."

2

실망이 컸던지 고개를 떨군 채 도무지 들 생각을 하지 않고 있는 이심전에 대해 노인은 안쓰럽다 못해 이제 슬슬 불편해지기까지 하고 있는 중이었다.

마침 바깥이 완연히 밝아진 것 같았기에 노인은 차라리 바깥으로 나가볼 작정을 하였다.

그러나 막 자리에서 일어서려던 노인은 다시금 풀썩 주저앉고 말았다. 그때 마침 이심전이 불쑥 고개를 들었는데, 그의 두 눈에 너무도 간절한 빛이 가득하여 차마 그대로 일어날 수가 없었기 때문이다.

"제가 예전 어느 서책에서 읽기를, 무공 역시도 학문의 한 분야라고 하였습니다. 그리하여 그것 자체로도 무한히 넓고 깊은 이치를 담고 있으며, 다시 셀 수 없이 다양한 갈래로 나누어진다고 하였습니다."

노인이 힐끗 방 윗목의 서책더미로 눈길을 주며 엷은 실소를 머금고 마는데, 이심전의 목소리가 더욱 간절하고도 절박하게 이어졌다.

"그렇다면 아무리 제게 커다란 제약이 있다고 하더라도 그처럼 넓고 깊은 무공의 이치와 또한 여러 갈래 중에서 제가 배워볼 수 있는 것이 한 가지는 있지 않겠습니까? 어르신, 만약 그러한 한 가지가 있다면, 그것이 설령 세상에서 가장 보잘것없는 무공이라고 해도 저는 기필코 배워보고 싶습니다."

노인이 절로 새어 나오는 한숨을 가만히 불어내고 나서 물었다.

"그래, 만약 무공을 배울 수 있다면… 너는 어떤 종류를 배우고 싶으냐?"

"예?"

"검이라든지, 도라든지, 권장법이라든지, 네 말대로 무공의 갈래가 참으로 무한하니 말이다."

"저는… 저는 검술을 배우고 싶습니다."

노인이 가만히 이심전을 응시하며 물었다.

"호! 검술이라? 너는 검이 만병(萬兵) 중에서 능히 제왕의 자리를 차지하며, 그리하여 무공의 여러 분야 중에서도 가장 연마하기가 어려운 갈래라는 것을 알고서 하는 말이냐?"

"아! 그런 줄은 미처……."

당황하고 마는 이심전에 대해 노인이 가볍게 실소하며 다시 물었다.

"좋다, 그럼 네가 원하는 검술을 배운다고 치자. 하면 너는 검술 중에서 다시 어떤 종류를 배우고 싶으냐?"

그에 이심전이 당황이 넘쳐 멍하니 입만 벌리고 있는 것을 보고 노인이 짐짓 단호한 투로 말을 이었다.

"검술에도 다시 수많은 갈래가 있으니, 이를테면 빠름을 추구하는 갈래가 있으며, 변화를 추구하는 갈래가 있고, 강하고 날카로움을 추구하는 갈래도 있음이다. 그리고 그 각각의 갈래가 다시 수십, 수백의 세분화된 갈래를 이루어내니, 강호상에서 절기라 일컬어지는 검법만 해도 수백 가지가 넘는 것이 바로 그런 이유 때문이다."

그리고는 노인이 물끄러미 이심전을 바라보는데, 멍한 기색인 채로 있던 이심전이 문득 표정을 바로 하였다.

"저는 그런 데 대해 아는 것이 없습니다. 다만 제가 배워볼 수 있는 것이 한 가지가 아니라면 그중에서 가장 강한 것을 익히고 싶습니다."

제법 힘이 들어간 이심전의 목소리에 노인이 어쩔 수 없이 다시금 실소를 흘리고 말았다.

"허허! 네가 익힐 수 있는 것 중에서 가장 강한 것이라…….
허허허! 우문에 현답이긴 하다만……."

노인이 가볍게 고개를 저으며 짐짓 고민인 체하고 있는데, 이심전이 돌연 벌떡 일어서더니 공손히 두 손을 모으고는 넙죽 엎드리는 것이었다.

"사부님, 제자의 절을 받으십시오!"

그러나 이심전은 미처 절을 올리지도 못하고 엉거주춤 선 채로 꼼짝도 못하는 처지가 되고 말았다. 한 가닥의 부드러우면서도 강력한 기이한 경력이 그를 꼼짝도 못하게 묶어버렸기 때문이다.

"노부는 너의 사부가 될 수 없느니라."

노인이 무겁게 말했다.

그러나 이심전은 경악한 모습 중에도 지극한 간절함을 담아 호소했다.

"신선과 같은 도력을 지니신 어르신마저 제게 가르침을 주시지 않는다면 허약한데다 우둔하기까지 한 저는 일평생 지금의 처지에서 단 한 발자국도 벗어나지 못할 것입니다. 부디 불쌍히 여기셔서 은혜를 베풀어주십시오."

노인이 언뜻 안타까운 기색이 되었다. 그러나 그는 이내 다시 담담하게 입을 열었다.

"노부가 너를 가르치지 못하는 이유는… 사실 노부의 무공이 모두 내가(內家)에 뿌리를 두는 것이기 때문이다. 즉, 너의 체질상의 한계로 인해 내공을 익히는 것이 근원적으로 불가능하니 노부의 무공 중에서는 네게 마땅히 가르칠 것이 없음이다."

"아아!"

이심전이 이윽고는 크게 낙담하고 마는데, 그 기이한 한 가닥의 힘이 여전히 그의 몸을 묶고 있는 상황에서 그가 그처럼 맥을 놓고 말자 그는 마치 거대한 거미줄에 걸려 파닥거리다가 마침내 모든 힘이 빠져 버린 한 마리 나방과도 같이 보였다.

노인은 잔뜩 미간을 좁힌 채로 이심전이 절망하는 모습을 묵묵히 지켜보기만 했다.

그런데 그러던 어느 순간, 노인은 문득 무엇인가를 결심한 기색으로 되었다.

"네가 그처럼 간절하다면 아주 길이 없는 것은 또 아닐 것이다."

순간 이심전이 마지막 힘을 다해 맥을 되돌리는 것처럼 거친 숨으로 외쳐 물었다.

"정말이십니까? 말씀해 주십시오, 어르신! 제게 어떤 길이 있는지!"

노인이 천천히 고개를 끄덕이며 말했다.

"너도 이미 말한 바 있듯이 무공의 이치는 실로 심오박대(深奧博大)하니, 내공의 기반 없이 무공을 익힐 수 있는 방도 또한 아주 없을 리는 없다. 그러한 것은 검공(劍功)의 경우에도 마찬가지이다. 보통 검을 상승 경지까지 수련하려면 반드시 내공의 경지가 뒷받침되어야 하는 것이나, 이후 다시 일정한 경지에 도달하면서부터는 내공보다 오히려 요체가 되는 것은 바로 깨달음인 바, 곧 마음의 수련이 보다 중요해지느니! 그런 까닭에 검의 궁극을 추구하던 고금의 고수이인(高手異人) 중 드물게는 내공이 오히려 검도의 완성에 방해가 된다고 여겨 처음부터 내공의 수련을 거부하고 다만 마음을 닦는 수행의 방편으로써 육체적인 검의 수련만을 고집한 경우도 있는 것이다. 기실 노부 역시도 한때는 그러한 독특한 수행 방식에 대해 일리가 있다고 생각했던 적이 있다. 그러나 당시 노부의 내공은 이미 경지에 접어든 이후였으니 노부로서는 다만 이론적으로만 접근해 보았을 뿐 실제로 수행을 해보지는 못했다."

그 대목에서 노인은 잠시 말을 멈췄다. 그리고 가만히 이심전의 두 눈을 들여다보며 다시 말을 이었다.

"어떠하냐? 네가 진정으로 원한다면… 비록 지금 노부의 형편이 넉넉하지 못하기는 하다만, 가능한 대로 왕년의 기억을 되살려 네게 큰 방향 정도는 제시해 줄 수 있을 것 같다만……."

이심전이 움찔 어깨를 떨더니 이어 잔뜩 안타까운 표정이 되고 말았는데, 그런 모습에서 노인은 그가 자신의 말에 대해 대개는 이해를 하지 못하였고, 그로 인해 당장에 어떤 대답을 해야 할지 엄두를 내지 못하는 것이라고 여겼다. 하긴 당연히 그럴 만했다.

노인이 희미하게 고소를 떠올렸다. 그러나 그는 짐짓 단호한 투로 다시 물었다.

"어떠냐? 너는 한번 해보겠느냐?

순간 이심전은 온몸을 부르르 떨었다. 그리고는 온몸의 힘을 다 짜내는 듯이 힘겹게 외쳤다.

"배우겠습니다! 무엇이든 배우겠습니다! 부디 가르쳐 주십시오, 어르신!"

이심전의 그런 모습에서 무공에 대한 그의 갈구가 얼마나 절박한지를 새삼 보는 것 같아서 노인은 크게 고개를 끄덕이며 말했다.

"좋다, 너의 각오가 그렇다면 한번 해보도록 하자. 그리고 그것으로 너에 대한 노부의 야간의 미안함에 대해서도 상쇄하는 것으로 치도록 하자꾸나."

노인의 그 말에 대해서는 이심전이 문득 의문을 가지는 듯한 기색으로 되었다. 그러나 그때 마침 그를 묶고 있던 그 기이한 힘이 갑자기 사라져 버리는 바람에 그는 바닥으로 쓰러지지 않으려고 급하게 버둥대야만 했다.

이심전이 겨우 몸의 중심을 잡고 서는데 노인이 빙그레 웃으며 재촉했다.

"자, 노부와 약속한 아침상을 차리려면 우리는 서둘러야만 하지 않겠느냐?"

3

"이제 너는 평상시보다 한결 더 집중할 수 있을 것이다."

이심전의 양쪽 관자놀이 부근을 지그시 누르고 있던 노인이 이윽고 손을 떼며 말했다.

이심전은 문득 머리가 맑아진 것 같았다. 뿐만 아니라 전신의 모든 감각이 마치 일시에 새롭게 깨어나는 것처럼 맑고도 시원해지는 느낌에 대해 신기해했다.

"명심해라. 노부는 이제부터 검을 쓰는 시범을 보일 것인데, 이 한 번의 시범에 가능한 데까지 모든 형태의 검로(劍路)를 다 담아 보일 작정이다. 다만 이미 말한 대로 과거 한때 그 대략의 이치만을 고찰해 보았을 뿐 형과 식으로 도출해 본 적은 없으니 과연 어떤 형태로 드러나게 될지는 노부로서도 짐작하기 어려운 일이다. 더욱이 단 한 점의 내공도 쓰지 않을 것이니, 이 늙은 몸뚱이가 과연 어느 정도까지 의지를 따라줄지 또한 장담할 수가 없는 노릇이다. 뿐이랴? 너의 강화된 집중력 또한 길어야 기껏 일각 정도나 유지될 뿐이니 노부의 이 한 번의 시범에서 네가 무엇을 얼마나 얻는가 하는 것은 너의 타고난 복과 더불어 짧은 시간 동안에 네가 얼마나 전심전력을 다하느냐에 달렸다고 할 것이다."

이심전이 잔뜩 경직된 모습이 되고 마는데, 노인은 그를 방의 윗목 구석으로 가서 서게 했다. 그리고 자신은 방의 한가운데쯤에 서서 가만히 호흡을 골랐다.

노인의 오른손이 가만히 움직이기 시작했다. 천천히 허공을 내리긋고, 이어 다시 가로로 긋는 것으로.

4

이심전은 처음에 어리둥절하기만 했다. 노인의 그 단순하고도 간단한 손놀림이 무엇을 의미하는지에 대해.

그러나 그는 곧 알 수 있었다, 노인이 지금 자신의 오른팔을 검 삼아서 시범을 보이고 있다는 것을.

찌르고 베고 치는 동작들은 느릿한 중에도 사뭇 절도 있게 이어지고 있었다. 마치 그중의 자세 하나하나를 각각 끊어서 보여주려는 듯이.

그러나 어느 순간부터 노인의 동작은 점차로 빨라졌고, 이윽고는 좁은 방 안의 육합 공간을 온통 휘몰아치기 시작했다.

이심전은 두 눈을 부릅떴다.

그의 눈앞 허공이 마치 그물망처럼 수백, 수천, 아니, 수만 개의 촘촘한 공간으로 난도질당하고 있었다.

그는 양쪽 관자놀이를 힘껏 눌렀다. 시야가 흐려지고, 머릿속 또한 어지럽게 얽혀들고 있었다.

그는 지금 수없이 많은 형태를 보고 있는 듯도 했고, 반면 아무엇도 보고 있지 않는 듯도 했다.

그러나 보아야만 했기에, 더욱이 감히 짐작할 수는 없었지만 노인의 몸짓은 이제 한창 절정을 향해 달려가고 있는 느낌이었으므로 이심전은 관자놀이를 누르고 또 눌렀다. 벌겋게 부어오르도록.

5

노인은 강호에 존재하는, 혹은 존재했던 수백 가지의 검초에 대해 알고 있었다.

그러나 지금은 오히려 그런 기존의 검로들이 그의 시범에 끼어들지 않도록 주의하고 있었다.

또한 그는 변화의 묘(妙)를 최소화하고자 했고, 그런 중에 다시 가능한 모든 형태의 검로를 시현하고자 했다.

이심전이 그가 펼치는 검로를 얼마나 알아볼 것인지는 이미 노인의 관심 사항이 아니게 되었다. 다만 입 밖으로 말을 뱉은 것이기에 그저 보여주면 될 일이었다.

노인이 지금 펼치는 검로는 전혀 계산되지 않은, 그야말로 즉흥적인 것이었다. 다음의 동작은 지금 펼치는 동작과 가장 자연스럽게 이어지는 동작이면 되었다. 정말로 단 한 점의 내력도 일으키지 않은 그의 육신에 가장 충실하도록 말이다.

노인으로서도 이 같은 시도는 정말로 처음인 만큼 처음에는 몹시도 어색했다.

특히나 내공을 완전히 배제하고 난 그의 육신은 수많은 모순과 한계를 드러냈다. 그 스스로가 놀랄 정도로.

아아! 그러고 보니 그가 내공을 수련한 이후 이때까지 내공에 의존하지 않고 온전하게 육신으로만 움직여 본 적이 과연 있던가? 단 한 번이라도. 아주 단순한 행위라도.

그럼으로써 노인은 처음에 느릴 수밖에 없었다.

또한 동작과 동작 간(間)은 자연스럽게 이어지지 못하고 딱딱하게 끊어질 수밖에 없었다.

그러나 그는 점차로 스스로의 육신이 갖는 온갖 모순과 한계에 대해 정확히 인지할 수 있었고, 또한 냉정하게 인정하였다.

그리고 가장 결정적으로 그는 검의 이치에 대해 가장 높은 단계의 깨달음을 지니고 있었으므로 이내 그 같은 모순들과 한계에 가장 적합한 동작과 호흡을 이끌어낼 수 있게 되었고, 점점 더 부드럽게, 그리고 구애받지 않는 자유로운 검로를 표현해 나갈 수 있었다.

그러나 어느 순간 노인은 결국 그가 가진 높은 깨달음으로도 도저히 극복하지 못할 근원적인 모순과 한계에 다시금 부닥치고 말았다.

노쇠(老衰)!

환히게 그려지는 검로를 노쇠한 육신이 미처 따라가 수지 못하는 답답함.

일순 노인은 분노를 느꼈다. 물론 충분히 정제되고 통제 가능한 정도의 작은 분노였다.

그러나 그의 내공은 너무도 높은 경지에 도달해 있었기에 의지(意志) 이전의 그처럼 작은 심경 변화에 대해서도 즉각 반응하였고, 그 결과로 한 가닥의 내력이 저절로 일어났다.

노인은 그 한 가닥의 내력을 즉각 거두어들이려 하였다.

그러나 또한 그 순간에 문득 솟구친 약간의 흥취는 그로 하여금 굳이 내력을 거두어들이기보다는 오히려 기꺼이 터뜨려 내도록 만들었다.

6

"타아앗!"

그 한마디 벼락같은 호통은 마치 용이 울부짖는 듯이 맑고도 웅장했다.

그러나 그 소리는 또한 실로 엄청난 충격을 담고 있어서 이심전은 순간 고막이 찢어지는 듯한 고통에 두 손으로 귀를 틀어막았다.

그러나 순간적으로 두 다리에 힘이 풀려 버렸고, 그는 그대로 바닥으로 주저앉고 말았다.

귀 안쪽이 간질거렸다. 무언가 뜨거운 것이 스멀거리며 흘러나오는 느낌이다. 그 느낌은 곧장 손바닥을 흥건히 적시더니 그대로 양 뺨을 거쳐 목 아래로까지 줄줄 흘러내렸다.

아득한 현기증이 밀려왔다.

그러나 이심전은 퍼뜩 정신을 차릴 수 있었다. 그의 내부로부터 문득 한 가닥의 청량한 기운이 일어나 곧장 그의 내부를 시원하게 감싸고돌았기 때문이다.

참으로 기이한 일이었다.

그러나 이심전은 자신의 내부에서 벌어지는 그 같은 기이함에 대해 의아해할 여유조차 가질 수가 없었다.

와중에도 그의 두 눈은 부릅떠진 채로 노인의 움직임에만 온전히 못 박혀 있었다. 단 한 순간도 놓치지 않기 위해.

노인의 모습이 흐릿해지고 있었다.

노인의 주변은 온통 검영(劍影)으로 가득했다.

노인은 마치 겹겹의 검막(劍幕)에 덧씌워지는 듯이 점차로 그 모습을 감추어 가더니, 이윽고 사람은 보이지 않고 방 안은 온통 검의 그림자뿐이었다.

아아! 육합의 공간이 온통 검의 그림자로 가득하였다.

그러더니 어느 순간, 그 공간 어디에선가 용(龍)과 봉(鳳)들이 불쑥불쑥 생겨나며 우아하게 노닐기 시작했다.

그것들은 혹은 울부짖고, 혹은 포효하며 장엄하게 교차하더니 서로 어울려 맹렬하게 싸우기 시작했다.

그때 이심전은 한순간도 놓치지 않으리라는 각오마저 이미 놓쳐 버린 뒤였다. 그의 두 눈은 신비롭고 황홀하며 또한 공포스럽기까지 한 환상에 몽롱하게 젖어 있었다.

7

노인은 스스로를 잊었다. 그가 지금 어디에 있으며, 무엇을 하고 있는지조차.

그야말로 몰아의 상태였다.

그러던 어느 한순간, 노인의 마음속에서는 한 가닥의 주체할 수 없는 감흥이 일어났다.

이윽고 그는 맑게 부르짖었다.

"한 자루 마음의 검을 다듬어내니 천지간에 베지 못할 것이 없도다! 이것이 곧 궁극의 검, 심검(心劍)이니라! 궁극의 도(道), 심검지도(心劍之道)이니라!"

순간 방 안의 기류가 마치 폭풍처럼 맹렬히 휘몰아쳤다.

그러나 금방이라도 모든 것이 산산이 박살 나고 말겠다 싶건만, 막상은 사방 벽에서 작은 흙덩이 하나도 떨어지지 않고 있었다.

8

이심전은 속에 든 모든 것을 토해내고 말 듯한 극심한 울렁거림을 느꼈다.

그러나 이번에도 그의 내부 깊숙한 어딘가에서 예의 그 따뜻하고도 청량한 기운이 일순 일어나더니 가슴속을 감싸고 달래듯이 하며 잔잔히 휘도는 것이었다.

덕분에 그의 속은 이내 진정되었다.

그러나 그 기이한 기운이 흥분으로 마구 뛰노는 그의 심장 박동마저 진정시키지는 못했다.

그때 이심전의 눈앞 허공에 한 자루 거대한 검이 둥실 떠올랐다.

검은 태양처럼 눈부신 광채를 두르고 있었고, 점차로 그 빛을 온 사방으로 뿜어내기 시작했다.

이심전은 감격했다.

참으로 황홀한 광경이었다.

아니, 그것으로는 부족했다.

참으로 위대한 광경이었다.

그런데 어느 순간, 그 한 자루 위대한 검은 홀연 사라져 버렸고, 그 자리에는 두 손을 가지런히 모은 노인이 엄숙하게 서 있었다. 지그시 두 눈을 감은 채로.

방 안은 고요했고, 이전의 풍경과 조금이라도 달라진 것은 없었다.

그럼으로써 방금 전까지의 그 기이하고도 충격적이며 신비로 웠던 광경들은 그저 이심전이 혼자서 그려본 환상에 불과한 듯했다.

그러나 이심전의 가슴에는 지극한 신비와 황홀이 그대로 남아 있었다, 영원히 지우지 못할 화인처럼.

9

"후~!"

가볍게 숨을 뱉어내며 노인은 스스로의 짧은 여운을 깼다.

동시이다시피 노인은 한 가닥 쓴웃음을 베어 물었다. 한순간의 흥취를 다스리지 못한 스스로의 경망스러움에 대한 일말의 자책이었다.

노인이 비로소 이심전에게 눈길을 주고 보니, 이심전은 방바닥에 주저앉은 채로 멍하니 그를 올려다보고 있는 중이었다.

"다친 것이냐?"

이심전의 귀에서 시작해 뺨을 거쳐 목까지 흘러내린 핏자국을 그제야 발견하고 노인이 곤혹스러워하며 물었다.

"아아! 저는… 저는……."

이심전은 마치 꿈결에 빠져 있는 듯이 중얼거렸다. 그의 눈빛은 어떤 격동이나 도취에 휩싸여 있는 듯했고, 그런 채로 마냥 노인을 우러러보았다.

발갛게 상기된 이심전의 양볼이 마치 진달래 꽃잎 같다는 생각을 언뜻 떠올리며 노인은 새삼 자책하는 심정으로 되고 말았다.

그런데 그제야 문득 도취에서 깨어난 듯이 이심전은 두어 차례 세차게 고개를 흔들더니 벌떡 몸을 일으키려 하였으나, 어지러운지 풀썩 다시금 주저앉고 말았다.

그때 노인이 언뜻 정색하며 물었다.

"너는 잘 보았느냐?"

순간 이심전이 흠칫 당황하는 모습이 되었고, 그에 노인 또한 당혹스러운 빛이 되고 말았다.

그러나 노인은 이내 부드러운 기색을 만들며 다시 물었다.

"네가 과연 무엇을 보았는지 자세히 얘기해 주겠느냐?"

이심전의 얼굴이 더욱 붉어졌다.

"송구합니다만… 저는… 제대로 보지 못했습니다. 너무나 많은 것이… 너무도 빠르게 지나가 버리는 바람에……."

이심전의 대답은 사뭇 힘겨워 보이기까지 했다.

노인이 짐짓 소리 내어 웃으며 가볍게 반문했다.

"허허허! 제대로 보지 못했다? 하나도 말이냐?"

그러나 그것마저 질책으로 들은 모양인지 이심전은 다시금 흠칫 움츠러드는 모습이 되었고, 잠시 후에야 지극히 조심스럽게 입을 떼었다.

"저는… 다만……."

"다만?"

"얼마간… 약간의 느낌이 있긴 했습니다만, 그것이 좀……."

노인이 언뜻 이채를 띠며 채근하듯이 물었다.

"느꼈다? 그래, 무엇을 느꼈단 말이냐?"

"그것이… 어떤 때는 부드럽게 춤을 추는 듯이 살랑거리는 바람 같기도 하였고… 잔잔히 흐르는 물 같기도 하였고… 격렬히 쏟아지는 폭포와도 같다가… 가늘게 흩날리는 봄비 같기도 하다가… 천둥벼락을 동반한 세찬 폭풍우 같기도 하다가… 아지랑이같이 아른거리기도 하다가… 짙은 안개에 휩싸인 듯이 막막하기도 하다가… 아아! 마침내는 이글거리는 한낮의 거대한 태양과도 같아져서……."

이심전의 말은 마치 술에 만취한 사람이 중언부언하는 것과도 비슷하였다.

노인이 잠시 동안은 흥미를 가지고 듣나가 이윽고는 가볍게 실소하며 말을 끊었다.

"그만 되었다."

이어 노인은 담담히 덧붙였다.

"노부의 시범에서 무엇을 얼마나 얻었는가 하는 것은 오로지 너의 몫일 뿐이니 네가 그리 느꼈다면 그것으로 된 것이다."

이심전이 문득 망연한 얼굴이 되며 물었다.

"그럼… 저는 이제 어찌해야 하는 것입니까?"

노인이 잠깐의 생각 끝에 문득 정색을 했다.

"요는 잡념을 가지지 않고 오로지 검에만 전념하는 것이 가장 중요하다고 할 것이다."

그러나 이심전은 더욱 망연한 기색이 되었고, 기어들어 가는 것처럼 작은 목소리로 힘겨운 듯이 물었다.

"그렇지만 저는… 이때까지 한 번도 검을 잡아본 적이 없는 데다가… 허약하고 우둔해서 어떻게 검에 전념해야 하는 것인지… 도무지 모르겠습니다."

순간 노인은 불현듯이 짜증이 일어나는 것을 느꼈다. 아마도 이심전의 아예 몸에 배어버린 듯한 나약함과 열등감에 대해서일 것이다.

"어허! 너는 전념이라는 말의 뜻조차 알지 못한다는 것이냐?"

나직한 질책에 이심전은 그대로 흠칫 움츠러들며 고개를 푹 떨구고 말았다.

그리고 그 모습에 노인은 다시금 스스로의 옹졸함을 자책하지 않을 수 없었다. 이 모든 일은 기실 그가 이심전의 그 같은 나약함과 열등감을 전제하고서 벌이고 있는 것이 아니던가?

'후~!'

노인이 내심으로 가만히 한숨을 불어 내쉬고 나서 한결 부드러운 투로 입을 열었다.

"검을 수련함에 있어 꼭 손에 검을 들어야만 하는 것은 아니다. 즉, 검에 전념한다는 것은 언제 어느 때라도 검에 대한 생각을 결코 놓지 않겠다는 치열한 마음의 각오가 되어야만 한다는 의미이다."

그러나 이심전이 여전히 고개를 들지 못하는 것을 보고서 노인은 몇 마디를 덧붙이지 않을 수 없었는데, 그 몇 마디는 그가 본래 해주려고 했던 범주에 속하는 것이 아니었다.

"검에 전념한다는 것은 또한 모든 사물을 검으로 여기는 마음이다. 곧 네 손에 들린 모든 것이 검이 될 수 있다는 믿음이다. 그것이 연약한 풀 한 가닥이라고 해도 말이다. 뿐이겠느냐? 나아가서는 너의 몸 자체가 한 자루 검이 될 수 있다는 믿음이며, 더욱 정진하여 깨달음의 경지로 나아간다면 검이 없이도 검을 쓰는 경지에 다다를 것이란 믿음이며, 그리하여 마침내 궁극의 경지에 달한다면 심검(心劍)을 얻게 될 것이란 믿음인 것이다."

노인은 문득 쓴웃음을 짓고 말았다.

그는 지금 또다시 자신도 모르는 사이에 격동하였고, 스스로의 얘기에 빠져들고 만 것이다. 이처럼 쉽사리 격동에 빠져들고, 그렇더라도 능히 스스로를 제어할 수 있음에도 불구하고 굳이 그것을 핑계 삼아서 작정하지도 않았던 행동과 말을 하는 것은 실로 그답지 않은 일이라고 해야겠다.

그때 이심전이 문득 고개를 들었다.

"심검이 무엇입니까?"

온통 붉어진 얼굴로 지극한 조심스러움을 가득 담아 하는 그 한마디의 물음에 노인은 다시금 가슴이 뛰기 시작하였다. 그것이 다만 이심전의 호기심일 뿐 결코 깨달음을 구하는 구도(求道)

의 물음이 아님을 알면서도.

그리하여 노인은 입가에 떠올려 놓았던 쓴웃음을 미처 거두기도 전에 굳이 하지 않아도 될 대답을 다시금 하고야 말았다. 아니, 나직이 외치고야 말았다.

"일편(一片)의 의지만으로도 능히 산과 강을 가르고, 바다와 하늘을 가르며, 나아가 온 우주마저 갈라 버릴 수 있는 궁극의 검이니라. 곧 마음의 검이니라."

10

"마음의 검?"

이심전은 가만히 중얼거려 보았다. 괜스레 익숙함이 느껴지는 것이다. 무언지 모를 익숙함이라니……. 물론 얼토당토않은 것이다.

'마음 심(心) 자 때문일까?'

그런 생각까지 해보던 중에 이심전은 흠칫 몸을 떨고 말았다. 몸속 깊숙한 곳으로부터 갑자기 솟구쳐 오른 작은 전율 때문이었다.

그것은 아주 선명하고도 강렬한 느낌이었다.

그런데다 곧이어 몸속에서 만들어지는 또 한 가지의 이상한 느낌을 발견했기에 이심전은 곧바로 그 느낌에 집중해 갈 수밖에 없었다.

그리고 그 잠시간의 집중에서 문득 깨어났을 때 이심전은 물끄러미 자신을 응시하고 있는 노인의 잔잔한 눈길을 그제야 보왔고, 순간 일고 마는 당황 때문에라도 자신이 잠깐 집중했던 그 이상한 느낌에 대해 말하지 않을 수 없었다.

"참으로 이상합니다."

느닷없는 그 말을 노인은 가벼운 실소로 받았다.

"허허허! 너란 아이는 참……. 그래, 또 무엇이 이상하다는 것이냐?"

"그것이… 제 속에 무언가… 작은 개미 같기도 하고… 아니, 개미보다 훨씬 더 작고 희미한 점 같은 것이 하나 생겼는데… 그것이 자꾸만 꿈틀거립니다. 그런데 그것이… 너무나 작고 희미해서 분명하지는 않지만, 제 느낌에 그것은 이상하게도… 마치 아주 작은 한 자루의 검인 것만 같습니다."

사뭇 흥분과 두려움이 교차하는 듯이 이심전의 목소리는 가늘게 떨려 나왔다.

노인은 실소를 지우고 문득 쓴웃음을 짓고 말았다. 불쑥 생겨나는 마음속의 희미한 동요 때문이었다.

그런데 그것은 이내 가볍게 넘겨 버리고 말 수 없도록 변해가는 것이었다. 뭐랄까? 마치 미처 느끼지 못하는 새에 저 홀로 오래 묵어버린 어떤 답답함이나 울분 같은 것으로 된다고 할까?

그리고 다시 한순간, 예기치 않게도 그것이 갑자기 한 가닥의 격동이 되어 솟구치고 말았기에 노인은 급하게 스스로를 추스르는 한편으로 물었다.

"방금 그 말, 다시 한 번 해보거라!"

돌연히 무거워진 노인의 목소리에 움찔 놀란 얼굴이 되면서 이심전이 조심스럽게 입을 떼었다.

"아마도… 어르신께서 그 마음의 검… 심검을 보여주시고 난 뒤부터인 것 같습니다. 그때부터 갑자기 제 몸속에서 무언가… 이상한 것이 생겨난 듯한 느낌이……."

"노부가 네게 보여준 것이 심검이라고 여겼다는 말이냐?"

말을 끊으며 노인이 물었다.

담담한 투였다.

그러나 이심전은 곧바로 대답을 하지 못했다. 노인의 눈빛에 문득 한 가닥 맑고 서늘한 광채가 서렸기 때문이다.

그 광채는 크게 날카롭지 않으면서도 마치 심장까지 파고드는 듯한 기이한 파장 같은 것을 가지고 있는 것 같았으며, 더욱이 은연중에 무거운 강요를 담고 있는 것만 같았기에 이심전은 감히 오래 머뭇거리지 못하고 얼른 고개를 숙였다. 그리고 외치듯이 뱉고 말았다.

"아, 아닙니다! 저는… 저는 다만……."

확연히 떨려 나오는 이심전의 목소리에 담긴 극도의 당황과 두려움을 느끼고 나서야 노인은 비로소 자신이 모르는 사이에 한 가닥의 경계를 발동시켰다는 것을 인식하였다. 그리고는 사뭇 겸연쩍게 그것을 사그라뜨렸다.

잔뜩 억눌린 모습의 이심전에게 가만히 고개를 끄덕여 주고 나서 노인은 다시 담담히 말을 꺼냈다.

"강호의 누천년 역사 동안 수많은 무인들이 실로 치열하게 추구하여 왔으되, 지금까지 어느 누구도 이루지 못한 것이 바로 심검이거늘, 노부가 어찌 감히 심검을 이루었다고 할 수 있겠느냐? 노부 역시도 오랜 시간 염원하고 있는 중이되, 아직까지는 그 언저리를 맴돌고 있을 뿐이니라. 아아! 어쩌면…….”

말하는 중에 문득 떠오르는 감흥이 있었기에 가만히 탄식을 뱉으며 말을 멈춘 노인은 다시 짧게 한숨을 내쉬고 나서 말을 이었다.

“어쩌면 말이다. 심검은 지금까지 시도되어 왔던 방법들과는 근원적으로 다른, 전혀 새로운 방법으로 접근해야 하는 것이 맞을지도 모르겠다. 그리고 정말로 그런 것이라면, 노부의 경우는 처음부터 잘못된 방향으로 들어서서 여태껏 달려온 바가 되니 아무리 치열하게 달려왔어도, 또한 앞으로 더욱 치열하게 달려간다고 해도 결국 궁극의 도에는 이르지 못하게 될 터이지.”

순간 노인의 두 눈에는 다시금 예의 그 맑고 차가운 광채가 은은하게 감돌았다.

그러나 이번에 이심전은 온 힘을 다해 노인을 응시했다. 정말로 두렵고도 힘에 겨웠지만, 노인이 말하는 높은 이치에 대해 도무지 알아듣지 못하는 스스로의 우둔함에 대해 자신이 보일 수 있는 성의는 그것이 유일하리라는 생각에서였다.

그때 노인은 찰나간 스스로의 감회에 몰입해 들었는데, 문득 자신을 똑바로 응시하고 있는 한 쌍의 눈에 대해 언뜻 분노를 일으켰다.

물론 그 한 쌍의 눈의 주인이 이심전임을 모르지 않았으니, 그 분노는 결국 노인 자신으로부터 기인한 분노일 것이다. 그토록 오랜 세월의 집착에도 불구하고 여전히 만족할 만한 성과에 도달하지 못하고 있는 데 대한 억눌린 울분 같은 것.

그러나 그러한 분노에 대해 참으로 유치함을 느끼면서도 노인은 도저히 참을 수가 없었다. 아니, 이 순박하고 제 스스로 뱉은 말처럼 우둔하기 짝이 없는, 기껏 궁벽한 산촌의 어린 무지렁이에게까지 참고 싶지는 않아서 결국은 입 밖으로 뱉고야 말았다.

"네 속에 작고 희미한 검 한 자루가 생겨났다고 했느냐?"

여전히 담담한 투였다.

이심전은 감히 대답하지 못했다.

그때에 그는 마치 거미줄에 걸려 버린 하루살이 같았다.

노인으로부터 뿜어지는 무서운 기세에 온몸이 마비되고 만 듯이 꼼짝도 할 수가 없었고, 머릿속마저 텅 빈 듯이 아무런 생각조차도 할 수가 없었다.

노인의 담담한 목소리가 이어졌다.

"그래, 심검의 진정한 본질이 모든 형과 식을 배제한, 그야말로 무형식의 검일 수 있음을, 나아가 다시 그것의 본질이 되는 것이 완전한 자유로움일 수 있음을 노부도 부정하지는 않는다. 그리고 그러한 무형식과 완전한 자유로움에 도달하는 데 있어 내공이란 다만 거추장스러운 장애에 불과할 수 있음도."

노인은 문득 눈빛을 기이하게 빛내며 이심전을 쏘아보았다.

순간 이심전은 그대로 심장이 멎어버리는 듯했다. 한 가닥 차가운 전율이 머리에서부터 발끝까지 단번에 꿰뚫고 지나가는 듯했다.

그러나 이심전은 감히 시선을 돌리거나 눈을 깜빡거릴 엄두는 추호도 낼 수 없었다.

"그렇구나. 너는 태어나 지금껏 단 한 점의 내공도 가져본 바

없고, 제대로 형과 식을 갖춘 검초라곤 일 초 반 식도 견식해 본 바 없으며, 더욱이 세상의 풍진에 조금도 물들지 않아 그야말로 순백의 설원과 같다고 할 것인데, 그런 너의 내부에 돌연히 검 한 자루가 생겨났다고 하니 그것이 아무리 터무니없는 소리라고 할지언정, 노부로서는 아주 못 믿겠다는 말은 차마 하지 못하겠구나."

점점 빨라지던 노인의 어조가 문득 격앙되었다.

"하면, 네가 한번 해보겠느냐? 너의 내부에 갑자기 생겨났다는 그 한 자루의 작고 희미한 검은 혹시 한 톨의 씨앗 같은 것일 수도 있으니, 네가 이제부터 그 씨앗을 일념으로 키우고 가꾸어 나간다면 그 씨앗이 자라 언젠가는 완전한 한 자루의 검이 될 수도 있지 않겠느냐? 그리하여 그 검이야말로 지금까지 어느 누구도 이루지 못한 진정한 심검일 수도 있지 않겠느냐?"

그 순간에 노인의 분노는 마침내 극에 이르고 말았다.

"어디 네가 한번 이루어보란 말이다!"

그 웅장한 외침은 그대로 천둥벼락이 되었다.

우르릉~!

쾅!

한순간 하늘이 무너지는 듯한 엄청난 충격이 온 공간에 가득 찼다.

"악!"

외마디 비명을 내지르며 이심전은 그대로 의식을 잃고 말았다.

'한낱 감정 따위를 조절하는 일이야 자유자재의 경지에 들었다고 자부하였건만, 아무리 흐트러짐을 방임해 두고 있는 중이었다고 하더라도 이처럼 어이없이 평정이 무너지고 말다니⋯⋯.'

노인은 문득 참담한 심정이 되고 말았다.

그리고 노인은 방을 나섰다. 이심전은 일시간 혼절했을 뿐이니 잠시 바람이라도 쐬며 심란한 마음을 추슬러 볼 작정이었다.

노인은 집 뒤 산으로 오르는 오솔길로 들어섰다.

숲 속은 적막하리만치 고요했고, 대기는 차고 맑았다. 그러나 한번 흔들린 그의 마음은 좀처럼 평정으로 돌아가지 못했다.

'지난 수십 년간 세속의 오욕칠정을 굳이 멀리하지 않는 중에도 진정으로 흐트러진 적이 없었으니, 일단 한번 흐트러진 다음에야 쉽게 원래로 되돌아갈 수는 없을 일이로다.'

자꾸만 생겨나는 탄식 속에서도 애써 무심한 채 거닐고 있는 중에 노인의 눈길이 문득 한곳에 머물렀다.

풍성하게 자란 한 그루 참나무였다.

노인이 가볍게 손을 뻗자 어린아이 손목 굵기의 가지 하나가 간단히 베어져 그에게로 날아왔다. 마치 거짓말처럼.

노인은 근처의 평평한 바위에 걸터앉았다. 그리고 천천히, 아주 천천히 나뭇가지를 다듬기 시작했다.

사실 노인에게 그 같은 일은 아주 간단해서 순식간에 끝낼 수도 있는 일이었다.

그러나 지금 노인은 나뭇가지를 다듬는 일에 온전히 몰입하려 애를 쓰고 있는 중이었다.

나뭇가지가 서서히 하나의 형체를 갖춰갔다.

그리고 그런 중에 과연 노인의 마음도 조금씩 조금씩 평정을 되찾아갔다.

12

노인이 돌아왔을 때, 해는 이미 중천을 향해 가고 있는 중이었다.

노인은 곧장 마당으로 들어서지 않고서 사립문 앞에서 걸음을 멈추었다.

마당 가운데서 이심전이 가느다란 막대기 하나를 들고서 이리저리 휘두르고 있는 중이었다.

힘에 겨운 듯이 숨을 헉헉대면서도, 이심전은 그 일에 사뭇 열중해 있는 듯이 보였다.

위에서 아래로 똑바로 내리긋는 동작 하나.

옆으로 반듯하게 가로 긋는 동작 하나.

좌 상단에서 우 하단으로 비스듬히 내리긋는 동작 하나.

우 상단에서 좌 하단으로 비스듬히 내리긋는 동작 하나.

노인이 잠시 지켜보자니 이심전이 취하는 동작은 그렇게 기껏 네 가지에 불과했는데, 그는 그것을 계속해서 반복하고 있었다.

노인이 시범을 보였던 수많은 동작 중에서 그가 기억할 수 있었던 것이 아마도 거기까지였던 것일까?

노인은 설핏 미간을 좁히고 말았다.

지극히 단순한 동작의 반복에 불과한데도 이심전의 몸놀림은 영 힘에 겨워 보였고, 또한 어색하고 어눌하기만 하였던 것이다.

그러나 노인은 잠시만 더 지켜보기로 하였다.

비록 형편없는 몸짓일지라도 조금도 요령을 피우지 않고 막대기를 휘두르는 일에 온전히 열중해 있는 소년의 우직함만이라도 평가해 주어야만 할 것 같은 심정에서였다.

'하긴 저 네 가지의 단순한 동작들이야말로 검으로 펼쳐 낼 수 있는 모든 세초(細招)의 근간이라고 할 수도 있겠다.'

애처롭기까지 한 이심전의 반복 몸짓에 대해 애써 의미를 부여하면서 노인은 새삼 한 가지 의미를 떠올렸다.

"심전(心田)! 마음의 밭을 늘 일구고 가꾸라는 의미라고 했던가? 허허허! 마음의 밭이라……."

그때 노인의 중얼거림을 들었던지 이심전이 흠칫 열중하던 일에서 깨어나며 노인을 반겼다.

"아, 어르신! 어딜 다녀오시는 길입니까? 많이 시장하실 테니 바로 아침상을 차려 올리겠습니다."

서둘러 달려가려는 이심전을 노인이 손짓으로 멈춰 세웠다.

"아니다. 아침은 되었으니 너는 잠시 이리로 와보거라."

노인이 불쑥 목검을 내밀자 이심전은 선뜻 받을 생각을 못하고 얼떨떨해하는 모습이다.

노인이 빙그레 웃으며 말했다.

"이것으로 검을 연습해 보거라."

그제야 이심전은 공손히 두 손으로 목검을 받았다.

노인이 담담히 정색하며 말을 이었다.

"검이란 것은 결코 단시간에 이루어지지 않는 법이다. 오랜 시간 동안 쉼 없는 노력과 인내, 그리고 지극의 간절함과 절실함으로 수많은 시련과 고난을 극복해 나가는 중에서만 아주 조금씩 성과를 이루어 나갈 수 있는 것이다."

경건히 목검을 감싸 안은 채로 이심전의 눈빛이 별처럼 반짝였다.

그 샛별 같은 반짝임에서 소년의 뜨거운 열의와 굳은 결의를 새삼 확인할 수 있었기에 노인은 차라리 쓴웃음을 짓고 말았다.

그러나 노인은 다시 담담하게 말을 이었다.

"그러나 네가 타고난 체질의 한계는 너무도 분명하니 지나친 욕심은 부리지 않도록 늘 경계하도록 하거라. 자칫 무리를 범한다면 크게 몸을 상할 수도 있음이니라. 또한 검을 수련하는 진성한 의미는 오히려 마음을 갈고닦는 데 있음을 언제나 명심하도록 하여라."

"예, 어르신. 하지만… 저는 정말로 열심히 할 것입니다!"

이심전의 대답을 들으며 노인은 가볍게 실소하지 않을 수 없었다. 이심전의 표정이며 목소리에서 마치 자신의 결의를 몰라주는 데 대한 얼마간의 억울함이 녹아 있는 듯하였기 때문이다.

노인이 담담히 소년의 눈을 들여다보며 말했다.

"네 마음속에 아주 작고 희미한 검 한 자루가 생겨났다고 말하지 않았더냐?"

순간 이심전이 크게 당황하며 급하게 대답했다.

"어르신, 그것은 그때 제가 잠시 엉뚱한 공상에 빠져……."

노인이 가볍게 고개를 끄덕여 이심전의 말을 끊으며 자신의 말을 계속했다.

"그래, 그럴 것이다, 엉뚱한 공상일 것이다. 그러나 노부가 다시 생각해 보니 너의 그러한 공상은 아마도 그만큼 검에 대한 너의 열망이 간절하다는 것일 터이다. 그리고… 검의 궁극… 그 원대하고도 위대한 경지 또한 그 시작은 결국 그것에 대한 지극한 간절함이라고 할 것이니, 그런 의미에서… 너는 이미 나름의 어떤 시작을 하였다고 할 수도 있지 않겠느냐?"

노인의 담담한 눈빛을 받으며 이심전은 이윽고 어쩔 줄 몰라 하는 기색이 되고 말았다.

"저는… 무슨 말씀이신지… 도무지 알지 못하겠습니다."

그에 노인이 문득 빙그레 미소를 떠올리며 짐짓 농을 한다는 듯이 슬쩍 물었다.

"너의 마음에 관한 것은 오로지 너의 소관이니 도무지 알 수 없는 것은 오히려 노부가 아니겠느냐?"

"예?"

"허허허!"

이심전이 그만 멍한 표정으로 되고 마는 데 대해 노인은 나직한 실소를 흘려냈다.

그런데 노인의 그 웃음소리에는 어딘지 모르게 씁쓸하고도 허탈한 듯한 느낌이 녹아 있었다.

그러나 노인은 이내 빙그레한 미소로 돌아가며 말했다.

"어쨌거나 노부가 생각하기에… 흠! 너는 이렇게 한번 해보는 것이 어떻겠느냐?"

이심전의 눈빛이 반짝하고 맑게 빛났다.

"네 안에 생겨났다는 그 작고 희미한 한 자루의 검 말이다. 그것을 정말로 한번 키워보면 어떨까 하는 것이다."

"예?"

차라리 흠칫 놀라고 마는 이심전에 대해 노인이 가만히 고개를 끄덕여 보이며 덧붙였다.

"물론 이전의 그것은 다만 너의 헛된 공상에 불과했을 것이다. 그러나 이제부터는 정말로 네 안에 그와 같은 한 자루 검이 존재한다고 믿는 것이다. 아니, 한 자루 검의 씨앗이 심겼다고 믿어라. 네 이름 그대로 네 마음의 밭에 말이다. 그리고 진정 간절하게… 네 온 마음을 다하여 그 씨앗을 부단히 가꾸고 일구어 나가거라. 그리하면 언젠가는 그것이 정말로 싹을 틔우고, 나아가 한 자루의 진정한 검으로 완성될 수도 있을 것이다. 마음의 검으로 말이다."

"아아! 마음의 검… 말입니까?"

혼잣말인 듯이 중얼거리는 이심전의 눈빛은 마치 꿈꾸는 듯이 몽롱하게 변해 있었다.

그런 이심전의 모습에 노인은 언뜻 고소를 떠올렸다. 그러나 그는 다시 약간의 묘한 기분에 젖어들고 말았다.

13

"그런데 어르신, 이미 해가 중천에 떴으니 서두르셔야만 하겠습니다. 화구를 둘러보셔야지요?"

이심전이 문득 서두르는 데 대해 노인은 다소간 겸연쩍게 웃으며 고개를 끄덕였다.

"그래, 그러자꾸나."

그런데 서둘러 헛간 쪽으로 걸음을 옮기던 이심전이 겨우 두어 걸음을 걷더니 갑자기 스르르 쓰러지고 마는 것이었다.

그리고 어느새 다가선 노인이 그를 부축하였다.

"이런 식의 작별이 보다 어울리지 않겠느냐?"

노인이 담담히 중얼거렸다.

14

이심전을 안고 다시 방으로 가 눕히며 노인은 윗목의 나무 궤짝 옆에 덩그마니 놓인 홍옥병으로 담담한 눈길을 주었다.

"이로써 노부는 오대불세지연(五大不世之然)의 두 가지를 한꺼번에 버린 셈인가? 허허허! 아니로구나. 다른 세 가지야 애초부터 노부의 흥미를 끌지도 못하였으니 결국 그것 모두에 대한 미련을 다 버린 셈이로구나."

노인이 애써 초탈한 느낌에 젖어보려 했지만, 그게 쉽지만은 않았다.

방을 나선 노인이 걸음걸이라도 무심하게 그 좁은 마당을 가로지르려 하였으나, 미처 마당을 다 나서기도 전에 오래된 기억 하나가 불쑥 떠오르는 것이었다.

그리고 그 오래된 기억은 노인으로 하여금 어쩔 수 없이 쓴웃음을 짓고 말도록 만드는 데가 있었다.

"그리고 보니 그 맹랑한 꼬마 녀석과의 약속이 있었구나."

일부러 걸음을 멈추지는 않았지만, 노인은 연이어 떠오르는 한 가닥의 회상을 떨치지는 못했다.

그의 회상 속에서 다섯 살짜리 맹랑한 꼬마 녀석의 흑백 분명한 눈동자가 영민하게 반짝이고 있었다. 마치 어제 본 것처럼 선명하게.

"그것, 나 줘!"

"허허허! 이것이 무엇인지 알기나 하고 달라느냐?"

"몰라! 그냥 가지고 싶어!"

"이건 천하에서 가장 진귀한 보물이니라."

"그러니까 나 줘!"

"보물은 그것을 능히 지킬 수 있는 능력이 있는 사람만이 가질 수 있느니라."

"능력? 그게 뭔데?"

"…힘이다."

"힘? 나도 힘센데?"

"허허허! 네 힘 정도론 어림도 없느니라."

"그럼 얼마만큼 세야 되는데?"

"네가 아는 사람 중에 제일 힘이 센 자가 누구냐?"

"무공 사부! 그는 음… 번개처럼 빠르고… 검을 들면 무엇이든 다 베어버려. 지난번에는 내 머리만 한 바위를 단번에 두 동강을 내버렸는걸."

"호! 과연 대단하다고 할 만하구나. 좋다, 언젠가 네가 너의 그 무공 사부를 능히 이길 수 있게 된다면, 그때는 네 능력을 인정하고 기꺼이 이 물건을 네게 주도록 하마."

"무공 사부쯤 당연히 이길 수 있어. 그렇지만 금방은 안 되고… 내가 한참 더 커야만 하는데… 음, 그럼 우선 그것에 표시를 해둘래."

"표시?"

"응. 이제부터는 내 것이 된 거나 마찬가지니까 아무도 가져가지 못하게 해두려는 거야."

"허! 그래, 어떻게 표시를 해두겠다는 것이냐?"

"백년설향(百年雪香)을 발라놓을 거야."

"백년설향? 호? 그 희귀한 물건을 네가 가지고 있단 말이냐?"

"응. 지난번 생일 때 이숙(二叔)께서 선물하신 거야. 어디에라도 일단 한번 발라놓으면 그 향이 이름 그대로 백 년 동안이나 사라지지 않는대."

"허허허! 좋다, 어디 한번 그리해 보거라."

15

황(黃) 촌(村).

두 글자가 새겨진 표지석 앞에 서서 노인은 문득 두 사람을 떠올렸다.

어제 이 자리에서 만났던 사운과 초혜라는 이름의 남녀 기재들이다.

특히 사운이라는 청년에 대해서는 떠나기 전에 반드시 찾아서 다시 만나보리라 작정했던 것이지만, 지금 노인의 마음으로는 그럴 여유가 가져지지 않았다.

"인연이 있다면 언젠가 다시 만나게 되리라."

나직이 중얼거리는가 했는데, 순간 노인의 모습은 그 자리에서 사라져 버렸다.

다만 노인이 서 있던 자리에서는 문득 화사한 붉은빛 약간이 햇빛에 반짝이며 바닥으로 흩어져 내리고 있었다.

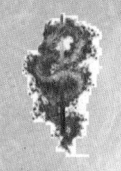

第五章
부자소사(父子小事)

1

　황촌 사람들은 언제 터질지 모르는 활화산의 품속에서 살아
가고 있다.

　화산이 터지지 않기를 하늘에 간절히 기원하며, 한해 한해가
무사히 넘어갈 때마다 산신께 감사하며 차라리 운명인 양 살아
가고 있는 것이다.

　전해져 내려오는 얘기에 의하면, 이백 년 전인지 삼백 년 전
쯤에는 기어코 화산이 대폭발을 일으킨 적도 있다고 한다.

　그것은 가히 하늘의 노여움이었다고 한다.

　거대한 용암 줄기가 수백 장 상공까지 치솟았고, 시뻘건 화
우(火雨)와 거대한 바윗덩어리가 우박처럼 쏟아졌으며, 황촌
사람들의 근 팔 할가량이 속수무책으로 목숨을 잃었다.

　천행으로 목숨을 건진 사람들은 치를 떨며 지옥의 대지를 떠

났다.

그러나 산 아래의 바깥세상은 그들에게 너무나 거칠고 고달 팠다.

어린아이가 장년이 되었을 만큼의 세월이 흐른 뒤 그들은 결국 다시 황촌으로 돌아왔고, 시커먼 화산재로 뒤덮인 불모의 대지를 악착같이 일구어냈다.

이내 화산의 산비탈에는 구불구불한 밭들이 생겨났다.

어느 때부터 화산이 다시 으르렁거리기 시작하고, 곳곳의 화구들이 수시로 작은 폭발들을 일으킬 때도 그들은 차마 황촌을 다시 떠나진 못했다.

천신만고 끝에 일구어놓은 산비탈의 밭들이 너무나 아까웠다. 비록 척박한 토질에다 자갈투성이의 거친 밭이지만 바깥세상의 어느 하늘 아래에서도 가져보지 못한 그들의 땅이었던 것이다.

해마다 봄이면, 이번에 뿌린 씨앗의 결실만 거두고 겨울이 오기 전에는 떠나리라 마음을 먹어보기도 하는 것이지만, 막상 겨울이 와도 그들은 결코 떠나지 못했고, 그런 세월이 어느새 수백 년이나 흐른 것이다.

그러나 만약 칠정석(七晶石)이 아니었다면 황촌 사람들이 그처럼 오랜 세월 동안 마을을 지키며 살아올 수는 없었을 것이다.

언제부턴가 우연하게 채취하기 시작한 칠정석은 유황 동굴에서 나는 화산 원석의 한 종류인데, 특이하게도 다른 곳에서는 거의 나지 않고 황촌 인근에서만 났다.

은은하게 비치는 검은색의 윤기가 아름다워 장식용으로 쓰이기도 하지만, 그보다는 몸에 지니고 다니면 몸을 보하고 마음을 안정시키는 효능이 있다고 알음알음 알려져서 나중에는 대처(大處)에서까지 찾는 이들이 생겨났다.

그러나 칠정석의 채취가 그리 간단한 것은 아니었다.

유황 동굴 깊숙한 곳까지 들어가 지독한 열기와 독기 속에서 사투를 벌이다시피 채취를 해야 했으니 황촌 사람들이 공동 작업으로 한 달을 죽어라 캐봐야 기껏 반 가마니 남짓 모을 수 있을 뿐이었다.

또한 보석으로 취급받는 것도 아니어서 그 값이 그다지 비싸다고는 할 수 없었으니, 그저 황촌 사람들이 긴 겨울과 춘궁기까지의 힘겨운 시기에 호구지책으로 삼기에 맞춤할 정도였다.

2

이심전은 마당에 서서 목검을 휘두르고 있는 중이었다.

이심전이 목검을 휘두르는 방식은 여전히 네 가지의 동작의 반복일 뿐이었다.

종으로 똑바로 내리긋고,

횡으로 반듯하게 가로 긋고,

좌 상단에서 우 하단으로 비스듬히 내리긋고,

우 상단에서 좌 하단으로 비스듬히 내리긋는.

다만 이심전의 그 같은 휘두름은 처음보다는 한결 자연스러워진 느낌이다.

사실 이심전은 어제 하루와 오늘까지를 꼬박 그 네 가지 동작과 목검에만 빠져 있는 중이었다.

물론 금방금방 지치는 까닭에 목검을 오래 휘두를 수는 없었지만, 대신 쉴 때도, 밥 먹을 때도 목검을 몸에서 떨어뜨려 놓지 않았고, 심지어 잠잘 때조차도 목검을 품에 안고 잤다.

"심전아!"

사립문 밖에서 부르는 소리에 이심전이 돌아보고는 대번에 얼굴이 환해지며 소리쳤다.

"아버지!"

구레나룻이 왕성한 중년의 사내 하나가 성큼 사립문을 들어서고 있었다.

"이 녀석아! 무얼 하느라고 아비가 오는 줄도 모르고 있는 것이냐?"

짙은 수염 사이로 이를 환히 드러내며 다가서는 사내는 바로 이심전의 아버지 이초평(李草平)이었다.

이초평은 마을의 중요한 일 한 가지를 맡아서 처리하고 오는 길이었는데, 마을 사람들이 지난 두 달간 공동 채취한 한 가마니의 칠정석을 대처로 가져가 처분하는 일이었다.

그 일은 겨울철 황촌에서 가장 중요한 임무라고 할 수 있었는데, 이초평이 비록 일자무식이긴 하였으나 담대하고 눈치가 빠른데다 성실하기까지 한 것을 눈여겨본 촌장어른이 그를 적임자로 지목하여 벌써 십여 년째나 그 일을 도맡아서 해오고 있는 중이다.

이초평이 주로 다니는 대처는 서너 곳쯤 되는데, 대개는 몇백

리나 떨어진 먼 곳이어서 한번 일을 나가면 빨라도 사나흘은 족히 걸리고, 간혹 날씨가 안 좋거나 예상치 못한 문제가 생기기라도 하면 대엿새나 걸릴 때도 있었다.

3

적막하기만 하던 귀틀집에 대번에 활기가 돌았다.

이초평이 돌아오자마자 집 안팎의 모든 것이 곧장 바쁘게 돌아가기 시작하는 것이다.

근 닷새 만이니 아들에게 '잘 있었느냐?', '나 없는 동안에 무슨 일은 없었더냐?' 등등의 안부부터 차근차근 물어볼 만도 하건만, 이초평은 부엌과 헛간을 부지런히 드나들며 자신의 짐부터 풀어서 챙기고, 그런 중에 다시 무언가를 꺼내 들고 와서는 마당에다 늘어놓고, 하여간에 이것저것 일거리들을 벌리는 데 몹시도 분주하였다.

딱히 분주할 것이 없는 이심전은 그저 아버지가 하는 모양만 바라보고 있을 뿐이었으나, 그래도 그의 얼굴에서는 내내 웃음기가 떠나질 않았다.

"어머, 아저씨! 언제 오셨어요?"

사립문 밖에서 들려오는 맑은 목소리에 마침 헛간에서 나오던 이초평이 대번에 반색하며 종종걸음으로 마당을 가로질렀다.

"아이고! 초혜 아씨 아입니까? 지는 지금 막 돌아온 길인데, 안 그래도 촌장어른께 인사드리러 가이까네 마침 아씨가 안 계시데예."

"예, 그러셨어요?"

"지가 아씨 드릴라꼬 뭐를 하나 사 왔는데……."

"어머, 정말요?"

"뭐, 벨 거는 아닙니다. 그냥 지법 이쁘게 생긴 노리개 하나가
눈에 띄길래 아씨한테 잘 어울리겠다 시퍼가꼬……."

"어머! 고마워요, 아저씨!"

"어데예! 벨로 비싼 것도 아닌데예, 뭐. 촌장님께 맡기놨으이
까네 집에 가시거든 한번 보시이소. 근데 아씨 마음에 들어야
할 낀데……."

"아저씨가 절 위해 특별히 사 오셨다는데 마음에 안 들 리가
있겠어요?"

"하하하! 하여간에 아씨는 말씀 한마디라도 참말로 이쁘게
하신다카이."

"호호호! 아저씨도, 참!"

그렇게 한동안을 수다스럽고 나서야 이초평은 비로소 초혜의
옆에 선 청년을 보았다는 듯이 새삼 넉살을 떨었다.

"하이고마, 이분 공자님이 바로 아씨의 낭군님이 되실 공자
님이신 모양이구마."

초혜가 수줍은 듯이 살포시 웃음 지었다.

능사운은 겸연쩍은 듯이 이초평에게 가볍게 목례를 해 보이
고는 짐짓 먼 데로 시선을 돌렸다.

"하이고마, 참말로 훤칠하시네. 지가 대처로 다니믄서 나름
으로 잘났다카는 청년들을 꽤나 보았지만서도, 공자님만큼 뛰

어난 분은 못 봤는기라예."

능사운의 풍모에 대한 이초평의 칭찬이 입에 침이 마르도록 한참이나 늘어지는 동안, 이심전은 영 마음이 불편하였다.

이심전의 그런 불편한 점 중에는 방금까지 자신과는 멀쩡하던 아버지의 말투에 갑자기 사투리가 섞이며 영 점잖지 못한 투로 변해 버린 데 대한 것도 포함이 되었다.

4

이초평은 황촌 마을의 토박이였다.

이 땅에서 나고 자랐으며, 그의 부모와, 야속하게도 핏덩이 아들만 세상에 남겨놓고 죽어버린 그의 아내도 이 땅의 한구석에 잠들어 있다. 당연히 그 또한 이 땅에 묻히게 될 것이다.

그러나 아들에게까지 고단한 삶을 물려줄 생각은 없었기에 이초평은 아들이 성년이 되면 대처로 내보낼 생각이었다.

유약하기만 아들이 못 견디고 이내 다시 돌아오더라도 다만 젊은 한때만이라도 넓은 세상을 경험해 보길 바라는 마음이었다.

이초평이 아들 앞에서만큼은 서투르나마 고집스럽게 대처의 반듯한 말씨를 써온 것은 바로 그때를 생각해서였다.

사실 이심전은 아버지의 그런 심려의 덕분을 이미 상당 부분 보았다고 할 수 있었다. 그가 글을 배울 수 있었던 것이며, 그런 중에 초혜 아씨에게 오라비로 불릴 수 있었던 것도 다 그 덕분이었으니까 말이다.

촌장어른의 외손녀인 초혜는 일곱 살 무렵까지는 부모와 함께 대처에서 살았다고 했다.

그런데 불의의 사고로 한꺼번에 부모를 다 잃어버리는 바람에 남아 있는 유일한 혈육인 외조부가 계신 이곳 황촌으로 오게 된 것이다.

어린 초혜는 인형처럼 예뻤고, 별처럼 총명하였다.

그러나 성격이 사뭇 예민하고도 까다로워 갑자기 바뀐 환경에 좀처럼 적응하지를 못하였다.

촌장어른이 또래 아이들과 함께 어울리도록 애를 써보기도 했지만, 초혜는 황촌 아이들의 투박한 말투를 듣는 것만으로도 질색을 할 정도로 싫어했다.

그때 우연히 아버지를 따라 촌장어른 댁에 갔던 이심전은 아버지가 슬며시 옆구리를 찌르는 바람에 초혜에게 인사를 건네게 되었다.

얼굴에 불이 붙은 듯이 뜨거워진 채로 우물쭈물하면서 무슨 말인가를 건네긴 했는데, 무어라고 했는지는 이심전의 기억에 조금도 남아 있지 않았다. 다만 와중에도 대처 말씨를 쓰려고 애를 썼다는 것과, 그때 햇살처럼 환하게 번져 가던 초혜의 미소만큼은 너무도 선명하였다. 영원히 잊히지 않을 것처럼.

그리고 그때부터 두 사람은 다시없는 단짝이 되었다.

다른 또래 아이들과는 어울리지 않고 매일같이 둘이서만 붙어 다니며 서로에게 유일한 친구가 되었다.

초혜는 이심전에게 많은 것을 가르쳐 주었다.

그중에서도 그녀가 가장 공을 들인 것은 바로 이심전이 보다

완벽하게 대처 말씨를 구사하도록 하는 것이었다.

덕분에 이심전은 아버지의 대처 말씨가 얼마나 서툴고도 어색한지 그제야 알게 되었다.

또한 그녀는 이심전에게 글을 익히도록 했다.

별처럼 총명한 그녀는 어린 나이에 이미 많은 책을 읽어냈고, 자신의 유일한 대화 상대가 된 이심전과 다양한 화젯거리를 만들기 위해서라도 그녀가 읽었던 책 중의 일부를 이심전에게 읽힐 필요가 있었던 것인지도 몰랐다.

어쨌거나 그때야말로 이심전에게는 가장 행복한 시간이었다.

타고난 병약함이 원인이었겠지만, 이심전은 원래부터 지극히 내성적인 성격이었다. 동네의 또래 아이들에게 늘 괴롭힘을 당했으므로 집 밖에 나가는 것 자체를 꺼려 할 정도였다.

그런 그가 초혜와 단짝이 되었다는 것은, 다만 친구 하나를 얻은 것 이상의 변화이자 커다란 행운이었다.

초혜는 이심전의 보호자임을 자처했다.

이심전을 놀리고 괴롭히던 또래 아이들은 더 이상 그를 괴롭힐 생각을 하지 못하게 되었다. 그녀 앞에서는 물론이고 그녀가 보지 않는 데서도.

둘은 기껏 한 살 차이였지만, 얼마 지나지 않아 초혜는 이심전을 오라버니라고 부르기 시작했다. 특히 남들 앞에서는 더욱 보란 듯이 대우를 했다.

지금에 와서야 이심전은 가끔 돌이켜 생각해 볼 때가 있었다. 그때 그녀의 그런 행동들이 다만 그에 대한 살뜰한 배려였는지,

아니면 더 나아가 그녀 스스로를 더욱 단단히 지키려는 어린 소녀의 영악함이었는지에 대해.

그러나 어쨌거나 초혜는 황촌에서 가장 부자이며 존경받는 촌장어른의 외손녀인데다, 더욱이 그처럼 예쁘고 똑똑하여서 마을 사람 모두가 '초혜 아씨'로 부르며 공대를 해주었으니, 그녀의 오라버니인 이심전 또한 누구도 감히 함부로는 괄시를 하지 못하였다.

도무지 틈이 없을 것 같던 두 사람의 사이에 돌연히 틈이 생기기 시작한 것은 사실 작년부터다.

어느 날 갑자기 초혜와의 거리감을 느꼈을 때, 이심전은 도저히 감당하기 어려운 당황과 슬픔을 느꼈다.

그렇지만 그는 애써 스스로를 위안했다. 초혜가 이제 소녀에서 여인이 되어가기에 자연스럽게 남녀 간의 내외를 하는 것이리라고.

그러나 이심전은 곧 알게 되었다. 그녀에게 새로운 친구가 생겼다는 것을. 아니, 그 새로운 존재는 친구 이상이었다. 이제까지의 유일한 친구였던 그가 그녀와 함께해 왔던 그 어떤 순간보다도 더욱 그녀를 기쁘게 하고 달뜨게 만들었으며, 때로는 안타깝게 하고 눈물짓도록 만드는, 그야말로 특별한 존재였다.

그 특별한 존재가 바로 능사운(陵獅雲)이었다.

능사운은 모든 면에서 뛰어났다, 이심전이 감히 넘볼 수 없을 만큼.

그럼으로써 이심전은 언제부터인가 초혜에 대해 아련하게 품어왔던 비밀스러운 설렘마저도 포기할 수밖에 없었다.

그 설렘은 초혜와 지금까지의 오누이나 친구 사이를 넘어 남자와 여자로서의 관계가 되고 싶다는 것이었다. 비록 남자와 여자로서의 관계가 구체적으로 어떤 것인지에 대해서는 그 스스로도 다분히 막연한 데가 있는 것이었지만.

　어쨌든 그러한 인정과 포기에도 불구하고 이심전이 능사운에 대해 경계와 질시를 깨끗하게는 거두지 못했던 것은 초혜를 빼앗기고 나면 다시 옛날처럼 그 혼자가 되고 말 것이라는 두려움 때문이었다.

　그러나 그날 마을 입구의 표지석 아래에서 처음으로 능사운을 직접 대면한 뒤 이심전은 새삼 승복할 수밖에 없었다. 진심으로.

　능사운의 준수하고도 늠름한 풍모와 놀라운 재주는 그로서는 꿈에서도 바라지 못할 모습이었던 것이다.

　"나를 형이라고 부른다면 앞으로 틈나는 대로 네게 맞는 몇 가지 무공 재간을 가르쳐 주도록 하마."

　능사운의 그 제안이 사실은 고맙고도 과분한 배려라는 것을 잘 알면서도 이심전이 끝내 받아들일 수 없었던 것은 초혜 앞에서 유약한 모습만큼은 끝까지 보이고 싶지 않아서였다. 비록 그의 유약함에 대해서야 그녀가 이미 너무도 잘 알고 있을 것이지만.

5

　능사운이 슬쩍 눈짓을 주었기에 초혜가 생긋 웃으며 도톰한 입술을 뗐다.

"아저씨, 우린 이만 가볼게요."

"예, 아씨. 그리고 공자님도 살펴 가시이소!"

이초평의 살뜰한 인사에 능사운이 싱긋한 미소를 떠올리며 가볍게 고개를 숙여 보였다.

"아이고! 우짜믄 저리도 점잖을까?"

새삼 찬사를 늘어놓으며 이초평은 한쪽에 멀뚱히 서 있는 이심전을 향해 허공에다 대고 꿀밤을 먹였다.

"심전아, 니는 뭐 하고 있노? 퍼뜩 인사 안 드리고."

이심전이 마지못해 고개를 숙여 보였다. 그런데 순간, 무슨 억울한 일이라도 당한 듯이 괜스레 눈시울이 뜨끈해져 오는 바람에 고개를 반쯤밖에 들지 못했다.

이초평이 잰걸음으로 헛간으로 들어가고 나서야 이심전은 겨우 고개를 들었다.

그새 초혜와 능사운은 귀틀집 뒤쪽으로 난 산길을 따라 올라가고 있었다.

초혜가 나비처럼 나풀거리며 앞장서고, 능사운이 뒷짐 진 채로 느긋하게 뒤따르는 광경이 이심전의 눈앞에서 흐릿하게 번졌다.

그러나 이심전은 그대로 번지도록 두었다. 두 사람의 다정함도 번져 가고 있었다. 참으로 아련하게.

이심전은 실은 어제 오후에 마을에 내려갔었다.

혹시 아버지의 소식이 있나 알아보려는 것이었지만, 아버지가 특별히 늦어지고 있는 것도 아니었으니 괜한 조바심이라고 할 것이다.

사실은 초혜를 볼 수 있을까 해서였다. 우연인 듯이.

초혜는 집에 없었다.

촌장어른 댁에서 부엌일을 봐주는 유씨(柳氏) 아주머니가 능사운이 와서 함께 놀러 나갔다고 말해주었다.

유씨 아주머니는 또 능사운의 부친이 급한 일로 갑자기 집을 비우는 바람에 혼서와 혼수를 받는 일이 잠시 미루어지고 있다고 했고, 그렇더라도 양가에서는 초혜와 능사운의 혼사가 이미 다 이루어진 것으로 여기고 있으며, 마을 사람들도 다 그렇게 여긴다고 했다. 그리고 요 며칠간은 하루도 빼놓지 않고 능사운이 놀러 오고 있으며, 두 사람이 황촌의 여기저기를 다니며 정을 나누는 모습이 참으로 부럽다고도 했다.

뚝!

마침내 한 방울의 눈물이 떨어져 내렸고, 눈앞이 언뜻 선명해지는 바람에 이심전은 얼른 고개를 돌리고 말았다.

6

능사운과 초혜는 산 정상 부근에 있는 작은 온천으로 놀러 가는 길이었다.

산길이 조금씩 가팔라져 초혜가 힘에 겨워하는 기색이자 능사운은 선뜻 그녀의 앞으로 가 몸을 낮췄다.

"업혀."

초혜의 얼굴이 확 달아올랐다.

그녀는 얼른 주위를 돌아보았다. 그러나 이미 한참이나 산속으로 들어왔는데, 오가는 사람이 있을 리 없었다.

한껏 붉어진 볼에 생긋 웃음을 머금은 그녀는 냉큼 정인(情人)의 등에 업혔다.

"어이~ 차!"

짐짓 기합까지 넣어가며 능사운은 벌떡 일어섰다.

"어멋!"

허공으로 붕 떠오르는 느낌에 초혜가 짐짓 놀란 소리를 뱉었다.

능사운은 성큼 걸음을 내디뎠다.

그리고는 곧장 속도를 붙였다. 빠르게, 그러나 봄바람처럼 부드럽게.

뒤돌아보지 않아도 초혜의 긴 머리가 나풀거리는 것이 보이는 듯했다.

능사운은 문득 등이 따뜻해져 옴을 느꼈다. 그녀의 머리가, 얼굴이, 뺨이, 그리고 숨결이 느껴졌다.

따뜻했다. 촉촉했다. 속살거리는 듯이 포근하고 간지러운 그 느낌은 참으로 황홀했다. 마치 꿈결같이.

"하하하!"

낭랑한 웃음소리 한 자락이 분홍빛 화사한 꽃잎처럼 허공으로 흩뿌려졌다.

7

이초평이 헛간 정리를 마치고 마당으로 나왔을 때, 이심전은 다시 목검을 휘두르는 일에 열중하고 있는 중이었다.

한껏 거칠어진 숨에 이마는 땀으로 번들거리는 아들의 모습에 놀라 말리려다가 이초평은 문득 안타까운 빛이 되고 말았다.

아들이 무슨 검술을 익힌다는 것은 애초부터 가능하지 않은 일인데도 자꾸 욕심을 부리는 모습이 안타까웠고, 제 딴에는 기껏 해본다고 하는 짓이 저렇듯 어린아이 장난 같은 몸짓들에 불과할 뿐이니 마음이 저린 것이다.

그러나 이초평은 잠시 더 지켜보기로 했다.

대강은 짐작을 할 만했다, 아들이 안 하던 짓을 하는 것이 분명 초혜 아씨와 무슨 관련이 있으리라는 것에 대해.

그러나 사람은 분수를 알아야 한다는 이초평의 믿음은 확고했다. 그래야 탈없이 무난하게 살아갈 수 있는 것이다.

특히나 포기해야만 하는, 포기하지 않으면 안 되는 것에 집착하는 일만큼 어리석은 짓은 없는 법이다.

"심전아, 좀 쉬었다 하거라!"

아들의 숨이 위태롭다 여겨질 만큼 거칠어졌기에 이초평이 더 이상은 지켜보지 못하고서 외치듯 말했다.

"허억! 허억! 조금만 더 하고요!"

목검을 멈춘 이심전이 거칠게 숨을 몰아쉬며 말했으나, 곧장 다시 목검을 휘두를 기세다.

"어허! 조금 쉬었다 하라니까! 그러다가 탈 날라!"

"괜찮다니까요!"

이심전이 고집을 피우며 기어코 목검을 곧추세우는 모습에 이초평은 잔뜩 미간을 찡그리고 말았다.

그러나 그는 곧 무슨 생각을 했는지 얼굴을 폈다.

"오냐! 네가 그토록 하려고 하니 나도 되도록이면 간섭을 안 하도록 하마! 그러나 대신에 너도 내 말 한 가지만 들어다오!'

이심전이 성가시다는 표정이면서도 목검을 든 팔을 다시 아래로 늘어뜨렸다.

이초평이 슬며시 웃음기를 떠올리며 덧붙였다.

"그렇게 어려울 것도 없는 일이다. 헛간에 예전에 캐어둔 하수오 한 뿌리가 있지 않더냐? 네가 죽어도 못 먹겠다고 해서 몇 년째나 구석에 처박아둔 것 말이다. 그런데 네가 이처럼 열심히 검술 연습을 계속하려면 우선은 원기부터 좀 보(補)해야 할 것 아니냐? 하여 내 그것을 푹 고아줄 참이니 제발 아무 탈도 잡지 말고 순순히 먹어달라는 것이다."

그리고 이초평이 반신반의로 아들의 눈치를 살피는데, 의외로 이심전은 크게 망설이는 기색 없이 곧바로 고개를 끄덕이는 것이다.

"그것만 먹으면 제 맘대로 검술 연습을 해도 된다는 말씀이지요?"

"물론이다. 설령 네가 밤을 새워 막대기를 휘두른다고 해도 아무 말 안 하도록 하마."

이초평이 얼른 대답하고는 아들의 마음이 변하기라도 할까 보아 발걸음부터 떼놓으며 덧붙였다.

"그럼 그놈 씻어서 솥에다 안친다?"

그리고는 대답도 듣지 않고 헛간으로 향하는 이초평의 걸음이 급했다.

"그놈이 못해도 한 백 년은 조이 묵은 놈인데… 먹기만 먹어 놓으면 한 두어 해 동안은 잔병치레 없이 거뜬히 넘길 것이다."

혼잣말로 중얼거리는 이초평의 얼굴에 절로 함박웃음이 그려 졌다.

8

등잔의 흐릿한 불빛이 벽에다 제멋대로 만들어낸 그림자들이 고단한 듯이 흐느적거리며 춤추고 있었다.

저녁상을 물린 뒤 이초평 부자는 이런저런 얘기들을 나누고 있는 중이었다.

이심전은 아버지가 집을 비운 며칠간에 있었던 일을 조곤조 곤 말했다.

아주 예외적인 경우가 아니라면 이심전이 아버지에게 무엇을 숨기는 경우는 없었다. 천지간에 혈육이라곤 오로지 서로밖에 없으니 진심으로 그를 걱정하고 위해주는 사람은 오로지 아버 지뿐이라는 절대의 연대감이 있는 까닭이다.

'혼자 큰 탓이다. 아무래도 대처로 내보낼 궁리를 해봐야 될 때가 된 것 같군.'

상기된 얼굴로 얘기에 열중해 있는 아들을 보면서 이초평은 그런 생각을 했다.

'핏빛 용'이 어쩌고 하는 얘기에 대해서는 황당하다는 느낌 을 넘어 언뜻 불길한 생각마저 드는 것이다.

"다른 사람에겐 그런 얘기 하지 말거라."

"예……"

이심전의 대답이 심드렁했기에 이초평은 입맛이 썼다.

순진한 아이를 데리고 참으로 실없는 장난을 친 그 노인이 새삼 괘씸해지는 것이다.

이초평이 비록 깊은 산촌의 일개 무식한 사냥꾼일 뿐이나, 대처를 다니면서 무공이나 검술에 대해서 보고 들은 게 없지는 않았다.

그러니 하룻밤을 묵고 홀연히 떠난 노인이 아들에게 가르쳐주었다는 그 몇 가지의 장난 같은 몸짓들이 아무리 좋게 봐주어도 그저 대처의 부잣집 어린 아이들이 여기저기 난립한 작은 무술도장에 다니면서 첫날에나 배울 법한, 그야말로 기초 중에서도 다시 기초에 불과하다는 정도는 충분히 간파하고도 남음이 있었다.

하물며 검의 경지가 어떻고 무슨 심검이 어떻고 하는 수작이라니!

필경은 시전 바닥에 죽치며 하루 종일 시간이나 죽이는 파락호들이 값싼 화주 한잔 걸치고 나서 제멋에 겨워 주절대는, 쓸데없이 장황하기만 한 무슨 강호 전설이니 하는 따위에 지나지 않을 것이다.

다만 노인이 주고 갔다는 그 한 자루의 목검은 솜씨가 단연 돋보인다고 할 만큼 꽤나 잘 다듬은 것이어서, 아마도 노인은 목수 재간 하나 믿고서 방랑벽으로 세상 여기저기를 정처없이 떠돌아다니는 처지가 아닐까 하는 생각도 해보게 되었다.

그런데 이초평이 정작으로 예사롭게 넘기지 못한 한 가지는 바로 노인이 이심전에게 주고 갔다는 홍옥병이었다.

홍옥병은 그저 보는 것만으로도 왠지 모르게 귀한 물건이라는 느낌이 들었는데, 병의 주둥이 안쪽에 새끼손톱만큼 떨어져 나간 흠이 있는 것이 안타까울 정도다.

그러나 막상 그런 종류의 물건의 가치에 대해 짐작이라도 해 볼 재주가 이초평에게는 없었는데, 그래서 그런지 가만히 홍옥병을 바라보고 있자니 무언지 모르게 마음이 불편해지기까지 하는 것이었다.

뭐랄까? 그것을 집 안에 두기는 왠지 마음이 편하지 않고 괜스레 부담스러워지는 느낌이랄까?

'내다 버릴까?'

그러나 한편으로는 정말로 귀한 물건이거나 혹은 유서 깊은 물건일지도 모르는데 그냥 내다 버리기에는 너무 아깝다는 마음도 드는 것이다.

그러다가 문득 그럴듯한 생각 하나를 떠올리고서 이초평은 짐짓 무릎을 쳤다.

'잘되었군. 내일 당장에라도 산을 내려갔다 와야겠다.'

9

밤늦게 부엌으로 나온 이초평은 조용히 호롱불을 밝혔다.

그가 부엌 안쪽 깊숙한 곳에서 조심스레 꺼낸 것은 작은 단지 하나였다.

이초평이 단지에다 그것을 모으기 시작한 지는 벌써 근 일 년이 되어가는 중이다.

사냥을 다니다가 어느 날 우연히 발견한 그것은 가파른 절벽의 아주 좁다란 틈새를 통해 아래쪽으로 한 방울씩 맺혀 떨어지는 자줏빛의 액체였다.

그곳은 깊숙한 산중인데다 주변의 지형마저 사뭇 험준하여 만약 그때 그것이 그토록 향기로운 냄새를 풍기지 않았더라면, 이초평이 마침 근방을 지나고 있는 중이긴 했지만 그래도 그것을 발견하지는 못하였을 것이다.

그가 처음에 그것을 발견했을 때는 그것 한 방울이 막 땅으로 떨어져 마른 흙 속으로 스며들고 있는 중이었다.

코끝에서 사라져 버리는 그 짙은 향기로움이 너무도 아쉬워 이초평이 혹시 한 방울이라도 더 떨어질까 한참을 기다려 보았지만, 아예 방울이 맺힐 기미조차 보이지 않았기에 포기할 수밖에 없었다.

이초평은 이후로 근처를 지날 때면 습관처럼 그 장소를 들르곤 했는데, 한 번은 운 좋게도 방울이 맺혀 있기에 손가락으로 찍어 맛을 보았다.

뭐라고 표현할 수 없는 향기로움과 달콤함을 지닌 맛이었다.

바로 술이었다, 기가 막히게 잘 익은.

이초평은 언뜻 후아주를 떠올렸다. 원숭이가 만든다는 전설의 술 말이다. 물론 인근에 원숭이가 살거나 혹은 과거에라도 살았다는 얘기는 들어본 적이 없으니 괜한 상상에 불과할 뿐이겠지만.

이초평은 즉석에서 나무로 길게 대롱을 만들어 바위 틈새에다 꽂고 다시 그 아래에 작은 그릇 하나를 받쳐 놓았다.

허술한 장치였지만 집에서 꽤나 먼 곳이라 며칠에 한 번 들르기도 쉽지 않으니 그렇게 해서라도 그 자줏빛의 액체를 한번 모아보기로 한 것이다.

그리고 열흘쯤 지나서 가보니 그릇 밑바닥에 그것이 조금 고여 있었다. 이초평이 채 한 모금도 되지 않을 그것을 입에다 홀짝 털어 넣고는 아주 천천히 목구멍으로 넘겼는데, 그 맛과 향이 참으로 황홀하였다.

이후로 이초평은 열흘마다 한 번씩은 꼭 그곳에 들렀다. 마치 중독이라도 된 듯이.

그렇더라도 매번 그 황홀한 맛을 볼 수 있었던 것은 아니다. 간혹은 그릇 밑바닥이 바짝 말라 있는 때도 있었고, 특히 열흘이 다 되어가는 중에 갑자기 소나기라도 쏟아지면 그동안에 모였을 분량이 한순간에 허사가 되고 마는 것은 당연했다.

그런데 그렇게 두어 달이 지날 즈음에 이초평은 그것을 그때그때 홀짝홀짝 마셔서 없애 버리기는 아깝다는 생각을 문득 하게 되었고, 이윽고는 본격적으로 한번 모아보자는 생각을 하기에 이르렀다.

그리하여 이초평은 그것이 조금씩 고이는 대로 집으로 가져가 작은 단지에다 모으기 시작했는데, 처음 한동안은 언제나 한 단지가 다 찰까 했더니 어느덧 일 년쯤이 지난 지금 그것은 단지의 반쯤이나 채워져 제법 묵직할 정도가 되었던 것이다.

단지의 덮개를 여니 달콤한 주향이 금세 사방에 진동하여서 이초평은 그 향만으로도 벌써 취하는 것 같았다.

단지의 술을 홍옥병으로 옮겨 부으니 홍옥병을 찰랑거리게 채우고도 한 모금쯤이 남았는데, 이초평이 얼른 입에다 들이부었다.

"카아!"

절로 탄성이 터져 나왔지만, 이초평은 이내 송구스러운 마음이 되어 나직이 중얼거렸다.

"죄송합니다, 촌장어른."

사실 이초평은 그 술을 그와 아들에게 이모저모로 많은 도움을 베풀어 주는 촌장어른께 갖다 드릴 작정으로 있었는데, 홍옥병 때문에 갑자기 생각을 바꾸게 되었던 것이다.

그가 홍옥병에 대해 느끼는 불안감은 사실 아무런 근거도 없는 것이었다.

그러나 사냥꾼으로서의 습성 같은 것이랄까?

그것이 다만 공연한 것에 불과하다고 해도 무언지 모르게 찜찜한 느낌이 남는다면 일단은 피하고 봐야 두루두루 마음이 편하였다.

이초평이 다시금 나직이 중얼거렸다.

"미안하다, 아들아."

10

다음날.

새벽같이 집을 나간 이초평은 해가 중천을 훌쩍 넘어 서쪽으로 한참이나 기울 무렵이 되어서야 돌아왔다.

"아무 말씀도 없이 도대체 어디를 다녀오시는 길입니까?"

묻는 이심전의 목소리에는 애써 화를 누르는 기색이 확연하였다. 부친이 온다 간다 말도 없이 사라진 데다 홍옥병까지 없어진 것을 발견하였으므로 아침과 점심을 다 거른 채로 울화 반 걱정 반으로 이제나저제나 기다리고 있는 참이었던 것이다.

"산 아래 읍내에 다녀오는 길이다."

"혹시 홍옥병을 가지고 가셨습니까?"

이심전이 대번에 따지는 투로 되는데, 이초평은 태평하기만 했다.

"오냐. 그 원숭이 술 있지 않느냐? 그걸 홍옥병에 담아서 가지고 갔더니 생각보다 훨씬 더 후하게 값을 쳐주더구나."

이어 이심전이 화를 터뜨릴 틈을 주지 않고서 이초평이 얼른 덧붙였다.

"운 좋게도 제법 배포가 큰 대처 장사치를 만났는데, 아주 귀한 물건을 구했다고 좋아라 하더구나. 그런데 그자가 값을 치르자마자 얼른 물건을 챙기더니 바삐 대처로 나가야 한다며 곧장 떠나 버리는 모양새가 마치 내가 도로 물리자고 할까 보아 걱정을 하는 듯이 보이기도 하더구나. 그래, 가만히 생각해 보니 값을 좀 더 비싸게 부를 걸 그랬나 하고 후회가 좀 되기도 하더라. 하하하!"

아예 변죽까지 울리는 듯하는 아버지에 대해 이심전이 차라리 기가 막혀 화를 낼 기력조차 생기지 않았다.

더욱이 듣고 보니 일은 이미 되돌릴 수도 없게 되어버리고 말지 않았는가?

이심전이 아버지와는 말을 섞지 않는 것으로 시위를 하는 중인데, 이초평은 아랑곳하지 않고 망태와 활, 그리고 단검 등을 주섬주섬 챙겼다.

사냥을 나가기에는 이미 늦은 시각이었지만, 하루를 생으로 공치기가 아쉬워서 그런가 보다 하고 이심전은 여겼다.

사실 요즘 같은 겨울철이면 짐승들이 상대적으로 온기가 도는 화산 지대로 몰려들기 때문에 사냥이 본업인 이초평으로서는 결코 게으름을 피울 수 없는 대목인 것이다.

이심전이 평상시 같았으면 아버지의 준비를 돕는 시늉이라도 했을 테지만 도무지 화가 풀리지 않는지라 못 본 체 딴청만 피우고 있으려니, 문득 외롭다는 생각이 들면서 갑자기 우울해지는 것이었다. 아버지가 사냥을 나갈 때면 그 혼자 집에 남는 것은 지금까지의 당연한 일상이었건만 말이다.

그때였다.

"따라나서 볼 테냐?"

돌아보지도 않은 채 이초평이 툭 뱉어낸 말이다.

순간 이심전은 그만 얼떨떨해지고 말았다. 아버지에게서 지금까지 한 번도 들어본 적이 없는 말이었기에.

"따라가도 돼요?"

이심전이 사뭇 조심스럽게 물은 데 대해, 이초평이 비로소 돌아보며 싱긋 웃음을 지어냈다.

"따라가도 되냐고? 하하하! 물론이다. 이 아비는 네 나이보다 훨씬 어렸을 때부터 어른들을 따라 사냥을 다녔다. 게다가 너는 요즘에 그렇게나 열심히 검술 연습을 하고 있으니 너와 함께 간다면 이 아비는 참으로 든든할 것 같구나."

순간 이심전의 얼굴이 환하게 변했다.

11

휘이잉!

멀리 흰 눈에 덮인 높은 산봉우리들로부터 이따금씩 차가운 삭풍이 불어 닥쳤지만, 이초평의 얼굴에는 환한 웃음이 떠나질 않았다. 아들을 데리고 사냥을 하는 것은 그가 늘 소원하던 일이다. 그러나 아들의 병약함을 알기에 지금까지 감히 한 번도 해보지 못했던 일이다.

기껏 근처 몇 군데의 낮은 산비탈에 설치해 놓은 올가미들에 걸린 것이 있나 확인해 보러 나선 길이니 사냥이라고 할 것까지야 없었지만 그래도 이초평은 좋았다.

코끝을 찡하게 만드는 매서운 바람이 걱정스럽기는 했지만, 맑은 산바람을 쐬며 하늘과 맞닿은 듯이 탁 트인 산자락을 아들과 함께 걷는다는 것이 얼마나 행복한 일인지 이초평은 오늘 처음으로 만끽해 보고 있는 중이었다.

"힘들지 않느냐?"

"괜찮아요!"

등 뒤에서 씩씩하게 대답하는 아들의 목소리에 아직까지는 크게 숨차 하거나 지친 기색이 없다는 것에서 이초평의 입가에 지어놓은 웃음은 한층 짙어졌다.

"그래?"

슬그머니 욕심이 났기에 이초평은 슬쩍 산길을 벗어났다.

그러자 지형은 이내 발 디딜 곳이 마땅찮을 만큼 험해진데다 한층 가팔라지기까지 해서 잠시 걷는 것만으로도 금세 몸에 열이 오르며 훈훈해지는 것이었다.

비로소 겨울산에 온전히 동화되어 가는 듯이 사뭇 기분이 들뜬 이초평은 짐짓 산 풍경을 즐기는 체하며 한 번도 뒤를 돌아보지 않은 채 설렁설렁 산비탈을 올랐다.

그러다 아들의 기척이 제법 멀어진 듯해서야 이초평은 걸음을 늦추며 뒤를 돌아보았다.

순간 이초평의 얼굴은 환해졌다. 열서너 걸음쯤 뒤처진 곳에 그의 아들이 있었다. 숨이 조금 가빠진 듯이 보이긴 했지만, 아들은 한발 한발 사뭇 힘차게 걸음을 내딛고 있는 중이었다.

그때 아버지가 뒤돌아보고 있는 것을 보았던지 이심전 또한 환하게 웃어 보이며 이마의 땀을 훔쳐냈다.

이초평은 그저 가볍게 손을 한번 들어주고는 얼른 고개를 돌렸다. 눈앞이 흐릿해져 왔다, 주책없게도.

12

"이만하면 예상 밖의 수확이니 다 네 덕분이다."

이초평이 마른 칡 줄기에 꿴 산토끼 세 마리를 들어 보이며 말했다.

이심전이 밝게 웃으며 받았다.

"하하하! 올가미에 걸린 것들을 그저 거둬들였을 뿐인데 어떻게 제 덕분이라고 하십니까?"

"사실은 네가 선뜻 아비를 따라나서지 않았다면 나 또한 내 일쯤이나 덫을 확인하러 오지 굳이 이처럼 늦은 시각에 여기까지 올라오기야 했겠느냐? 또한 네가 이처럼 씩씩하게 산을 올라 주지 못했다면 우리는 중간쯤에서 다시 산을 내려갔을 것이니, 그랬다면 십중팔구는 늑대나 여우들 좋은 일만 시켰을 것이다."

이초평은 아들의 허리춤에다 산토끼 꿴 줄을 묶어주었고, 그러자 이심전은 신이 난 기색을 감추지 못했다.

"아버지, 내일부터는 진짜 사냥에 데려가 주십시오."

"흠! 진짜 사냥에 말이냐? 하하하! 녀석, 아주 호랑이 사냥이라도 따라나설 기세로구나."

"호랑이 사냥이요? 예! 정말로 호랑이 사냥을 나가실 것 같으면 꼭 저도 함께 데려가 주십시오!"

붉게 상기된 아들의 얼굴을 보며 이초평은 내심 실소하지 않을 수 없었다. 그러나 곧 흔쾌한 체 크게 말했다.

"오냐! 내 이제부터는 너를 사냥에 데리고 다니도록 하마! 그러나 그전에 한 며칠간은 약초를 좀 캐러 다녀야겠다!"

"갑자기 약초는 왜요?"

"오늘 너를 보니 아무래도 어제 고아 먹은 그 백년 묵은 하수오의 덕분이라고 생각하지 않을 수가 없어서 말이다. 만약 그놈보다 더 오래 묵은 놈으로 한두 뿌리만 더 캘 수 있다면 네가 이런 산길쯤 가볍게 뛰어서 오르내릴 수 있게 될 터이고, 그때 우리는 정말로 호랑이 사냥에 대해서 자세하게 계획을 짜볼 수 있지 않겠느냐? 하하하!"

이초평의 커다란 웃음소리가 산기슭을 돌아 멀리까지 퍼져 나갔다.

그리고 잠시 후, 멀리서 마치 천둥이 치는 듯한 소리가 메아리인 듯이 장엄하게 되돌아왔다.

쿠우우~!

우르릉~!

이초평이 웃음기를 거두며 가만히 이마를 찡그렸다.

"요즘 들어 화산의 울음소리가 유난스러워진 것 같구나. 이렇게 자주 우는 건 드문 일인데… 무슨 불길한 징조는 아닌지 촌장님을 뵈면 한번 여쭈어 봐야겠다."

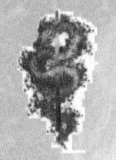

第六章
용건(龍巾)의 청년들

1

황(黃) 촌(村).

황촌 마을의 표지석이 오늘도 제자리를 지키며 우뚝 버티고
서 있는 아래로 다섯 명의 청년이 다가섰다.

한결같이 흑의무복에 이마에는 백건(白巾)을 두른 그들은, 더
욱이 창백한 안색에다 무표정하고 차가운 인상까지 비슷하여
언뜻 보기에 이상하다 싶을 정도의 동질성마저 느껴졌다.

각자의 얼굴 생김새보다도 오히려 더욱 확연하게 그들을 구
분케 하는 것은 바로 백건이었다. 즉, 백건의 가운데에 그려진
흑청자황백(黑靑紫黃白)의 오색 용 문양이었다.

청년들은 서로 간에 말이 없을 뿐더러 시종 딱딱하고 무거운
분위기를 연출하고 있었는데, 그런 점에서 그들 간의 관계가 사

뭇 어렵고 불편한 것임을 짐작해 볼 수 있었다.

다만 그런 중에도 백룡건(白龍巾)의 청년만큼은 나머지 네 청년에 비해 왠지 모르게 차별화되고 또한 돋보이는 무엇이 있는 것만 같았다. 그가 일부러 그러한 것을 의도하고 있는 것 같지도 않은데 말이다.

우선 그의 백건에 그려진 백룡은 아주 엷은 비취색 내지는 옥색에 가까웠기에 주의해서 보지 않는다면 잘 드러나지 않았다. 어쩌면 그런 때문에 그의 얼굴이 오히려 더욱 부각되는지도 몰랐지만, 어쨌든 그의 안색은 맑았고 오관은 유난히 선명해 보였다.

쿠우웅!

우르릉!

멀리서 천둥소리 같은 것이 은은하게 들려왔다.

그 소리에 대해 청년들은 적잖이 신경이 쓰이는 듯해 보였지만, 여전히 무거운 침묵을 유지하고 있을 뿐이다.

다만 백룡건의 청년은 오히려 흥미롭다는 듯이 입가에 가벼운 미소를 떠올렸다.

2

"대형, 이제쯤에는 우리의 최종 목적지가 어디이며 또한 임무는 무엇인지 저희들도 알아야 하지 않겠습니까?"

백룡건을 향해 묻는 황룡건의 표정은 담담해 보였다.

그러나 말끝에 힐끗 나머지 청년들을 돌아본 그의 표정에는 어쩔 수 없이 아주 약간의 불만이 섞여났다. 마치 모두가 공감하고 있는 불만을 대변한다는 듯이.

다만 그런 중에도 혹여 그런 불만이 노골적으로 내비치기라도 할까 보아 그는 은근히 조심을 기하는 듯한 기색이었다.

백룡건의 미간이 가볍게 좁혀졌다.

그러나 그때 그의 품속에서 아주 미미한 요동이 느껴졌고, 그는 곧바로 담담한 미소를 지을 수 있었다.

"우리의 목적지는 바로 이곳이다."

나른한 목소리였다. 그러면서도 들을 때마다 묘한 긴장을 느끼도록 만드는 사뭇 특이한 목소리라고 황룡건은 새삼 생각했다.

어쨌거나 백룡건은 참으로 대하기 어려운 사람이었으므로, 그가 미소까지 보이며 선뜻 대답을 해주었다는 것은 기대 밖의 일이었다. 그런 의외로움에 기대어 황룡건은 한결 가볍게 다시 질문을 던질 수 있었다.

"하면 이곳에서 우리가 수행해야 할 임무는 무엇입니까?"

백룡건이 빙긋 웃고 나서 느긋하게 대답했다.

"우선은 사냥꾼 하나를 찾는 일이지."

그때였다.

끽! 끽!

갑자기 백룡건의 품속에서 무슨 소리가 들렸으므로 황룡건이 짐짓 놀란 목소리로 물었다.

"대형의 품속에 무엇이 들어 있는 것입니까?"

그러나 이번에 백룡건은 대답하지 않았다.

다만 그가 입가에 떠올려 놓은 미소를 한껏 짙게 만들며 마치 무언가에 가볍게 들뜬 듯한 기색이 되었기에 황룡건은 굳이 그의 좋은 기분을 방해하지 않기로 했다.

3

백룡건은 알고 있었다.

네 명의 청년이 자신들의 의지와는 무관하게 각자의 가문존장(家門尊長)의 무조건적인 지시에 의해 합류하게 된 이 모임에 대해 상당한 불만을 가지고 있다는 것을.

그리고 그들로서는 누구인지 정체도 알지 못하며, 더욱이 어떠한 경쟁도 거치지 않고서 일방적으로 대형으로 지정된 자신에 대해 더욱 강한 불만을 가지고 있다는 것을.

그들의 이 모임은 아주 특별하고도 비밀스러우며 절대적인 하나의 관례에 의해 이루어지는 것이었다.

그럼으로써 이 모임이 끝날 때까지 그는 대형으로서, 나머지 네 명으로서는 감히 거역할 엄두조차 내지 못할 가히 절대의 권위를 부여받았다.

그의 권위가 절대적이라는 것은, 그것이 다른 네 명이 각자의 가문존장으로부터 받은 절대의 명령일 뿐 아니라 나아가 만약 그들이 추호라도 거역할 경우에는 그들 가문의 생사존망마저 결정될 수 있는 중차대한 사안으로 번질 것이기 때문이다.

그들 모두가 아주 정교한 종류의 인피면구를 쓰고 있는 것은 서로의 정체를 서열에 준해 제한적으로만 알 수 있다는 원칙 때문이다.

각자의 백건에 새겨진 용무늬는 미리 정해진 서열을 의미하는 것이었다. 곧, 백룡은 대형의 표식이며, 황룡은 둘째, 자룡은 셋째, 청룡은 넷째, 흑룡은 다섯째였다.

그럼으로써 대형은 모두의 정체를 알고 있으며, 나머지 서열은 자신의 아래 서열의 정체만 알고 있을 뿐, 위 서열의 정체는 전혀 알지 못하고 있는 것이다.

대형으로서의 가장 막강한 권한은 그들이 공동으로 수행해야 할 한 가지의 임무를 정할 수 있다는 것인데, 그 임무가 완수되어야만 이 모임도 종료되는 것이었다.

그러나 그들이 수행해야 할 임무가 무엇인지 알고 있는 사람은 아직까지는 대형 자신뿐이었다.

사실 백룡건은 처음에 이 같은 관례와 모임에 대해 도무지 달갑지가 않았다.

만약 그에게 마침 하나의 흥미로운 일이 생기지 않았다면 그는 이 재미없고 귀찮기만 한 모임을 딱 잘라 거부하기까지는 못했을지라도, 다만 형식적으로 끝내고 말 궁리를 냈지 굳이 이렇게 멀리까지 그들을 이끌고 오지는 않았을 것이다.

그 흥미로운 일이란, 그럼으로써 이 모임의 임무가 되어버린 그것은 하나의 물건을 찾는 일이었다.

다시 그것은 그가 어린 시절에 지극한 흥미를 느낀 적이 있으나, 어린 시절의 흥미란 게 대개는 그렇듯이 이후로 쭉 잊고 있다가 이번에 우연하게도 다시 그 실마리를 접하게 되면서 문득 예전의 그 흥미가 되살아난 것이다.

물론 이 재미없는 모임이 아니었더라면 그러한 흥미 자체도
되살아나지 않았을지 모를 일이지만.

4

백룡건의 품속에서 무엇인가 조그마한 대가리를 쏙 내밀더니
그대로 툭 튀어나와서는 날렵하게 바닥으로 뛰어내렸다.

그것은 한 마리의 어린아이 주먹만 한 다람쥐였다.

눈처럼 새하얀 순백의 털에 앙증맞기 이를 데 없는 얼굴을 가
진 놈은 연신 킁킁대며 이리저리 표지석 주변을 돌아다녔다.

그런데 놈이 한곳에 이르러서는 돌연 벌렁 드러누워 온몸을
땅에다 비벼댔는데, 그 모양이 마치 크게 흥분하였거나 혹은 아
주 황홀해하는 것처럼 보였다.

"후후후!"

백룡건이 문득 나직이 웃음을 흘렸고, 그러자 신기한 듯이 다
람쥐를 보고 있던 황룡건이 슬쩍 물었다.

"저것이 무엇입니까?"

백룡건이 힐끗 돌아보고는 흐릿하게 웃으며 선선히 대답을
해주었다.

"향서(香鼠). 설향서(雪香鼠)라고도 하지."

황룡건이 언뜻 놀라는 기색이 되며 다시 물었다.

"특정한 향에 대해서는 백 리 밖에서도 추적해 갈 수 있다는
바로 그 영물이군요. 한데 저 영물을 데려오신 것은… 특별히
찾으시는 물건이라도 있으신 겁니까?"

"후훗! 사실 이 녀석의 힘을 빌릴 필요까지는 없는 일이지만, 혹시나 해서 데려왔더니… 크게 기대하지도 않았던 다른 사실 하나를 확인하게 되었군."

"……?"

"하하하! 나는 그분이 나와 한 약속쯤은 가볍게 잊어버렸으리라 여기고 있었거든."

황룡건은 일시 당황스러운 얼굴이 되고 말았다.

백룡건의 말이 의미하는 바를 짐작하기 어려워진 것은 둘째 치고라도, 그동안 백룡건의 철저하리만치 냉소적이고도 절제된 모습만 보아왔던 터에 지금 문득 그의 얼굴에서 진정으로 흔쾌해하는 빛이 보이는 데 대해서였다.

그때였다.

표지석 너머 저쪽에서 누군가 다가오는 인기척이 났다.

그러나 백룡건은 굳이 신경을 쓰지 않았다.

지금 그는 진정으로 흡족한 기분이었기에 그 기분에 조금 더 젖어 있고 싶었고, 더욱이 그 기척은 그저 평범한 것에 지나지 않았다.

또한 그랬기에 설향서가 갑자기 표지석 뒤로 돌아가는 것에 대해서도 그는 그저 느긋하게 눈길만 줄 뿐이었다.

5

"어머~!"

눈처럼 흰 순백의 털을 찰랑거리며 쪼르르 달려오는 작은 다람쥐 한 마리를 본 초혜는 탄성을 토해내며 저도 모르게 손을 내밀었다.

그러자 그 하얀 다람쥐는 도망가지 않고 대담하게도 붉은 혓바닥을 내밀어 그녀의 손등을 핥는 것이었다.

"어멋!"

초혜가 기겁하면서도 막상 손을 빼지는 않았다. 그만 다람쥐의 귀여움에 흠뻑 빠져 버리고 만 것이다.

느긋하게 표지석을 돌아 나오던 백룡건은 언뜻 이채를 떠올렸다.

설향서는 깜찍한 겉모습과는 달리 실상은 표독한 야성을 지녀서 제 주인 말고는 다른 사람의 손길을 허용하지 않는데, 지금 놈은 처음 보는 소녀에게 마치 재롱이라도 떨 듯이 하고 있지 않는가?

그러나 백룡건은 가볍게 실소를 짓고 말았다. 아마도 제 놈이 좋아하는 냄새를 하도 오랜만에 맡더니 본래의 성정마저 잠시 잊고 만 모양이라고.

그런데 그제야 설향서에 정신을 팔고 있는 소녀에게 눈길을 주던 백룡건은 다시금 이채를 떠올리지 않을 수 없었다.

그저 벽지 산촌에 사는 계집아이겠거니 했는데 그게 아니었다. 보는 순간 눈길을 잡아끄는 미색이라니!

대도(大都)의 여느 규수들처럼 꾸미고 치장하지는 않았지만, 오히려 순백의 미가 돋보이는 데가 있었다.

삐~!

나지막한 휘파람 소리에 설향서가 곧장 백룡건을 향해 달려왔다.

그리고는 그대로 껑충 도약하며 백룡건의 품속으로 사라져 버렸기에 초혜는 아쉬움의 시선을 차마 떼지 못했다.

"사람 하나를 찾고 있는 중이다."

그 소리를 듣고 나서야 초혜는 흠칫 백룡건을 살폈다.

그리고 다시 백룡건의 그 나른한 듯한 목소리에 대해 여운처럼 뒤늦은 느낌을 가졌다.

"이 마을에 사냥꾼이 하나 산다고 하던데, 그의 집이 어디인지 아느냐?"

백룡건이 느긋하게 바라보다가 다시 물은 데 대해 초혜는 우선 반감부터 가지지 않을 수 없었다. 상대의 거침없는 하대에 대해.

그러나 그때 다시 네 명의 청년이 표지석을 돌아 나오며 백룡건의 뒤로 늘어섰고, 더욱이 그들의 인상이 하나같이 차가운 것을 보고 그녀는 새삼 경각심을 가지지 않을 수 없었다.

"저는… 잘 알지 못합니다."

초혜가 차분하려 애쓰며 작은 목소리로 말했다.

그런 그녀에게서 짙은 경계심을 읽은 백룡건이 싱긋이 웃으며 다시 물었다.

"흠! 너는 잘 알지 못하는구나. 그렇다면 다른 사람에게 물어보아야겠는데… 누구에게 물어보면 잘 알 수 있을까?"

"……"

백룡건이 가냘프게 흔들리는 초혜의 눈빛을 즐기듯이 빤히 응시하다가 문득 생각났다는 듯이 덧붙였다.

"아! 마을의 사정에 대해 제일 잘 알 만한 사람에게 물으면 되겠군. 어떠냐? 우리를 그 사람에게 안내해 주는 정도는 해줄 수 있겠지?"

초혜는 얼른 고개를 가로저었다. 모른다거나 바쁘다고 할 작정이었다.

그러나 그녀는 차마 그렇게 하지를 못했다. 그때 백룡건의 눈빛에 서린 한 가닥의 기이한 위엄이 그녀를 강하게 압박해 들었기 때문이다.

"그럼 촌장님께로……."

바르르 떨려 나오는 초혜의 목소리에 백룡건이 유쾌한 듯이 웃으며 고개를 끄덕였다.

"하하하! 고맙구나!"

第七章
사냥

1

"아가씨! 뭔 일이래요?"

누군가에게 쫓기듯이 급하게 대문 안으로 뛰어드는 초혜를 보고 마침 촌장 댁의 창고 정리하는 일을 거들어주러 와 있던 대여섯 명의 마을 남자 중에 장씨 아제가 두 눈을 동그랗게 뜨며 물었다.

그러나 초혜는 대답할 겨를조차 없는 듯이 그대로 사랑채 쪽을 향해 달음박질쳐 가버렸다.

그제야 대문 바깥에 한 무리의 청년이 늘어서 있는 걸 보고 마을 남자들은 일제히 경계의 빛이 되며 일손을 멈추었다.

"귀엽군."

청년 하나가 성큼 대문 안으로 들어서더니 눈으로 초혜가 사라진 쪽을 쫓으며 피식 웃는 얼굴로 중얼거렸다.

장씨 아제는 마흔을 넘긴 나이지만, 체구가 우람하고 마을에서 최고라고 할 정도로 완력이 좋은데다 성격이 괄괄하였다.

그가 딱 보자니 낯선 청년들이 감히 초혜 아씨의 미색을 탐해 어떻게 희롱해 보려고 집까지 뒤쫓아온 모양새라, 생각할 것도 없이 대뜸 팔뚝을 걷어 부치며 앞으로 나섰다.

"어이, 젊은 양반! 무신 일로 왔대?"

장씨 아제가 팔짱을 끼며 버티고 섰는데, 슬쩍 힘을 주었는지 그의 굵은 팔뚝에서는 몇 가닥의 푸른 힘줄이 일어나 지렁이처럼 꿈틀거렸다.

백룡건이 다시금 피식 웃으며 슬쩍 뒤를 돌아보았다.

그러자 대문간에 섰던 네 명의 청년이 일제히 안으로 들어섰다.

일별하는 것만으로도 청년들의 기세가 범상하지 않음에 장씨 아제는 움찔하는 기색이 되고 말았다. 그러나 반사적이다시피 와락 인상을 구기고는 호통을 내질렀다.

"아니, 이 사람들이 어딜 함부로 들어온대?"

장씨 아제가 가슴을 쭉 펴며 성큼성큼 큰 걸음으로 걸어나갔다.

그러자 청년 중의 하나가 가벼운 걸음으로 마주 나왔는데, 그의 이마에 맨 백건에는 흑룡 무늬가 선명하였다.

두 번째 걸음에서 흑룡건은 돌연 쭉 미끄러지듯이 순식간에 거리를 좁혔고, 그대로 장씨 아제의 가슴을 후려쳤다.

퍽!

소리는 크게 나지 않았다.

그러나 장씨 아제는 비명 소리도 내지 못하고 그 자리에서 풀썩 쓰러졌다.

마을 남자들이 크게 놀라 웅성거렸다. 그러나 감히 나서는 사람은 없었다.

그때 흑룡건이 다시 마을 남자들을 향해 천천히 다가섰고, 한순간 예의 그 미끄러지는 듯한 기이한 움직임으로 순식간에 거리를 좁혀 가서는 한바탕 맹렬한 돌개바람처럼 사방을 휘돌았다.

팟!

파파팟!

"윽!"

"큭!"

"헉!"

순식간이었다, 다섯 명의 마을 남자가 짧은 비명들을 토해내며 죄다 바닥에 눕기까지는.

그때였다.

"멈추시오!"

안쪽에서 누군가 급한 걸음으로 나오며 외쳤는데, 가지런히 기른 흰 수염과 백발을 위로 틀어 올린 단정한 용보에 깨끗한 백삼 차림이 한적한 시골 서당의 훈장같이 보이는 노인이었다.

그러나 그러한 것 외에는 노인에게서 그다지 특별하달 것을 찾지 못한 백룡건은 이내 눈길을 노인의 곁에 선 초혜에게로 옮겨갔고, 다시 나직이 소리쳤다.

"어허! 다섯째는 어찌 이리 함부로 사람을 다치게 한단 말인가?"

짐짓 흑룡건을 질책하는 호통이었지만, 백룡건의 눈은 여전히 초혜를 향하고 있었다.

노인은 바로 황촌 마을의 촌장이었다. 그는 초혜에게서 전후 사정을 듣고서 서둘러 마당으로 나오는 길이었지만, 벌써 이런 사달이 벌어지고 만 것이다.

그나마 다행인 것은 청년들의 주장 격으로 보이는 백룡건의 청년이 자신들의 행사가 지나쳤다는 데 대해 순순히 시인하는 태도를 보인다는 점이었다. 비록 사과를 하는 것까지는 아닐지라도.

촌장은 잠시 더 백룡건을 살폈다.

외모가 영준할 뿐더러 젊은 사람으로서는 쉽게 가지기 어려운 위엄과 절제된 기품이 엿보였으니, 그는 분명 대처의 어느 귀한 가문의 공자임에 분명해 보였다.

다만 몸에 배인 듯한 차갑고 오만한 느낌이 흠이라면 흠이었고, 더불어 그의 눈길이 자꾸만 초혜에게로 향하고 있는 것은 왠지 불안하기까지 하였다.

촌장은 일단 백룡건에게 잠시만 기다려 달라고 양해를 구하고 나서 다른 일꾼들을 불러 다친 사람들부터 안채로 옮겨가게 조치했다.

"사람을 찾고 계신다고?"

촌장의 사뭇 조심스러운 물음에 백룡건은 엷은 미소를 떠올렸다. 이미 지나간 일에 대해서는 아예 거론하지 않고 곧장 본질을 묻는 촌장의 속내가 능히 짐작되는 까닭이다.

"예, 이 마을에 살고 있다는 사냥꾼 하나를 찾고 있는 중입니다."

"우리 마을에 사는 사냥꾼이라면 이초평뿐인데… 그 사람은 그다지 이름난 사냥꾼도 아니고 그저 평범한 촌사람에 불과하거늘, 공자는 무슨 일로 그를 찾으시오?"

"딱히 특별한 일이 있어서는 아니고… 그저 그에게 한 가지 확인할 사항이 있어서입니다."

천천히 고개를 끄덕이는 촌장의 미간에 세로로 파인 주름의 골이 한층 깊어진 듯 보였다.

2

촌장은 일꾼 하나를 붙여 용건의 청년들을 이초평의 집까지 안내해 주도록 했다.

혹시 이초평에게 무슨 안 좋은 일이라도 생기는 것이 아닐까 불안하지 않은 것은 아니었으나, 사뭇 위험해 보이는 외지의 청년들이 한시라도 빨리 마을을 떠나도록 하는 것이 촌장으로서 그가 할 수 있는 최선이리라는 판단이었으니, 일단은 청년들에게 협조를 할 수밖에 없었다.

다만 한 가지 요행을 바라는 것은 매년 이맘때면 이초평이 매일같이 사냥을 나간다는 점이었다.

더욱이 얼마 전 만났을 때도 들어보니 요즘 그는 아들과 함께 사냥을 다니는 재미에 아주 푹 빠져 있는 모양이었으니, 그렇다면 청년들이 헛걸음을 할 수도 있으리라고 기대를 해보는 것이다.

백룡건의 청년이 말한 대로, 그들에게 딱히 특별한 볼일이 있는 것이 아니라 다만 한 가지 사항을 확인하기 위해 온 것이라면 아무도 없는 초라하고 궁색한 귀틀집에서 오래도록 기다리는 수고 같은 건 하지 않을지도 몰랐다.

'제발 그렇게 탈없이 마을을 떠나주었으면……'

한편으로 오히려 불안해지는 것은 초혜에 대해서였다.

초혜를 바라보던 백룡건 청년의 눈빛, 그것이 왠지 모를 불안감으로 자꾸만 커져 가는 것이다.

고심 끝에 촌장은 다시 일꾼 하나를 딸려 초혜를 잠시 마을 밖으로 내보냈다. 얼마 전 어렵게 구한 산삼 한 뿌리를 산 아래 능씨(陵氏) 가문에 전하고 오라는 심부름거리를 주어.

3

이초평의 집은 비어 있었다.

청년들을 안내해 온 촌장댁의 일꾼은 이초평 부자가 필시 사냥을 나간 것인데, 한번 나가면 어둡고 난 뒤에나 돌아오는 것이 보통이고, 때로 멀리 나간 경우에는 이삼 일이 지나서야 돌아오는 경우도 드물지 않게 있다고 말해주었다.

그러나 백룡건은 그다지 곤란해하는 기색이 아니었다. 일단 촌장댁의 일꾼을 돌려보낸 다음 그는 여유있는 시선으로 주변의 산들을 하나하나 훑어보았다.

'사냥이라……. 사냥이란 말이지?'

백룡건은 문득 가벼운 전율을 느꼈다.

묘한 긴장과도 같은 가벼운 전율.

그는 이런 느낌이 무척이나 좋았다.

4

잡목 숲을 헤치고 나아가서 다시 한동안이나 가파른 능선을 타고 올라가자 이윽고 눈앞에 탁 트인 전경이 펼쳐졌다.

이초평은 거칠어진 숨을 몰아쉬며 이마를 훔쳤다. 흥건하게 땀이 손바닥에 묻어났다.

왔던 길을 되돌아보니 좁고 거친 산길이 얼마간 이어지다가는 금방 나무와 바위들에 가려 보이지 않았다.

이곳은 황촌 사람들도 모르는 길이며, 설령 아는 사람이라도 섣불리 올라올 엄두를 내지 못할 만큼 깊고 험준한 산중이었다. 주로는 그가 산양이나 노루, 멧돼지 등을 사냥하는 곳이기도 했다.

이초평은 가만히 웃음을 머금었다.

웃지 않으려 해도 자꾸만 슬그머니 웃음이 지어지곤 했다.

아들과는 그동안 섬에서 가까운 곳으로만 다녔는데, 오늘은 마음먹고 제법 멀리 데리고 나와 본 길이다.

그의 주된 사냥로 중 한 곳을 견식시켜 줄 작정이었다.

요 근래 아들의 몸이 놀랍도록 건강해져 이제는 능히 그의 걸음을 쫓아다닐 정도가 된 덕분이다.

얼마 전까지만 해도 이런 일은 감히 꿈도 꿔보지 못했다는 사실을 생각해 보면, 참으로 놀랍고도 감사한 일이 아닐 수 없었다.

"적하수오가 녀석에게 이처럼 효험이 있을 줄이야! 눈에 불을 켜고 온 산을 헤매 다녀도 지난번만큼 오래 묵은 영물이 보이지 않는다는 것이 안타깝다만, 조금만 기다리거라. 내 이번에 대처에 나가는 길에 사방의 약재상을 모조리 뒤져서라도 반드시 더 좋은 물건을 구해올 것이니."

이초평이 환하게 웃는 얼굴로 혼자 다짐을 하고 있는데, 아래쪽 산길에서 불쑥 이심전이 나타났다.

"아버지!"

이초평이 반갑게 맞았다.

"오냐! 이리로 올라오너라! 여기서 보는 풍경이 제법 괜찮으니 잠시 쉬었다 가도록 하자꾸나!"

5

삑~!

삐~ 익!

언뜻 새소리인 듯하였지만, 그것이 결코 새소리가 아니란 것을 이초평은 곧바로 알 수 있었다.

사람이 내는 소리였다.

더욱이 몇 군데서 서로 주고받는 듯한 그 소리들은 그들 부자가 있는 곳을 중심으로 해서 빠르게 가까워지고 있는 느낌이었다.

이초평은 문득 조급한 마음이 되었다.

사방에서 어떤 보이지 않는 기운이 급박하게 조여드는 듯한, 까닭없이 갑자기 곤두서는 그런 느낌은 사냥꾼의 직감 같은 것이었다.

"가자!"

이초평이 갑자기 손목을 낚아채며 일어서자, 이심전이 어리둥절해하며 물었다.

"왜 갑자기……?"

"지금부터 호랑이 사냥을 위한 연습을 한다고 생각해라."

이초평이 신경은 온통 능선 아래쪽을 향해 둔 채 생각나는 대로 말을 뱉어냈다. 그리고는 곧장 잰걸음으로 능선을 치고 나아가기 시작했다.

금세 이심전의 숨소리가 거칠어지고 있었다.

그러나 걱정했던 것보다는 아들이 잘 쫓아와 주고 있는 것에 대해 이초평은 안도했다.

이제쯤 이초평은 자신의 직감이 사실이었음을 보다 분명히 확신할 수 있었다.

누군가 그들 부자를 추격하고 있었고, 더구나 빠르게 거리를 좁혀들고 있는 중이다.

셋에서 다섯 정도? 보통의 약초꾼들이나 사냥꾼들은 결코 아니었다. 맹수처럼 영민하고 빠른 자들이다.

삑!

삑!

주고받는 신호들이 한층 짧아졌다는 데서 그들은 어느새 이

백 보쯤 가까이까지나 좁혀든 것 같았다.

이초평의 심정도 급박해졌다.

'누구에게 원한을 사거나 크게 죄를 지은 적은 없다. 그렇다면 무작정 도망칠 것이 아니라 순순히 기다렸다가 저들이 쫓는 까닭을 묻고 오해가 있다면 풀면 되는 일이 아닐까? 아니다. 단순한 오해 때문이라고 보기에는 저들의 쫓는 행태가 지나치게 사나우니 일단 피하고 봐야 하는 것이 옳다. 그러나… 아아! 심전이 함께 있으니 어떻게 해야 저들을 능히 따돌릴 수 있단 말인가?

그때였다.

피이이~!

머리 뒤에서 나는 날카로운 파공성에 이초평이 힐끗 뒤를 돌아보았다.

반짝!

무엇인가 햇빛에 반사를 일으키며 날아오고 있었다.

'위험하다!'

이초평이 반사적으로 몸을 날려 아들을 밀쳐내며 함께 옆으로 쓰러졌다.

팟!

방금 이심전이 섰던 자리의 바닥에서 엷은 먼지가 피어나고 있었다.

그리고 돌바닥에는 손바닥 길이의 작은 화살 하나가 단단히 박혀 있었다.

순간 이초평은 비명처럼 확신하였다.

'강호의 무사들이다!'

이초평으로서는 처음으로 보는 모양의 화살이었거니와, 한눈에 보기에도 쉽게 다룰 수 있는 형태가 아니었다.

그런 것이 아니더라도 겨우 손바닥 길이에 불과한 화살을 근이백 보나 떨어진 거리에서 쏘아 더욱이 단단한 돌바닥에 박히도록 하였으니, 무공을 익힌 자가 아니라면 결코 해내지 못할 일인 것이다.

이초평의 얼굴은 딱딱하게 굳어져 있었다.

그가 대처로 나다니면서 강호를 떠도는 무사들도 제법 여럿을 대한 적이 있는데, 개중에는 도와 의를 표방하는 협객과 거침없고 호방한 성품의 호걸들도 있었으나, 반면에 사람 목숨을 파리 목숨처럼 여기는 거칠고 잔혹한 자들도 없지 않았다.

한데 지금 저쪽에서 다짜고짜 화살부터 쏜 것을 볼 때, 분명 후자(後者)의 부류이기 쉽겠다는 판단이 서는 것이다.

또한 그런 다음에야 '강호의 무사들이 왜 우리 부자를?' 하는 따위의 경악과 의문이나 곱씹고 있는 것은 사치일 것이다.

"업혀라!"

이초평이 등에 메고 있던 망태를 가슴 쪽으로 돌려 메며 다급히 재촉하자, 이심진은 두 눈을 크게 떴다.

"아버지?"

"어서!"

이초평이 딱딱하게 굳은 얼굴로 재촉하자, 이심전은 감히 다시 묻지 못하고 얼른 아버지의 등에 업혔다.

이초평은 망태에서 기다란 끈 하나를 꺼내서는 이심전의 몸과 자신의 몸을 단단히 묶었다.

그리고는 곧장 왼쪽으로 이어지는 험한 바위 능선을 오르기 시작했다.

헉~!

허억~!

금세 거칠어진 아버지의 숨소리가 이심전의 귀에까지 생생하게 전달되어 왔다.

그리고 다시 얼마 지나지 않아 이심전의 가슴과 맞닿은 아버지의 등이 축축이 젖어왔다.

이심전은 두 팔과 두 다리에 잔뜩 힘을 주었다. 최대한 아버지의 등에 밀착하고자 하는 것이었고, 온 힘을 다하고 있는 아버지의 수고에 대해 지금 그가 할 수 있는 최선이었다.

그렇게 얼마를 갔을까?

이초평은 이윽고 능선의 정상을 이루고 있는 하나의 집채만한 암반 아래에 도착했다.

"허억!"

"허억!"

턱밑까지 차오른 숨을 돌릴 틈도 없이 이초평은 암반의 둘레로 난 좁은 돌출부를 타고서 뒤쪽으로 돌아갔다.

잠시 후, 문득 발밑이 허전한 느낌에 아래를 내려다본 이심전은 그만 두 눈을 질끈 감고 말았다.

바로 아래로 까마득한 낭떠러지가 펼쳐져 있었고, 아버지와 그는 지금 천야만야한 허공에 대롱대롱 매달린 형국이었던 것이다.

6

이초평은 깎아지른 수직의 암벽에 바짝 몸을 밀착시킨 채 조심스런 손놀림으로 망태 속에서 물건 하나를 꺼냈다.

촘촘하게 말린 줄 뭉치였는데, 이초평이 사냥을 나올 때마다 혹시 모를 비상 상황에 대비해 가지고 다니는 물건 중 하나였다.

사실은 암벽의 이 지점 또한 그가 맹수에게 쫓기는 등의 만약의 긴급 상황을 대비해 미리 탐사해 놓은 비상 통로의 하나인 셈이었다.

아래로 풀어 내리자 줄은 제법 길었다.

이초평은 줄의 한끝에 매듭을 지어 고리를 만든 다음, 그것을 암반의 돌출된 부위에 걸었다.

이어 이초평은 줄에 의지하여 조심스럽게 아래로 내려갔다.

줄은 가늘었지만 보기보다 질기고 튼튼한지 능히 그들 부자의 무게를 견뎌 주었다.

사 장여쯤 내려갔을 때 이초평은 일단 하강을 멈추었다.

그리고는 암벽 면을 타고서 조심조심 오른쪽 옆으로 이동해 갔다.

일 장여를 옮겨간 끝에 이초평이 다시 멈춘 지점은 마른 넝쿨이 얼기설기 덮여 있는 곳이었다.

이초평이 넝쿨을 헤치자 그 안쪽으로 구덩이처럼 움푹 파인 암벽의 틈새가 하나 나타났는데, 작고 얕긴 했으나 그래도 사람

하나 정도는 충분히 들어설 수 있을 만한 크기였다.

아들을 그 틈새의 안쪽으로 밀어 넣은 후 이초평은 우선 아들과 자신을 묶은 끈부터 풀어냈다.

이어 아들과 등을 진 채 틈새의 초입에 겨우 버티고 선 이초평은 다시 자신들이 타고 내려온 줄을 힘껏 흔들어댔다.

위쪽에 걸어둔 고리를 벗겨내려는 것이었는데, 줄이 크게 출렁이면서도 잘 벗겨지지 않더니 대여섯 번을 시도한 끝에야 줄이 주르륵 아래로 떨어져 내렸다.

재빨리 줄을 정리하면서 이초평이 급하게 말했다.

"사정이 급박하니 이제부터 아비가 하는 말을 잘 듣거라."

누가 들을까 겁내는 듯이 잔뜩 긴장하여 나직이 속삭이는 목소리였다.

"아버지, 도대체 무슨 일입니까?"

이심전이 덩달아 잔뜩 억눌린 목소리로 그간의 쌓인 의혹을 터뜨려 냈다. 그러나 그때 고개를 돌려서 응시하는 아버지의 핏발 선 두 눈을 보고는 입을 다물 수밖에 없었다.

"무슨 일인지는 나도 아직 알지 못한다. 다만 확실한 것은 정체 모를 자들 몇이 우리를 목표로 쫓아오고 있다는 것이며, 더욱이 저들이 우리를 향해 서슴없이 화살을 쏘았다는 점에서 우리를 해칠 작정까지 하고 있다는 것이다. 그리고 저들의 수가 적어도 셋은 넘어 보이는데다, 맹수와도 같이 기민한 움직임이나 화살을 다루는 솜씨 등으로 보아 필시 강호의 무사들이 분명하니, 아무래도… 우리 두 사람이 계속 함께 도망치는 것은 불가능할 듯싶다."

이심전이 대번에 놀라고 두려워하는 기색이 되고 말았다.

"아무리 그렇다고 해도 설마… 저들이 여기까지야 찾아낼 수 있겠습니까? 그러니 우리는 이대로 여기에 숨어 있는 것이…….."

그러나 이초평은 무겁게 고개를 가로저었다.

"그렇지가 않다. 저들이 이미 이 넓은 산중에서 능히 우리를 찾아냈으니, 우리의 흔적을 뒤쫓아 여기를 찾아내는 것도 결국은 시간문제일 것이다. 하여… 아비는 이제부터 저들을 다른 곳으로 유인해 갈 작정이다."

"안 됩니다! 그건 너무 위험합니다!"

이심전이 등 뒤에서 와락 아버지의 옷깃을 부여잡았다.

이초평이 애써 한 가닥의 미소를 그려내며 말했다.

"아비를 믿지 못하느냐? 호랑이에게 지배하는 고유 영토가 있듯이 이곳은 어디까지나 이 아비의 영토이다. 저들이 아무리 대단한 능력을 지닌 자들이라고 하더라도 이곳에서만큼은 아비를 어찌할 수 없을 것이다. 곧, 너만 안전하다면 어떤 경우에라도 내 몸 하나쯤은 지킬 수가 있으니, 너는 걱정 말고 아비가 시키는 대로만 하거라."

"아버지!"

이심전이 안타깝게 다시 불렀으나, 이초평은 못 들은 체 근처의 돌출부들을 살폈다. 그리고 그중 적당한 한 군데에다 줄의 고리를 걸며 무겁게 말했다.

"기다리고 있다가 아비가 절벽 아래쪽에 닿았다 싶거든 줄을 벗겨 아래로 떨어뜨리거라. 그리고… 명심하거라. 아비가 다시 돌아올 때까지는 무슨 일이 있더라도 결코 경솔하게 움직여서는 안 된다. 알겠느냐?"

이심전은 차마 대답을 하지 못했고, 이초평은 아들의 대답을 기다리지 않고 곧바로 틈새를 벗어나며 그대로 아래쪽으로 하강해 내려갔다.

이심전이 급히 아래쪽을 내려다보려 했다. 그러나 그곳이 절벽의 한가운데에 있는 작은 틈새 공간이었으니 오금이 저려 감히 한 발자국도 움직이지 못했다.

그런데 그때였다.

삐익~!

절벽 위쪽에서 날카로운 휘파람 소리가 울렸고, 흠칫 놀란 이심전은 틈새 안쪽으로 최대한 몸을 밀착시켰다.

7

망태 속에서 몇 가지 물건을 꺼내 평평한 바닥에 늘어놓은 뒤 이초평은 재빠른 손길로 그것들을 조립해 나갔다.

완성된 물건은 쇠뇌였다.

다시 망태 안에서 각궁 하나를 꺼낸 다음, 그는 근처 커다란 바위 아래의 틈새에다 망태를 쑤셔 넣었다.

이어 쇠뇌는 손에 들고 각궁은 등에 멘 채로 이초평은 서둘러 비탈 아래쪽의 계곡으로 진입해 들어갔다.

계곡은 제법 깊었다.

물은 거의 말랐지만, 암반으로 이루어진 계곡의 바닥은 가파른 경사를 이루며 아래쪽으로 뻗어 내려가고 있었다.

이십여 걸음을 채 가기도 전에 어김없이 급하게 굽어지는 구비들을 세밀하게 눈에 담으며 한참을 내려간 끝에 이초평은 마침내 그자들의 모습을 볼 수 있었다.

백오십 보쯤 아래쪽이었다.

계곡이 시작되는 지점에 다섯 명이 서 있었다.

얼굴까지 확인하기에는 먼 거리였지만, 그자들은 한결같이 흑의무복 차림에 이마에는 백건(白巾)을 두르고 있었다.

예상했던 바와는 달리 그들이 도검을 지니고 있지 않다는 것은 다행이라고 할 수 있었다.

그러나 먼 거리임에도 불구하고 은연중에 느껴지는 듯한 어떤 비범한 기세만으로도 이초평은 그들이 무공을 익힌 강호의 무사들이란 사실을 새삼 확인해 볼 수 있었다.

그들은 사뭇 느긋해하고 있었다.

'마치 사냥감을 마지막 궁지에다 몰아넣고 나서 잠시간의 여유를 즐기는 사냥꾼들처럼.'

그런 느낌을 이초평은 받았다.

그때 그들 중 한 명이 계곡 안으로 진입하고 있었다.

그런데 나머지 네 명이 따라 나서지 않고 그대로 서 있는 것으로 보아, 아마도 그 한 명에게 먼저 정찰을 하라고 시킨 듯했다.

이초평은 지그시 입술을 깨물었다.

8

쇠뇌에 세 발의 화살을 죄다 장전한 채로 이초평은 숨죽이며 기다리고 있었다.

이십 보 앞.

막 구비를 돌아 나오는 자의 모습이 보였다.

창백한 안색의 청년이었다.

청년의 백건에 그려진 무늬가 이제야 선명히 보였다. 흑룡(黑龍)의 형상이다.

벌떡거리는 가슴을 누르려 이초평은 무진 애를 썼다.

마음을 비워야만 했다. 오로지 청년의 걸음에만 몰입해야 했다. 치밀하고도 정확하게 계산된 걸음에서 쇠뇌를 발사해야만 했다.

자칫 반걸음이라도 계산이 어긋난다면 다음의 기회는 주어지지 않을 것이다. 상대는 무공을 지닌 자인 것이다.

십오 보의 거리.

흑룡건 청년의 내딛는 걸음이 막 바닥에 닿으려는 찰나, 이초평은 무심히 쇠뇌의 발사 장치를 눌렀다.

쉬~ 쉿!

일단의 날카로운 파공성이 돌연히 계곡의 적막을 찢어놓았다.

"흥!"

차가운 냉소가 터졌고, 동시에 흑룡건의 몸이 채찍 맞은 팽이처럼 제자리를 휘돌았다.

티~ 팅!

찰나의 불꽃을 명멸시키며 화살들이 사방으로 튕겨났다.

우뚝 멈춰 선 흑룡건의 손에는 어느 틈에 꺼내 들었는지 단검

한 자루가 쥐어져 있었다.

불시에 날아든 화살 세 대를, 그것도 고작 단검 한 자루로 한 꺼번에 쳐내다니 실로 놀라운 재간이 아닐 수 없었다.

그러나 이초평에게 놀라고 있을 틈은 없었다.

그는 곧장 계곡의 위쪽을 향해 전력으로 달렸다.

"서라!"

흑룡건이 노해 외치며 그대로 바닥을 박찼다.

그 한 번의 도약으로 그는 대번에 칠팔 보쯤의 거리를 단축해 갔다.

그러나 다시 한 번의 도약이면 사냥감을 따라잡을 수 있을 것 이되, 그때 사냥감이 앞쪽의 구비를 돌아 사라지는 것을 보았으 므로 흑룡건은 급히 신형을 멈춰 세웠다.

방금의 화살 공격에서 상대에 대한 최소한의 경계심을 가지 게 되었기도 하거니와, 사실은 그 이전에 이런 일을 하는 데 대 해 적극적인 의지가 없었으니 조금이라도 위험을 감수할 필요 는 없다는 심정이었다.

"제기랄! 이런 따위의 해괴한 짓거리를 도대체 왜 해야만 한 단 말이야?"

흑룡건의 나직한 중얼거림에 어쩔 수 없이 진득한 화가 담겼다.

이 모임이 끝날 때까지는 각자의 검을 풀어놓고 똑같은 모양 의 단검 한 자루씩만 지니도록 한 대형의 이해할 수 없는 지시 에 대해서도 새삼 화가 솟는 것이다.

9

사력을 다해 다시 이십여 보를 치달린 이초평은 간신히 구비 하나를 더 돌 수 있었다.

"허억!"

"허억!"

거친 숨이 목구멍 끝에까지 차올랐지만, 조금이라도 지체할 틈은 없었다.

위잉!

계곡 위로부터 한 가닥의 세찬 골바람이 불어왔다.

바람의 세기와 그 정확한 방향을 다시 한 번 세밀히 가늠하며 이초평은 재빨리 위치를 고쳐 잡았다.

그가 한쪽 무릎을 꿇은 자세로 앉은 곳은 바람의 통로 중에 있는 작은 바위 뒤쪽이었다.

등에 메고 있던 각궁을 벗어 들고 이초평은 최대한 침착하게 화살을 재웠다.

그가 가진 사냥 도구 중에서 가장 자신있는 것이 바로 이 각궁이었다.

철대궁(鐵大弓)보다는 한결 작아 다루기에 간편하였고, 그러면서도 물소 뿔로 만든 활의 힘이 대단하여 웬만한 맹수라도 정통으로 맞추기만 한다면 한 발로 즉사시킬 만큼의 강력한 무기였다.

'와라!'

웡~!

위잉~!

다시 세찬 골바람이 불어왔다.

바람은 그대로 계곡의 중간쯤으로 몰아쳐 나가며 계곡 전체를 울리는 듯한 소리를 냈다.

바람 소리 때문에 흑룡건은 일시 목표물의 기척을 추적하는 데 애로를 겪어야만 했다.

계곡의 깊은 바닥은 거의 말라 있는데다 양옆은 높다란 직벽(直壁)으로 솟아 있어서 그는 지금 마치 거대한 바람의 통로 안에 들어서 있는 느낌이었다.

위이이잉!

바람 소리가 좀 더 거세진다 싶더니 이번에는 계곡 위쪽의 산비탈 음지에 쌓여 있던 눈을 말아 올렸는지 돌연 한 무더기의 눈보라까지 몰아쳐 왔다.

얼굴로 날아드는 눈가루를 막으려 흑룡건이 한 손을 들어 얼굴을 가릴 때였다.

패앳!

바람 소리보다도 더욱 강렬한 소리, 그전에 뭔가 머리끝을 쭈뼛하게 만드는 섬뜩한 느낌에 흑룡건은 반사적이다시피 몸을 틀며 단검을 쳐냈다.

탕!

검을 통해 전해진 강력한 충격이 그의 손목을 찌르르 울리고 지나가는 것과 동시에 무언가 화끈한 느낌이 이마 부근을 스쳤고, 뒤이어 전해지는 극렬한 고통에 흑룡건은 그대로 몸을 굴려 계곡 바닥을 한 바퀴 뒹굴었다.

그러나 그는 순간의 반동으로 다시 몸을 튕겨 일으켰다.

그런 그의 이마 한가운데서부터 왼쪽 귀밑까지 길게 찢어져 있었고, 상처로부터 줄줄 흘러내리는 피가 얼굴 반쪽과 목 아래까지 흥건하게 적셔 들고 있었다.

순간 흑룡건은 포효했다.

"죽인다~!"

상처 입은 맹수처럼 달려오는 흑룡건을 이초평은 차라리 멍하니 바라보고만 있었다.

그로서는 이제 포기할 수밖에 없었다. 방금의 그 화살 한 발이야말로 그의 마지막 한 수였으니 말이다.

그런데 흑룡건의 단검이 그대로 이초평의 목을 찔러들 때였다.

"그만!"

그 한마디의 짧고 나직한, 그러면서도 뭔가 묘한 나른함이 깃든 목소리를 흑룡건은 감히 거역하지 못하였고, 그럼으로써 그의 단검은 간발의 차이로 이초평의 목을 비켜 지나갔다.

그렇더라도 터질 듯한 울화까지는 미처 거두지 못해 단검을 뻗은 채로 부르르 떨고 있는 흑룡건을 향해 그 나른한 목소리가 느긋하게 덧붙였다.

"물어볼 것이 있어 그자를 찾는다고 하였거늘, 허락도 없이 죽여 버리면 어찌하라는 것이냐?"

목소리에 느긋한 중에도 분명한 질책이 담겼기에 흑룡건은 애써 울화를 추스르며 고개를 숙일 수밖에 없었다.

새로이 네 명의 청년이 나타나는 순간 이초평은 암담한 표정이 되고 말았다. 그러나 다음 순간 그는 다시 흠칫 겁에 질린 모습으로 되었다.

第八章
혈룡사에 대해 알고 있나?

1

이초평을 보는 백룡건의 눈빛은 담담하기만 했다.

그 눈길을 이초평은 굳이 피하지 않았다. 그러나 반발하거나 적의(敵意)를 보이고자 하는 건 결코 아니었다. 다만 '당신이 두려워서 감히 시선을 피할 엄두조차도 내지 못합니다!' 하는 절대 약자로서의 호소였다.

"혈룡사에 대해 알고 있나?"

백룡건의 그 물음에 대해 이초평은 언뜻 의아해했다.

그리고 황룡건 등 네 명의 청년 또한 짧은 시선의 교환으로 혈룡사가 무엇인지에 대해 서로 간에 확인을 하는 기색들이었다.

"혈룡사라니요? 소인은 금시초문입니다요!"

고개를 조아리며 대답하는 이초평의 목소리가 가늘게 떨려 나왔다.

백룡건이 힐끗 흑룡건을 돌아보았다.

그때 흑룡건은 얼굴에서 목까지 온통 하얀 지혈제 가루로 범벅을 하여 자못 기괴한 모습이었는데, 백룡건의 시선을 받고는 문득 눈빛을 번뜩였다.

"이자가 어설픈 요령을 피워보려는 모양인데?"

백룡건이 싱긋이 웃으며 가벼운 농담이라도 던지듯이 뱉었다.

흑룡건이 말없이 백룡건을 향해 고개를 숙였고, 이어 천천히 이초평에게로 다가섰다.

팟!

흑룡건의 손아귀가 이초평의 한쪽 어깨를 잡아챈 것은 한순간이었고, 억센 소리를 동반했다.

우득!

"악!"

이초평이 소스라치며 비명을 내질렀다.

"그만!"

백룡건의 나직한 목소리가 있고 나서야 흑룡건은 틀어잡고 있던 이초평의 어깨를 놓아주고 뒤로 물러섰다.

"크윽!"

이초평이 고통스러운 신음을 흘리며 왼팔로 오른쪽 어깨 부위를 부여잡았는데, 그 아래로 그의 오른팔이 그저 어깨에 매달려만 있는 듯이 맥없이 덜렁거리고 있었다.

"혈룡사는 한 줌쯤 되는 붉은 모래를 말하는 것이지. 어때?

여전히 금시초문인가?'

백룡건의 목소리는 여전히 나른했다.

2

한순간 이초평은 부르르 치를 떨고 말았다.

뒤이어 등골을 타고 굴러내리는 한 방울 식은땀의 차가운 느낌이 새삼 그의 전신에 소름을 돋게 했다.

'혈룡사'가 무엇인지, 그리고 사실은 그 자신이 이미 그것에 대해 알고 있다는 것을 퍼뜩 깨달은 것이다.

바로 홍옥병이었다. 그 안에 들어 있었다던 핏빛 모래!

이초평은 차라리 암담해지고 말았다.

혈룡사를 보았다는 그의 아들조차도 다만 꿈이었다고 치부하고 있을 뿐더러, 더욱이 그것을 담았던 홍옥병조차도 이미 처분을 해버린 터이니 그것의 행방에 대해 말해주고 싶어도 말을 해줄 게 없는 형편이 아닌가?

그리고 다시 아득해지는 것은 저들이 지금까지 보여준 모습만으로도 그가 있는 그대로의 사실을 말한다고 한들 저들이 결코 쉽게 수긍하지도, 또한 순순히 그와 아들을 놓아주지도 않을 것이란 점이다.

'그렇다면⋯⋯?'

3

"아이고! 공자님! 소인이 아무리 머리를 쥐어짜 봐도… 참말로 모르겠습니다요! 그러니 제발… 이 무지한 놈의 목숨만은 살려주십시오! 제발 좀……!"

이초평이 넙죽 엎드리며 바닥에다 머리를 박았다.

"그래? 여전히 모르겠단 말이지?"

담담하게 뱉은 백룡건의 입가에 언뜻 차가운 미소가 걸렸다.

"어깨 관절을 꺾어놓았는데도 여전히 시늉으로만 굽힐 뿐 막상은 뭔가 다른 궁리를 하고 있다?"

혼잣말인 듯 중얼거리더니 백룡건은 다시 곁에 서 있는 황룡건을 향해 물었다.

"흥미롭지 않나?"

"무슨 말씀이신지……?"

"이자 말일세. 산촌 벽지의 일개 사냥꾼치고는 참으로 대단한 강단이지 않나 말이야?"

황룡건이 선뜻 대답을 내놓지 못하자, 백룡건은 문득 먼 곳으로 시선을 주며 덧붙였다.

"우리가 시간에 쫓기는 것도 아니니 서두를 필요는 없겠지. 안 그런가?"

황룡건은 그제야 백룡건의 의중이 무엇인지 짐작해 볼 수 있었다. 백룡건이 시선을 고정시켜 놓은 곳이 계곡 건너편의 절벽 중턱 즈음인 것을 확인하고 난 다음이었다.

4

계곡을 타고 바람처럼 달려간 황룡건은 잠깐 만에 구비를 돌아 모습을 감추었다.

황룡건이 다시 모습을 보인 것은 한참 후였는데, 그는 계곡 건너편의 절벽 아래에 있었다.

그리고 놀랍게도 그는 절벽을 타고 오르기 시작했는데, 멀리서 보기에 마치 한 마리의 커다란 거미가 움직이는 것 같았다.

"벽호공 공부가 꽤 괜찮군."

백룡건의 나른한 목소리에 이초평은 내내 떨구고 있던 고개를 들었고, 비로소 건너편의 절벽에서 벌어지고 있는 광경을 볼 수 있었다.

이초평의 얼굴이 그대로 딱딱하게 굳어들고 마는데, 그때쯤 절벽의 중턱 즈음까지 올라간 황룡건의 모습이 언뜻 시야에서 사라졌다.

그리고 잠시 후 황룡건이 무언가 길쭉한 것을 옆구리에 낀 채 다시 모습을 드러냈을 때, 이초평이 더는 억누르지 못하고서 가느다란 절망의 신음을 토해내고야 말았다.

"아아!"

5

이심전은 꼼짝도 할 수가 없었다. 불쑥 나타난 청년이 그의 가슴 어림을 세게 찌르더니 금세 전신이 마비되고 만 것이다.

청년의 어깨에 걸쳐져 까마득한 허공을 떨어져 내리는 아찔함 중에 이심전은 문득 아련한 향기를 느꼈다.

아마도 청년의 몸에서 풍겨 나오는 것일 그 향기는 초혜에게서 이따금씩 나던 향기와도 비슷했다.

그러나 뭐라고 말할 수는 없지만, 초혜의 그것과는 또 확연히 다른 특이한 향기였다.

6

"나는 네게 한 가지를 물을 것인데, 너는 잘 생각해서 대답을 해야 할 것이다. 만약 모른다는 대답이 나온다면… 그 즉시로 너를 죽여 버릴지도 모르니까 말이다."

백룡건의 목소리는 나른했으나, 그 말이 담고 있는 내용은 소름이 쭉 끼치는 것이었다.

꼼짝도 못하는 채로 땅바닥에 내팽개쳐진 이심전의 두 눈이 부릅떠졌다.

이초평은 이윽고 모든 것을 포기할 수밖에 없었다.

지금까지 그가 도모했던 것들은 저들의 눈에서 조금도 벗어나지 못했던 것이니, 결국 저들은 어떤 방법으로도 저항해 볼 수 있는 상대가 아니었던 것이다.

"자, 묻겠다. 너는 혈룡사에 대해 알고 있느냐?"

이심전을 향해 백룡건의 물음이 떨어지는 순간, 이초평이 다급한 외침을 토해냈다.

"사실대로 말하겠습니다요! 사실은… 사실은 그 붉은 모래에 대해서는 소인이 알고 있습니다요!"

천천히 이초평을 돌아보며 백룡건은 문득 빙긋한 미소를 떠올렸다.

"그래? 하지만 방금 전까지만 해도 금시초문에다, 정말로 모르는 일이라고 했던 것 같은데?"

"그건… 괜히 안다고 하면, 곤란해지기만 할 것 같아서……."

"곤란해진다고? 어째서?"

"공자님 같은 분이 찾는 물건이라면 절대로 보통 물건은 아닐 낀데… 사실은… 이 무식한 놈이 그만… 그걸 유황연(硫黃淵)에다 쏟아 버리고 말았습니다요! 그래서… 차라리 모르는 일이라고 잡아떼는 기 좋겠다 싶어서……."

백룡건이 돌연 웃음기를 거두고 깊숙한 눈빛으로 이초평을 응시했고, 순간 차갑고도 날카로운 무엇이 눈을 찔러드는 듯하여 이초평은 흠칫 시선을 바닥으로 떨구고 말았다.

"그랬단 말이지? 흠! 좋아! 그럼 처음에 혈룡사를 보았을 때부터 그 유황연이란 곳에다 버릴 때까지의 상황에 대해 좀 더 자세히 들어볼까? 아! 하지만 말이야, 이번에도 얼렁뚱땅 넘어가려는 생각은 안 하는 게 좋을 거야. 쓸데없이 말이 길어지거나 조금이라도 딴생각을 한다 싶으면 그 즉시로 분명한 대가를 치르게 해줄 테니까."

말끝에 백룡건은 힐끗 이심전 쪽을 돌아보았다.

이초평이 저도 모르게 부르르 몸을 떨고 마는데, 백룡건이 느긋하게 턱짓을 했다.

이초평이 감히 지체하지 못하고 곧바로 말을 시작했다.

"소인이 어느 날 사냥을 나갔다가 멧돼지 한 마리를 쫓게 됐는데 어쩌다 보니 놈이 유황 동굴 안으로 도망을 쳤고, 소인이 끝까지 쫓아 들어가자 궁지에 몰린 놈은 동굴 안쪽에 있는 유황연 속으로 뛰어들어 버렸습지요. 놈이 잠시 버둥대다가 이내 가라앉아 버리는 광경을 하릴없이 지켜보다가 다시 동굴을 나오려는 참인데, 마침 근처에 놓여 있던 홍옥병 하나를 발견하게 된 것입니다요. 그리고 바로 그 안에 약간의 붉은 모래가 들어 있었고 말입니다요"

"홋! 좋아! 뭐 거기까지는 제법 그럴듯하군. 그래서 그다음에는?"

"말씀드린 대로 그 붉은 모래는 아무짝에도 쓸모가 없다고 생각해서 그대로 유황연에다 쏟아 버렸습니다요!"

"흠! 그럼 홍옥병은?"

"그 홍옥병은… 이 무식한 놈이 보기에도 제법 훌륭해 보여서 일단 집으로 가지고 갔습지요. 그리고 거기에다 오랫동안 모아놓은 그… 원숭이 술을 담아서 산 아래 읍내에다 내다팔았습니다요!"

"원숭이 술?"

백룡건이 가볍게 반문하였다. 그러나 그는 곧바로 피식 실소하였다, 막상 그 물음에 대한 대답은 듣고 싶지는 않다는 듯이.

그리고 백룡건은 다시금 가만히 이초평을 응시하였다.

이초평이 감히 마주 바라볼 엄두를 내지 못하고서 고개를 떨군 채로 있는데, 백룡건이 나직하게 물었다.

"그 유황 동굴은 어디에 있나?"

"저기 뒤쪽으로 보이는 화산(火山)의 중턱쯤에 있습지요."

이초평이 얼른 등 뒤쪽을 가리키며 답했다.

"안내하라!"

백룡건의 명령에 이초평이 주저하는 기색이면서도 작게 뱉었다.

"저기… 지금 가봤자 아무 소용도 없을 낀데……."

순간 백룡건의 두 눈이 차갑게 번뜩였다.

"죽고 싶은 게냐?"

그에 이초평이 감히 지체하지 못하고서 탈골된 채인 오른팔을 황급히 추스르고는 곧장 걸음을 뗐다.

그러나 이초평은 기껏 두 걸음을 걷고는 다시 멈칫 서며 조심스럽게 입을 떼는 것이었다.

"저기……."

백룡건의 두 눈에서 다시금 날카로운 안광이 번뜩였고, 그 서슬에 놀란 이초평이 다급히 말을 토해냈다.

"제 아들놈 말입니다요. 그놈은 먼저 집으로 가게 해주시면… 안 되겠습니까요?"

백룡건이 차갑게 되물었다.

"왜 그래야 하지?"

이초평이 얼른 머리를 조아렸다.

"아들놈은 태어날 때부터 워낙 병골이어서 조금만 무리를 해도 며칠씩 방구들 신세를 져야 하는 놈이라……. 더군다나 화산으로 데리고 갔다가 독한 유황 연기라도 쐬었다간 잠시도 견디지 못할 것입니다요. 그러니 제발 불쌍히 여기셔서……."

백룡건이 힐끗 돌아보자 바닥에 내팽개쳐져 있던 바짝 마른 몸에 창백한 안색의 그 소년은 일순 경기라도 하듯이 흠칫 몸을 떨고 마는 모습이다.

백룡건이 가볍게 찌푸린 채로 다시 황룡건을 향하며 고개를 끄덕여 보였다.

그러자 황룡건이 손가락 하나를 세워 이심전의 가슴 어림을 세게 찔렀는데, 순간 이심전은 온몸이 저릿저릿한 느낌이다가는 이윽고 막혔던 기가 다시 통하게 되었는지 겨우 몸을 움직일 수 있게 되었다.

"아버지!"

이심전이 크게 외치며 벌떡 일어나서 곧바로 아버지에게 달려가려 하다가는 순간 그 자리에 멈칫 서고 말았다.

이초평이 딱딱하게 굳은 얼굴로 그를 보며 단호하게 고개를 가로젓고 있었는데, 이심전이 아버지의 그런 얼굴을 보는 것은 처음이었다.

"심전아, 니 먼저 가거래이. 그라고⋯ 아무래도 니 혼자서 집에까지 가기는 어려울 거니까, 우선은 와룡아제에게 가 있거래이."

무겁게 가라앉은 아버지의 목소리에 핏기 없던 이심전의 얼굴이 더욱 창백해졌다.

와룡아제는 마을 사람들이 신봉하는 두 신령 중의 하나였다.

즉, 화산을 지배하는 재앙과 공포의 신령인 우룽아제와 화복과 평화와 신령인 와룡아제인데, 그중 와룡아제는 끝없이 먼 세상의 끝에 존재한다고 하였다.

그러니 이초평이 지금 와룡아제네 집으로 가 있으라고 하는 것은 이심전에게 최대한 멀리 도망치라는 의미였다.

"아버지?"

이심전이 눈물이 그렁그렁해지고 마는데, 이초평이 대뜸 호통을 쳤다.

"열여섯 살이나 묵은 놈이 언제까지 어린애처럼 투정만 부릴라 카노?"

지켜보고 있던 백룡건이 피식 실소를 흘렸다.

그것이 자신을 못난 놈이라고 조롱이라도 하는 듯하여, 이심전은 저도 모르게 얼굴을 붉히고 말았다.

그때 이초평이 서둘러 앞으로 나서며 앞장을 섰고, 백룡건 등도 천천히 그 뒤를 따랐다.

이심전 혼자 엉거주춤한 채로 원래의 자리에 서 있는데, 그때 저만치 가고 있던 이초평이 힐끗 뒤를 돌아보았다.

그에 이심전이 저도 모르게 한 걸음을 내딛는데, 이초평은 곧바로 고개를 홱 돌려 버리고 말았다. 더욱이 잠깐 마주친 아버지의 눈빛에서 다급하고도 지극한 간절함을 보았기에 이심전은 멈칫 제자리에 서고 말았다.

그러는 사이 이초평과 용건의 청년들은 구비 하나를 돌며 빠르게 계곡의 아래쪽을 향해 사라져 갔다.

7

"사운 가가!"

초혜의 외침에 반가움과 안도가 가득 담겼다.

그녀는 외조부가 딸려 보낸 일꾼 한 사람과 함께 막 마을을 벗어나던 참이었는데, 마침 그녀를 만나러 오던 능사운을 만난 것이다.

"외지에서 온 여러 명의 청년이 우리 집에 와서 사람들을 다치게 하고……."

초혜는 빠르게 저간의 사정을 설명했다. 자신이 겪었던 놀람과 당황, 그리고 하소연까지를 담아서.

입을 뗄 기회조차 갖지 못한 채로 초혜의 말을 다 듣고 난 능사운이 그제야 미간을 좁히며 혼잣말처럼 중얼거렸다.

"강호의 무사들이 왜 이런 궁벽한 곳까지 왔으며, 한낱 사냥꾼은 왜 또 찾는단 말인가?"

외지에서 왔다는 그 청년들이 필시 강호의 무사들일 것이라고 짐작해 보며 능사운은 문득 가슴속에서 어떤 충동 같은 것이 불쑥 솟구치는 것만 같았다.

그런데는 우선 그자들로 인해 초혜가 크게 놀라고 더욱이 모욕을 당하는 느낌까지 받았다는 데 대한 불쾌감이 앞섰고, 더하여 강호의 무사들을 상대로 자신의 능력을 한번 비견해 보고 싶은 욕심도 어느 정도는 생기는 것이었다.

사실 강호의 무인들과—더욱이 그와 동배(同輩)라면—한번 무공을 겨뤄보고 싶다는 갈망은 능사운이 늘 가져오던 것이다. 그만큼 스스로의 무공에 대한 자신과 자부가 강하기도 하였고.

능사운은 이내 보다 강한 충동에 빠졌다.

그가 아무리 엄격한 수련을 받아왔다고는 해도 이제 열아홉의 청년이었으니 한번 끓기 시작한 피를 쉽사리 되식히기란 어려운 일이었다.

"그자들을 뒤쫓아 가보도록 하자."

능사운의 한마디에 초혜는 그대로 들뜬 기분이 되고 말았다. 그녀에게 능사운은 세상에서 가장 빛나는 영웅이었다.

일꾼을 집으로 돌려보내고 나서 두 사람은 곧장 이심전의 집으로 향했다.

8

이심전은 있는 힘을 다해서 마을을 향해 줄달음질치고 있는 중이었다.

아버지는 그에게 멀리 도망치라고 했지만 그럴 수는 없었다.

우선 촌장어른께 급한 사정을 말씀드리고 도움을 청할 생각이었다. 촌장어른이시라면 분명 무슨 방도를 내주실 것이라고 철석같이 믿기에.

집 뒷산으로 해서 마을에 거의 다 다다랐을 즈음, 뜻밖에도 초혜와 능사운을 만난 이심전은 마치 부처님을 만난 듯한 기분이었다.

특히나 늠름한 모습의 능사운은 그야말로 하늘이 보내준 구원군만 같았다.

"공자님, 도와주십시오! 저희 아버지가… 저희 아버지가 지금 외지에서 온 무사들에게 붙잡혀 있습니다!"

보자마자 다급히 애원을 토해내는 이심전에 대해 초혜가 크게 놀랐으나, 곧바로 그를 위로하며 진정시켰다.

"걱정 마, 심전 오라버니. 여기 사운 가가께서 계시니 금방 아저씨를 구해 드릴 수 있을 거야. 그러니 우선 어떻게 된 일인지 자초지종부터 말해봐."

"그자들은… 혈룡사에 대해 알고 있느냐고 추궁했는데… 아버지가 저를 도망치도록 하기 위해 그자들에게 거짓을 말하고… 그자들을 유황 동굴로 안내해 갔습니다."

이심전이 급한 마음에 두서없이 말을 쏟아낸 데 대해 능사운이 차분하게 물었다.

"혈룡사가 뭐지?"

"한 줌의… 붉은 모래입니다."

능사운이 고개를 갸웃하고는 다시 물었다.

"너희 아버지가 그자들에게 거짓을 말했다는 건 또 무엇이고?"

"사실 아버지는 혈룡사에 대해서 아무것도 모르시는데… 그것을 유황 동굴 내에 있는 유황연에다 쏟아 버렸다고 그자들을 속였습니다. 그러자 그자들은 아버지께 그곳으로 안내하라고 하였는데… 아아! 그러나 이제 곧 거짓말이었다는 게 탄로 나면 아버지는……."

이심전의 목소리가 울먹이듯이 잦아들었다.

능사운이 잠시 생각을 정리하고 나서 다시 물었다.

"그렇다면 혹시 그 혈룡사라는 것이 지금 네게 있느냐?"

"아닙니다. 저도 딱 한 번 구경만 했을 뿐, 그것이 어디로 어떻게 사라졌는지는 모릅니다."

능사운이 언뜻 실망한 기색이다가는 다른 것을 물었다.

"그자들의 무공은 어느 정도이더냐?"

"저는 높은 절벽의 중간쯤에 있는 틈새에 숨어 있었는데…
그자들 중의 하나가 단숨에 그곳까지 올라와서는 저의 가슴을
찔렀고… 순간 저는 온몸이 마비되어 꼼짝도 할 수 없었습니다.
그리고 그자는 저를 어깨에 메고도 아주 쉽게 절벽을 타고 내려
갔습니다."

능사운은 가만히 미간을 좁혔다.

이심전의 말에서는 상대의 점혈과 경공의 재간을 짐작해 볼
수 있겠는데, 그러나 무공에 문외한인 이심전의 말만으로는 상
대의 무공이 어느 정도의 경지에 도달했는지까지 짐작해 보기
란 아무래도 무리였다.

다만 그자들이 최소한 강호 삼류의 하수가 아니라는 점은 분
명해 보이는지라, 능사운은 문득 옆구리가 허전해지는 것이었
다.

그러나 어차피 부친의 엄명으로 수련 때 외에 검을 쓰는 것은
엄격히 금지되어 있기도 하거니와, 검이 없다고 해서 두려울 것
은 조금도 없었다.

"그 유황 동굴이 어디인지는 알고 있느냐?"

능사운의 물음에 이심전이 얼른 고개를 끄덕였다.

"예!"

"그럼 함께 가보도록 하자."

능사운의 말에 초혜가 먼저 서둘렀다.

"그래요. 아저씨께 혹시 무슨 일이라도 생기기 전에 어서 가
보도록 해요."

초혜를 보는 이심전의 얼굴에 언뜻 걱정의 기색이 떠올랐다.

그러나 다시 당당하고도 여유있는 능사운의 모습을 보고 그는 곧바로 앞장을 섰다.

능사운은 가볍게 미간을 찌푸렸다.

뛰듯이 가는 이심전의 걸음을 초혜가 미처 따르지 못하는 때문이었는데, 결국 능사운은 초혜의 걸음에 맞추어 천천히 걷기로 했다.

앞서 뛰어가다가는 또 멈춰 서서 뒤를 돌아보며, 이심전의 입술은 조급함으로 바짝 타들어갔다.

第九章
혈사(血事)

1

"아직도 멀었느냐?"

백룡건의 물음에 언뜻 날이 섰다.

"이제 거의 다 와갑니다요."

몇 걸음 앞서 걷던 이초평이 얼른 굽실거리고는 더욱 바쁘게 걸음을 재촉했다.

그러나 그는 이내 숨 막히는 비명을 토하고 말았다.

"킥!"

언제 다가왔는지 백룡건의 하얀 손아귀가 이초평의 목을 움켜잡고 있었다.

"네놈은 벌써 몇 번째나 같은 소리만 하고 있다. 또한 지금까지 온 길을 되짚어볼 때, 곧장 직선으로 왔더라면 벌써 닿았을 것을 한참이나 돌아서 온 감이 있다. 말하라! 네놈은 지금 의도적으로 시간을 끌고자 하는 것이냐?"

"커억! 이… 이것… 좀……."

백룡건이 목을 놓아주자 이초평은 백지장처럼 하얗게 변한 얼굴로 다급히 말을 뱉어냈다.

"소인은 다만… 편한 길로 모시려고 한 것뿐입니다요."

"흥! 누가 그런 따위 가소로운 친절을 바란다고 했더냐?"

"아이쿠! 용서하십시오, 공자님! 소인이 감히 주제 넘는 짓을 하였습니다요!"

"가장 빠른 길을 잡아라! 만약 조금이라도 허튼 짓거리를 다시 했다가는 우선 네놈의 팔 하나를 잘라서 징계할 것이니 명심하거라!"

"예, 예, 공자님!"

이초평이 황급히 머리를 조아리고는 잰걸음으로 다시 앞장을 섰다.

2

동굴 입구에 다가설 때부터 독한 유황 냄새가 강하더니, 동굴 안으로 들어서자 곧바로 눈이 따갑고 코와 목이 매캐해졌다.

"얼마나 들어가야 되느냐?"

"그게… 동굴이 꽤나 깊어서 한참 안으로 들어가야 합니다요."

이초평의 대답에 백룡건이 언뜻 날카로운 눈빛으로 되며 다시 물었다.

"네가 무슨 재주로 이런 독기를 뚫고서 그처럼 깊이 들어갈 수 있었더란 말이냐?"

그러자 이초평은 대답 대신 선뜻 동굴의 벽으로 다가섰다.

그리고 벽면에 붙어 있는 회적색(灰赤色)의 이끼를 얼굴이며 목이며 손 등의 바깥으로 드러나 있는 피부에다 쓱쓱 문지르는 것이었다.

마지막으로 성글게 이끼를 말아서 양 콧구멍에다 끼운 이초평이 맹맹한 콧소리로 말했다.

"저희 마을에서 유황 채취를 할 때 쓰는 방법인데, 이렇게 하면 한참 동안은 그런 대로 견딜 만합죠."

손에 남은 이끼를 내미는 이초평에 대해 백룡건은 차가운 냉소를 떠올렸다.

이어 그는 품속에서 작은 자기병 하나를 꺼냈고, 다시 그 안에서 작은 영단 한 알을 꺼내 입속에 털어 넣었다.

그걸 보고서 다른 네 명의 청년 또한 각자의 영단을 챙겨서 입에 넣는 모습들이었다.

"앞장서라!"

백룡건의 명령에 이초평이 성큼 동굴 안을 향해 걸음을 떼었다.

3

"흔적이 있는 것으로 보아 그자들은 이미 동굴 안으로 들어간 것 같다."

일단 혼자서 먼저 들어가 동굴의 초입부까지 살피고 나온 능사운이 말을 하고는, 문득 걱정스러운 빛으로 되며 초혜를 살폈다.

그때 초혜는 동굴로부터 풍겨 나오는 매캐한 향에 벌써부터 콜록거리며 연신 눈물을 찍어내고 있는 중이었다.

"동굴 안으로 들어갈수록 유황의 독기가 더욱 심해지고, 더욱이 이제부터는 위험한 상황을 맞게 될 것이니 아무래도 나 혼자서 들어가는 게 좋겠다. 하니 두 사람은 예서 기다리고 있거라."

초혜가 벌써 발갛게 충혈된 두 눈을 동그랗게 뜨며 당장에 뭐라고 반박의 말을 꺼내려는데, 이심전이 먼저 완강하게 고개를 저었다.

"저희 아버지가 지금 동굴 안에 잡혀 계시는데, 제가 어떻게 밖에서 기다리고만 있겠습니까? 저도 같이 들어가겠습니다."

"그래요. 우리 다 함께 들어가요. 유황의 독기를 견디는 방법은 저도 알고 있는 걸요. 동굴 벽에 붙은 이끼를 뜯어서 코에 말아 넣고 코로만 숨을 쉬면 된다고 했어요. 그리고 사운 가가와 함께 있는데 위험할 일이 무에 있겠어요?"

초혜까지 맞장구를 치고 나섰기에 능사운은 언뜻 얼굴을 찌푸리고 말았다.

그러나 막상 자신에 대한 초혜의 절대적인 신뢰가 싫지는 않았기에 능사운은 못 이기는 체 쓴웃음을 짓고 말았다. 그리고 품속에서 호심단이 들어 있는 자기병을 꺼내 초혜와 이심전에게 각각 한 알씩을 건네주고 자신도 한 알을 입에 넣었다.

"와! 정말 향기롭네요!"

초혜가 탄성을 토해냈다.

영단을 입에 넣자마자 사르르 녹아버리는데, 대번에 입안 전체가 향기로움으로 가득 차는 듯했고, 이어 저절로 목구멍을 타고 넘어가 버리는데, 그 맛이 또한 감미롭기가 이를 데 없었던 것이다.

능사운이 어쩔 수 없이 피식 실소하고는 다시 엄한 표정을 지으며 주의를 주었다.

"절대로 내 곁에서 떨어지면 안 된다!"

그러자 초혜는 폴짝 뛰는 시늉으로 능사운의 옆으로 바짝 붙어 섰다.

다정한 두 사람의 모습에 이심전이 슬그머니 두어 걸음을 뒤로 물러나 주었다.

4

"잠깐!"

백룡건의 나직한 목소리에서 문득 경계가 묻어났다.

모두가 멈칫 걸음을 멈추자, 백룡건은 다시 청력을 돋워 동굴 바깥쪽의 기척에 귀를 기울였다.

그리고 이어 나온 백룡건의 목소리는 더욱 나직해졌다.

"누군가 동굴 안으로 들어온 것 같다. 다섯째, 네가 가서 살펴보고 오거라."

"예, 대형!"

흑룡건이 짧게 복명하고는 곧바로 신법을 펼쳐 동굴 바깥쪽을 향해 미끄러져 나갔다.

5

"누구냐?"

동굴 내의 울림을 타고 흑룡건의 호통이 들린 것은 그가 바깥쪽을 향해 간 지 얼마 지나지 않아서였다.

잇달아 기합 소리와 장력 부딪치는 소리가 들려왔다.

"찻!"

펑!

백룡건의 눈빛에 긴장과 함께 의혹이 서렸다.

6

두 사람이 번개 같은 움직임으로 어울리며 맹렬하게 장권(掌拳)을 교환했다.

두 눈을 부릅뜬 채로 지켜보는 이심전과 초혜에게서는 터질 듯한 긴장과 더불어 경이가 가득했다.

그리고 초혜는 이내 환호라도 지를 듯한 표정이 되었다.

십여 초의 공방 끝에 능사운이 확연한 승기를 잡은 것이다.

다급히 뒷걸음치는 흑룡건의 사내를 능사운은 굳이 서둘지 않는 느긋한 걸음으로 뒤쫓았다.

그런 능사운의 모습에 초혜는 눈을 깜박일 수조차 없었다. 지금 세상에서 가장 늠름하고도 당당한 저 사내야말로 바로 그녀의 정인이었다.

7

낭패한 모습의 흑룡건과 그 뒤를 사뭇 여유있게 쫓고 있는 능사운을 보며 백룡건의 눈은 차갑게 빛났다.

그러나 곧이어 모습을 드러낸 다른 두 사람을 보는 순간 백룡건은 다시 묘한 이채를 떠올렸다.

바로 초혜와 이심전이었다.

"심전아, 네가 왜 여길……?"

이초평의 비명과도 같은 외침이 비로소 동굴의 적막을 깼다.

"닥쳐라!"

뒤이어 백룡건의 차가운 호통이 터졌기에 이초평은 감히 말을 이어내지 못했다. 다만 눈빛으로만 간절한 염려와 안타까움을 아들에게 전할 뿐이었다.

그때 차가운 분노를 담은 백룡건의 시선이 다시 자룡건에게로 향했다.

그에 자룡건이 가볍게 고개를 숙여 보이고 나서 천천히 앞으로 한 걸음을 내디디는가 싶었는데, 순간 그의 신형은 앞으로 쭉 미끄러져 나가며 눈 깜짝할 사이에 능사운과의 거리를 좁히는 것이었다.

짐짓 여유있는 모습으로 전체적인 상황을 살피고 있던 능사운이었으나, 자룡건의 쾌속한 신법과 대범한 정면 공세에는 감

히 방심하지 못하고 급히 내력을 끌어올리며 마주 일장을 쳐나
갔다.

펑!

격돌의 순간, 두 사람의 주위로 무형의 기류가 격렬하게 회오
리쳤고, 그 반탄력으로 두 사람은 각기 두 걸음씩을 뒤로 물러
났다.

일견 백중지세였다.

능사운의 얼굴이 무겁게 변해 있었다.

비록 그가 전력을 다하지는 않았다고 하더라도 그것이야 상
대 역시도 마찬가지일 것이니, 이 일장의 격돌만으로도 자룡건
의 사내는 좀 전의 흑룡건과는 확연히 다른 경지의 무공을 지녔
다고 해야 했다.

더불어 능사운은 문득 크게 긴장하지 않을 수 없었다. 스스로
의 방심과 만용에 대한 자각과 후회가 급하게 밀려들었다.

자룡건의 무공이 이런 정도이고 다시 그 위에 더한 자들이 있
는 것 같은 형국이니, 가볍게 생각하여 초혜까지 데리고 온 것
은 참으로 어리석은 짓이 아닐 수 없었다.

능사운은 애써 태연한 체 뒤를 돌아보았다.

그러나 능사운이 눈짓으로 초혜에게 어떤 경고를 전하기도
전에 상대편에서 두 명이 먼저 움직였다.

청룡건과 흑룡건이 신속하게 이동해서 초혜와 이심전의 뒤로
돌아갔고, 그럼으로써 퇴로를 끊어버린 것이다.

능사운은 포기하고 다시 자룡건에게 집중하였다. 이제는
그 자신의 능력으로 상대를 격파하는 것밖에는 다른 도리가

없었다.

그때였다.

"둘째! 셋째를 도와줘라!"

백룡건이 툭 뱉어내는 소리에 능사운보다도 오히려 황룡건이 흠칫하며 더욱 당황하는 기색이 되고 말았다.

"대형? 셋째가 열세를 보이는 것도 아닌데 굳이 저까지……?"

백룡건이 차갑게 말을 가로챘다.

"지금 우리가 비무대회라도 치르고 있는 줄 아느냐? 쓸데없이 시간을 끌 필요가 없음이다!"

"알겠습니다, 대형."

백룡건의 서슬에 황룡건이 즉시 복명하고는 성큼 나아가 자룡건과 합세를 하였다.

"비겁하다!"

능사운이 분개하여 호통을 쳤고, 그에 황룡건과 자룡건이 모두 일시간의 위축을 느낀 듯이 공세가 다소간 주춤하였다.

그러나 그들은 이내 오히려 서둘러 끝내려는 듯이 공세의 강도를 높였다.

능사운은 금방 열세에 처하고 말았다.

특히 황룡건의 무공은 뚜렷이 높은 경지에 도달해 있음을 인정하지 않을 수 없는 정도였다.

'검만 있었어도…….'

능사운은 새삼 간절해졌다.

물론 상대도 무슨 까닭으로 하나같이 검을 소지하지 않고 있었지만, 만약 같이 검을 쓴다고 하더라도 검에 관한 한 그는 자신이 있었다. 최소한 지금처럼 무기력하게 밀리고만 있지는 않을 것이다. 상황은 절망적이었다.

능사운이 더욱 참기 어려운 것은, 백룡건이 느긋하게 상황을 주재하면서 자꾸만 초혜를 힐끗거리고 있는 데 대해서였다.

마침내 능사운은 마지막 한 점의 내력까지 모조리 끌어올렸다.

"셋째, 비켜서라!"

황룡건이 나직이 경고를 발하는 한편으로, 그 또한 전력을 끌어올리며 힘차게 쌍장을 떨쳐냈다.

쾅~!

거창한 폭음이 동굴을 진동시켰고, 천장에서 먼지와 작은 돌조각이 우수수 떨어져 내렸다.

턱! 턱! 턱!

중심을 잡지 못한 채로 잇달아 뒷걸음질을 친 끝에 능사운은 동굴 벽에다 호되게 등을 찍고 말았다.

반면에 두 걸음만 밀려난 황룡건은 선 채로 잠시간 격동하는 내기(內氣)를 고른 후에 천천히 능사운을 향해 다가섰다.

"안 돼요!"

초혜가 뾰족하게 외치며 능사운을 향해 달려갔다.

황룡건이 걸음을 멈추며 힐끗 돌아보았을 때, 백룡건은 미묘한 눈빛으로 초혜를 쫓고 있었다.

"퉤!"

능사운이 뱉어낸 침에는 진득하니 피가 엉겨 있었다.

찌르는 듯한 가슴의 통증을 누르며 힘겹게 몸을 바로 세운 능사운은 자신의 앞을 가로막고 서 있는 초혜를 한쪽으로 밀어냈다.

"혜매, 물러나 있거라."

초혜가 능사운의 소맷자락을 움켜잡으며 세차게 도리질을 쳤다.

"안 돼요, 사운 가가!"

순간 능사운은 참지 못할 모욕감과 분노를 느꼈다.

"지금 나를 욕되게 만들 셈이냐?"

능사운이 나직이 으르렁대며 거칠게 초혜의 손을 뿌리쳤다.

그런데 그 바람에 능사운의 소매 속에 들어 있던 물건 하나가 바닥으로 떨어지며 맑은 쇳소리를 냈다.

탱!

그것은 은은한 빛을 내는 작고 둥근 금패(金佩)였다.

능사운이 흠칫 놀라며 얼른 금패를 집어서는 다시 소매 속으로 갈무리했다.

8

"그 금패는 원래부터 너의 것이냐?"

백룡건의 물음에는 생소하게도 다분한 관심이 녹아 있는 듯했다.

그러나 능사운은 거칠게 입가의 핏자국을 닦아내며 차갑게 답했다.

"그렇다!"

백룡건은 짐짓 놀랍다는 듯이 두 눈을 크게 떠 보였다. 마치 그처럼 거칠 것 없는 하대(下待)로 대답이 돌아오리라고는 미처 짐작하지 못했다는 듯이.

그러나 백룡건은 이내 싱긋 웃으며 다시 물었다.

"그 금패의 이름이 무엇인지는 알고 있느냐?"

능사운이 날카롭게 노려보았으나, 이내 강한 자부심을 떠올리며 짧게 뱉었다.

"무상(無上)!"

순간 백룡건은 더욱 흥미롭다는 빛이 되며 한결 누그러진 투로 물었다.

"그렇다면 너의 성은 필시 능 씨(陵氏)이겠구나?"

능사운은 흠칫 놀란 기색이 되고 말았다.

"그걸 어떻게……?"

백룡건이 가볍게 실소하였다.

"후훗! 나는 갑자기 너에 대해서 아는 것이 많아졌다. 말해보랴? 어디 보자. 그렇군. 혹시 네 부친은 이름의 끝 자로 천 자(天字)를 쓰지 않더냐?"

그에 능사운은 더 이상 놀라기보다는 차라리 크게 경계하는 기색으로 되었다.

"당신은 누구요?"

"나 말이냐? 흠! 사실을 말하자면… 오늘의 이 예기치 않은 만남이 아니었더라도 너는 곧 내가 누구인지에 대해 알게 되어 있었다."

능사운이 애써 당황을 감추며 묵묵히 백룡건을 노려보았다.

백룡건이 다시 느긋하게 덧붙였다.

"그러나 또한··· 나는 언제라도 너와의 예정된 바를 전혀 다르게 바꿀 수도 있다. 만약 그렇게 된다면 너는 오늘의 이 섣부른 만남을 두고두고 후회하게 될 것이고 말이다. 왜? 도무지 믿어지지가 않느냐? 그러나 믿어라. 그것이야말로 너와 나 사이에 미리 정해져 있는 운명이기 때문이다."

능사운은 이윽고 극도로 혼란스러워지고 말았다.

백룡건의 얘기는 그가 전혀 짐작하지 못할 내용이었다.

그러나 앞뒤 정황으로 미루어볼 때, 백룡건이 지금 하고 있는 얘기는 적어도 어느 일정 부분만큼은 진실일 것이라 판단이 되는 것이다.

그렇더라도 능사운은 결코 승복하거나 인정할 수가 없었다.

더욱이 초혜가 보고 있는 앞에서는 절대로.

깊은 의혹과 경계, 그리고 그런 중에도 사그라지지 않는 울분으로 뒤섞인 능사운의 눈빛을 잠시 마주 받고 있다가, 백룡건은 문득 무심한 표정으로 되며 차갑게 물었다.

"너는 내 말을 믿지 않을 뿐더러 결코 인정할 수 없다는 듯이 보이는구나? 그러허냐?"

"흥!"

능사운이 대답할 가치도 없다는 듯이 차가운 코웃음으로만 반응하자, 백룡건은 다시 느긋한 기색으로 돌아갔다.

"좀 전에 보니 너는 오른손잡이더구나?"

능사운이 아예 대답하지 않았지만, 백룡건은 스스로 고개를 끄덕이고 나서 말을 이었다.

"예전에 강호에 어떤 이름난 검사가 있었는데, 그도 오른손 잡이였다지. 그런데 그의 검공(劍功)은 어느 경지에서 막혀 더 이상의 경지로 나아가지 못하였고, 그 이유가 쓸모없이 거추장스럽기만 한 스스로의 왼팔 때문이라고 생각한 그는 스스로 왼팔을 잘라 버렸다고 하더구나. 그리하여 마침내는 전설적인 검의 대가가 될 수 있었다고 하고 말이다."

능사운이 문득 이를 악물며 으르렁거리듯이 뱉었다.

"그 말은 지금 내 왼팔을 자르기라도 하겠다는 것이오?"

백룡건은 다시 무심한 표정으로 변했다.

다만 그의 눈빛만은 여전히 희미하게 웃고 있었다.

"네가 내게 이미 범한 무례만으로도, 그리고 지금의 그런 태도만으로도 즉시 목을 베어버리기에 충분한 죄가 되는 것이다. 모르고 하는 행동이라고 해서 용서가 되는 것은 아니다. 너와 나의 예정된 인연이 결코 가볍거나 간단한 것이 아니기 때문이다. 하여 내가 지금 검사로서 크게 소용되지도 않을 너의 팔 한 짝을 자르는 것으로써 네 무례에 대한 응징을 갈음한다면 그것은 오히려 네게 베푸는 관용일 것이고, 나아가 향후 네가 절치부심 노력하여 강호에 또 한 사람의 전설적인 외팔이검사가 탄생한다면 그것은 또한 나의 사려 깊은 배려가 되지 않겠느냐?"

악다문 능사운의 관자놀이에 한 가닥 푸른 힘줄이 돋아 올랐다.

"오늘은 어차피 내게 힘이 없으니 당신은 굳이 그런 따위의 유치한 궤변을 늘어놓을 필요 없이 하고 싶은 대로 하시오! 다만 당신이 말한 바, 그 알량한 관용 내지는 배려로 오늘 나의 목숨을 살려 놓는다면 훗날 반드시 후회하게 되리라는 것은 내 장담할 수 있소!"

백룡건이 돌연 웃음을 터뜨렸다.

"하하하! 너의 그 말은 한 팔을 내놓을 테니 대신 목숨만은 살려 달라는 어설픈 격장지계로 들리는구나. 흠! 그러나 그리 나쁘다고는 할 수 없겠구나. 네가 능 씨 성을 쓰는 이상, 그런 정도의 근성과 심계는 당연히 갖추어야 하는 것이니 말이다."

이어 백룡건은 입가에 맺힌 웃음기를 지우지도 않은 채 힐끗 황룡건에게 눈짓을 했다.

순간 황룡건은 설핏 당황하는 빛이 되었으나, 이내 차분한 기색으로 돌아가며 품속에서 한 자루의 단검을 꺼내 들었다.

9

"아아! 심전 오라버니! 어떻게 해? 어떻게 해야 하지?"

초혜의 다급한 호소에 이심전은 퍼뜩 정신을 차렸다.

비록 그 자신도 절망과 공포에 아득히 질려 있는 중이지만 초혜의 절박함을 외면할 수는 없었기에 이심전은 비칠거리며 앞으로 나섰다. 마치 남의 발이라도 된 듯이 걸음이 잘 떨어지지 않았지만, 무엇이라도 해봐야 한다는 절박함에 억지로 걸음을 내디뎠다.

"멈추시오. 제발……."

이심전이 겨우 뱉어낸 것은 잔뜩 주눅 들어 떨리는 목소리일 뿐이었다.

그러나 병약한 소년의 그 힘겨운 호소는 어느 누구의 동정도 사지 못했다.

다만 그 순간에 능사운은 퍼뜩 한 가지 생각을 떠올릴 수 있었다.

"당신은 스스로가 제법 대단한 듯이 행세하지만, 막상 일을 처리하는 데 있어서는 꽤나 둔한 것 같군."

다분히 조소 섞인 능사운의 그 빈정거림에 대해 백룡건은 처음엔 차라리 의아하다는 표정이었다. 그러나 그는 이내 차갑게 눈빛을 굳혔다.

백룡건이 손짓하여 일단 황룡건을 멈추게 하고 나서 능사운을 향해 물었다.

"지금 너의 그 말은 무슨 뜻이냐? 만약 지껄인 말에 대해 나를 이해시키지 못한다면 기왕에 자르기로 한 팔 하나에다 다시 다리 하나를 더 내놔야 할 것이다."

그러나 능사운은 조금치도 위축되기는커녕 오히려 냉소하며 대답했다.

"당신이 찾고 있는 물건의 행방을 아는 사람은 정작 따로 있는데, 지금까지 엉뚱한 사람에게 끌려 다녔으니 어찌 둔하다고 하지 않겠소?"

"내가 찾고 있는 물건에 대해 아느냐?"

"무슨 혈룡사라는 한 줌의 붉은 모래가 아니오?"

순간 백룡건이 눈빛을 더욱 차갑게 가라앉히며 다시 물었다.

"혈룡사의 행방을 안다는 자가 누구냐?"

그에 능사운이 힐끗 뒤를 돌아보며 짧게 답했다.

"저 아이."

10

"사실이냐?"

그 나른하고도 차가운 느낌의 물음에 대해 이심전은 크게 당황하고 말았다.

이심전은 반사적으로 아버지 쪽을 바라보았다.

'안 된다! 절대 모른다고 하거라!'

이초평의 눈빛이 다급하고도 간절하게 말하고 있었다.

그러나 그때 백룡건이 한층 더 가라앉은 목소리로 재촉했다.

"사실이냐고 물었다!"

이심전이 차라리 멍해지고 말 때였다.

"심전 오라버니, 어서 사실대로 말해! 아저씨는 사실 혈룡사에 대해서 아무것도 모른다고! 혈룡사를 실제로 본 것은 바로 오라버니라고 말야!"

초혜가 쫓기듯이 외쳤다.

이이 능시운도 무거운 목소리로 보탰다.

"기왕에 일이 이렇게 되었으니, 네가 알고 있는 바를 사실대로 다 말하거라."

이심전이 일시 어찌할 바를 모르고 허둥거리는데, 백룡건이 문득 차갑게 웃으며 말했다.

"본 공자가 두 번을 물었음에도 네가 감히 대답하지 않았으니, 우선은 그 죄부터 묻고 넘어가야겠구나."

백룡건의 가벼운 턱짓을 받은 황룡건이 곧장 이심전에게로 다가서며 그의 가냘픈 손목을 틀어잡았다.

"악!"

이심전이 대번에 비명을 내지르고 말았다.

그런데 다음 순간 황룡건은 오히려 당황하고 말았다.

이심전이 그대로 맥을 놓으며 축 늘어지고 만 것이다. 다만 한 가닥의 약한 진기를 맥문으로 밀어 보냄으로써 약간의 고통과, 사실은 그보다는 위협을 가하고자 했을 뿐이었는데 말이다.

"심전 오라버니!"

초혜가 뾰족한 외침을 토해냈다.

능사운이 또한 차갑게 소리쳤다.

"이번에는 또 계란을 얻겠다고 닭의 배를 가르려고 하시오?"

그런데 그때였다.

쫙!

날카로운 소리와 함께 능사운의 뺨이 한쪽으로 휙 돌아갔다.

그리고 반사적으로 본래의 자리로 돌아온 능사운의 두 눈이 불을 뿜듯이 백룡건을 쏘아보았다.

그러나 백룡건은 빙그레 웃으며 마치 아무 일도 없었다는 듯이 느긋하게 능사운의 분노를 응시했다. 그렇더라도 그가 천천히 뱉어내는 말은 차갑기 이를 데 없었다.

"너의 그 덜 여문 주둥아리에서 한 번만 더 무례한 소리가 나온다면 그때는 불문곡직하고 네 사지 전부를 잘라놓고 볼 것이다!"

능사운의 몸이 부들부들 떨렸다. 그러나 그는 감히 분노를 터 뜨려 내지는 못했다.

능사운은 새삼 절감하지 않을 수 없었다. 백룡건이 어떤 자라 는 것에 대해. 하고자 마음먹는다면 그 어떤 짓이라도 웃으며 해낼 수 있는 자라는 것에 대해.

"퉤!"

입안에 고인 피를 뱉어내는 것으로써 능사운은 가까스로 울 분을 삭였다.

안타까이 능사운을 바라보는 초혜의 커다란 두 눈에 눈물이 가득 고이고 있었다.

11

우르릉!

은은한 우렛소리에 백룡건은 문득 귀를 기울였다.

황촌에 오면서 이미 몇 차례나 듣고 있는 것이지만, 이번에는 바로 가까운 곳에서 발원된 소리처럼 사뭇 생생하였다. 어쩌면 동굴 안이라서 그런 것일 수도 있겠지만.

백룡건은 문득 흥분하고 있는 스스로를 발견했다. 우렛소리 때문이었을까?

그러나 마음이 들뜨는 것은 아니어서, 이를테면 차가운 느낌 의 흥분이랄까?

사실은 어떤 상황에서도 냉철을 유지할 수 있다 스스로 자부 하거니와, 지금의 흥분에 대한 까닭 또한 능히, 그리고 솔직하게 짐작해 볼 만했다.

먼저는 과시 욕구일 것이다. 특히 초혜에 대해.

유치하다 싶지만, 그럼에도 지금 초혜가 저처럼 의지하고 또 안타까움에 애를 태우고 있는 능사운 정도와는 감히 비교할 수 없는 위치에 있는 사람이 바로 자신이라는 사실을 확실하게, 그리고 아주 적나라하게 보여주고 싶은 욕구였다.

다음으로는 이 기회에 휘하의 용건(龍巾)들과의 관계에 대해서도 보다 명확한 정립이 필요하다는 생각이었다.

자신에 대한 그들의 숙임이 단지 미리 정해져 있는 형식과 권위에 굴복하는 것이 아닌, 그들 스스로의 의지에 의한 진정한 복종이 되도록, 그리하여 이제 곧 그들이 각자의 본래 위치로 돌아간 후로도 영원히 그를 거스를 엄두 따위는 감히 내지 못하도록 할 강력한 복종을 얻어내고, 또한 그것을 이 자리에서 직접 확인하고픈 욕구였다.

그리고 그러한 욕구들을 확실히 충족시킬 방법 한 가지를 문득 떠올렸기에 그는 지금 흥분하고 있는 것이다.

12

"저자가 내게 말하기를, 계란을 얻으려고 닭의 배를 가르는 우를 범하지 말라고 하는구나."

이심전을 깨운 백룡건이 능사운을 가리키며 말한 후, 다시 빙긋한 미소를 떠올리며 덧붙였다.

"그런데 나는 문득 궁금해졌다. 과연 너와 네 아비 중에서 누

가 계란이고 누가 닭인지가 말이다. 해서 나는 우선 네 아비의
배부터 갈라보기로 했다."

순간 더할 수 없이 커지고 마는 이심전의 두 눈을 빤히 들여
다보며 백룡건은 다시 말을 이었다.

"물론 나는 다만 혈룡사에 관한 얘기가 궁금할 뿐이니, 그 궁
금증만 해소된다면 누가 닭인지 계란인지 하는 따위의 문제에
대해서는 더 이상 궁금해지지 않을 것이다."

그리고 백룡건은 천천히 이초평에게로 다가섰고, 가볍게 손
을 뻗어 이초평의 한쪽 손을 낚아챘다.

그런데 하필이면 그 손이 어깨가 탈골된 채로 그저 매달려만
있다시피 하던 오른손이었기에 이초평은 대번에 고통스러운 신
음을 흘리고 말았다.

"으윽!"

그때였다.

우둑!

다시금 뼈 꺾이는 소리가 나더니 이초평이 돌연히 참혹한 비
명을 토해냈다.

"악~!"

손가락을 부여잡고 그대로 주서앉아 버리는 아버지를 보고
이심전이 크게 부르짖으며 달려갔다.

"아버~!"

그러나 그 순간,

핏!

핏!

두 가닥의 날카로운 바람 소리가 일었고, 이심전은 목 아래와 가슴 쪽에 강한 충격을 느꼈다. 동시에 그의 몸은 그대로 굳어 버렸다.

그런 채로 이심전이 악을 쓰며 외쳤으나, 목소리마저도 깊숙이 잠겨서 나오지를 않았다.

다급과 경악으로 두 눈을 부릅뜬 채 이심전은 아버지를 보았다.

그때 이초평도 아들을 보고 있었다.

소스라치는 고통과 지독한 공포로 온통 벌겋게 핏발 선 중에도 이초평의 두 눈은 아들을 향해 무언가를 절박하게 외치고 있었다.

13

"대형, 저는……."

백룡건의 시선을 받은 흑룡건은 주춤 당황하고 말았다. 그 시선에 담긴 의미가 무엇인지 확연히 알 수 있었기에.

그러자 백룡건의 차가운 시선은 곧바로 청룡건에게로 옮겨갔다.

청룡건이 또한 멈칫거리자, 역시 기다리지 않고 곧장 자룡건에게로 옮겨간 백룡건의 시선은 이윽고 황룡건에게로 향했다.

능사운은 한 번의 눈 깜빡임도 없이 용건의 사내들을 관찰하고 있는 중이었다.

특이하게도 그들의 감정 변화는 대부분 표정이 아닌 눈빛으로만 드러나고 있었다.

　그럼으로써 능사운은 그들이 아주 정교한 인피면구를 쓰고 있다는 것을 짐작해 볼 수 있었다. 비록 인피면구에 대해서는 그로서도 말로만 들어봤을 뿐이지만.

　황룡건은 조금도 주춤거리거나 망설이지 않았다. 백룡건의 눈짓을 받은 즉시 성큼 앞으로 나선 그는 좀 전에 백룡건이 했듯이 이초평의 손을 낚아챘다.

　우둑!

　뼈 꺾이는 소리와 함께 이초평은 다시금 참혹한 비명을 토해 냈다.

　"악!"

　백룡건의 시선은 차갑게 날이 선 채로 다시금 흑룡건에게로 돌아갔다.

　흑룡건이 이번에는 감히 주저하는 모습을 보이지 못하고 곧장 앞으로 나아갔고, 고통과 공포에 소스라치고 있는 이초평의 손을 낚아챘다.

　우둑!

　"악~!"

　이후로는 사뭇 규칙적으로 뼈 꺾이는 소리와 이초평의 비명이 반복되었다.

　우둑!

　"으악!"

　우둑!

　"으아악!"

이초평의 처절한 비명이 동굴 안을 온통 울려댔다.

돌아가며 이초평의 열 손가락을 모조리 꺾어놓은 다음에도 그들 네 명 용건의 사내는 멈추지 않았다.

그들은 이어서 각기 나름의 수법으로 이초평에게 또 다른 고통을 가했다.

그들은 이제 마치 경쟁이라도 하는 듯이 보였다.

한 사람이 보라는 듯이 잔혹을 범하면, 다음 사람은 그것보다 좀 더 잔혹한 짓을 서슴없이 저지르고 있었다.

그리고 그들은 다시 자신들의 잔인과 잔혹에 대해 무감각해지고, 나아가 차라리 익숙해지고, 이윽고는 이초평이 온몸으로 토해내는 비명과 울부짖음에 대해 기묘한 쾌감에 취해가고 있는 듯했다. 마치 광기 가득한 한판의 유희를 즐기는 것처럼.

백룡건은 광기로 번들거리는 그 한판의 유희에 끝까지 휩쓸리지 않고 있었다.

그러나 그는 끝내 그들을 멈추게도 하지 않았다. 오로지 그만이 그들을, 그들의 광기를 멈추게 할 수 있음에도.

초혜는 바닥에 주저앉아 무릎에 얼굴을 묻은 채 두 손으로 귀를 틀어막고 있었는데, 그녀의 어깨가 쉼 없이 잔 떨림을 일으키고 있었다.

능사운의 얼굴은 창백했다. 그러나 그는 백룡건에게서 눈길을 떼지 않고 있었다. 집요하도록.

이심전의 부릅뜬 두 눈은 온통 벌겋게 핏발이 서 있었다. 그런 채로 그는 아버지를 지켜보고 있었다, 그의 아버지가 만신창이가 되어가고 있는 광경을.

지금 그가 할 수 있는 일은 다만 그것뿐이었다. 차마 지켜볼 수 없었지만, 차마 놓칠 수도 없었다. 한순간도.

이초평이 마침내 축 늘어졌다.

이심전 또한 악착같이 붙잡고 있던 의식의 끈을 놓치고 말았다. 아득히.

하얗게 뒤집어지는 그의 두 눈에 그제야 눈물이 홍건히 차오르더니 왈칵 넘쳐흘렀다.

14

이심전은 모든 것이 모호하기만 했다. 그가 지금 어디에 있는 것인지, 어떤 상황에 처해 있는지.

눈앞이 잔뜩 흐리기에 무심결에 손바닥으로 훔쳤더니 홍건히 눈물이 묻어났다.

그리고 순간 화들짝 모호함이 걷혔다.

"아버지~!"

외치며 벌떡 일어나 달려간 이심전은 바닥에 널브러진 아버지의 몸을 안았다. 그러나 그의 아버지는 축 늘어진 채로 아무런 움직임이 없었다.

"살려주십시오!"

이심전은 애원했다, 눈에 보이는 모든 사람들에게.

능사운은 차라리 외면했다.

초혜는 눈물만 흘릴 뿐이었다.

이심전은 이윽고 백룡건을 향해 애원했다.

"제발… 아버지를 살려주십시오!"

이심전의 목소리는 탁하게 갈라져 나왔다.

백룡건이 가볍게 미간을 찌푸린 채로 차갑게 뱉었다.

"나는 아직까지 궁금한 것에 대한 얘기를 듣지 못했다."

이심전은 즉시 얘기를 시작했다. 허겁지겁 토해내듯이.

신선 같은 노인을 만난 일, 홍옥병 안에 들어 있던 혈룡사를 본 일, 혈룡사가 한 마리 혈룡으로 변하던 광경, 기절했다 깨어나 보니 혈룡도 혈룡사도 사라져 버린 일, 홍옥병을 남겨둔 채 노인이 홀연히 사라진 일 등등.

두서없이 토해내는 이심전의 말을 초혜는 있는 그대로 다 믿었다.

능사운 역시도 믿을 수 있었다. 이심전의 순박함을 알기에 최소한 그가 일부러 거짓을 꾸며내고 있지는 않다는 것을.

다만 사뭇 허황되게 들리는 부분에 대해서는 이심전이 평소에 상상하던 것이나 혹은 꿈을 꾼 내용을 현실과 혼동하고 있지 않나 짐작을 해보는 것이었다.

백룡건 또한 이심전의 말에서 어떤 파탄이나 의심할 만한 구석을 찾아내지는 못했다. 아니, 오히려 이심전의 허황된 말을 가장 신빙성 있게 들은 사람이 바로 그였다.

백룡건이 그런 데는 이심전의 얘기 중에 나온 노인이 누구리라는 것을 언뜻 짐작해 볼 수 있었으며, 더욱이 그가 짐작대로의 그 노인이라면 이심전같이 순진한 소년을 상대로 어떤 사실을 꿈으로 여기게 하거나, 혹은 거꾸로 꿈을 사실로 여기게 하는 일쯤은 어렵지 않게 해내리라는 믿음을 가지고 있기 때문이다.

그러나 그러한 신빙성이나 믿음과는 별개로 백룡건은 언뜻 분노를 느꼈고, 그 분노는 처음에 작고 유치한 듯하더니 이내 사뭇 묘하게 번져 가는 것이었다.

혈룡사에 대한 그의 욕심은 원래 그다지 크지 않았다.

그저 다분히 관례적인데다 재미없고 귀찮기만 한 이 모임에 대해 그가 참여하고 주관할 최소한의 의미 내지는 흥미를 부여하기 위한 방편 정도였을 뿐인 것이다.

거기에 굳이 한 가지 이유를 더 댄다면, 어린 시절 그가 그것에 대해 가졌던 추억과 환상에 대한 아련한 그리움 정도랄까?

그러나 지금 그것이 더 이상 그의 것이 될 수 없게 되었다는 현실적인 판단이 서게 되자, 백룡건은 문득 일련의 복합적인, 그리고 다분히 부정적인 감상으로 되고 마는 것을 어쩔 수가 없었다.

혈룡사는 그것이 지니는 가치와는 별개로 어쨌든 당연히 그의 소유라고 생각해 왔던 물건인데 이제 그의 의지와는 전혀 상관없이 세상에서 영원히 사라졌다는 데 대한 문득의 상실감, 그리고 비록 짧은 시간에 불과하지만 한동안 그것을 찾으려고 들인 시간과 노력이 갑자기 헛되이 되어버린 데 대한 허탈감, 더하여 휘하의 네 용건이 그에 대해 가질지도 모를, 아니, 가질 수밖에 없을 얼마간의 회의(懷疑)에 대한 불쾌감 따위들이었다.

'어쨌든 끝을 내야 할 때로군.'

백룡건은 그렇게 결론을 내렸다.

그리고 이미 다분히 재미없고 불쾌해져 버린 이 상황에 대해 어떻게 끝을 내야 할지에 대해서도 결정했다. 아주 간단하게.

15

"너는 결국 나의 궁금증을 풀어주지 못하는구나."

백룡건의 가라앉은 목소리에서 섬뜩한 한기를 느끼며 이심전이 다급하게 애원했다.

"제가 알고 있는 것은 모두 다 말했습니다. 제발……."

그러나 백룡건은 천천히 고개를 가로저었다.

"네가 무엇을 얼마나 말했다는 것은 조금도 중요하지 않다. 다만 중요한 것은, 혈룡사가 어디에 있는지를 아직 말하지 않았다는 것이다."

"하지만… 저는 혈룡사가 어디에 있는지 정말로 알지 못합니다."

"네 아비가 이미 몇 번이나 나를 속인 바 있으며, 너 또한 허황된 얘기들만 지껄였으니 내가 어찌 믿을 수 있겠느냐? 분명 숨기고 있는 얘기가 더 있을 것인데도 네가 감히 끝까지 나를 능멸하고자 하는 것이냐!"

"아, 아닙니다. 저는 정말로… 아아! 제발! 제발 저의 말을 믿어주십시오!"

"흥!"

차갑게 코웃음을 내뱉은 백룡건이 가볍게 지풍을 퉁겨냈다.

그리고 이심전은 다시금 온몸이 마비되고 목소리가 잠기고 말았다.

"저자의 사지를 하나씩 잘라라!"

이초평을 가리키며 뱉는 백룡건의 차가운 목소리에 용건들이 일제히 멈칫거렸다.

그들의 그런 반응은 한편으로 좀 전까지 자신들이 범한 잔학이 결코 자신들의 의지에 의한 것은 아니었음을 말없는 웅변으로 보여주려는 것 같기도 했다.

백룡건이 차가운 눈빛으로 그들을 일별했다.

"내가 명령을 내린 이상, 그것이 무엇일지라도 너희들은 조금의 주저함도 있어서는 안 되는 것이다. 그럴 다짐과 각오가 되어 있고 나서야 너희들은 비로소 용(龍)으로서의 모든 영광을 누릴 수 있는 것이다. 자, 이제 누가 먼저 단심(丹心)을 보이겠느냐?"

순간 황룡건이 단숨에 이초평에게로 다가들었고, 동시에 한 줄기 날카로운 검광이 이초평의 몸을 긋고 지나갔다.

촤악!

검붉은 피가 세차게 뿜어지는 가운데 이초평의 왼팔이 어깨로부터 분리되며 바닥으로 떨어졌다.

비명은 없었다. 다만 이초평의 동체가 본능적으로 소스라친 듯이 잠깐 들썩였을 뿐이다.

이초평의 몸에서 간단히 떨어져 나간 팔이 물 밖으로 던져진 생선마냥 펄떡이며 바닥을 돌아다녔다.

그 참혹한 광경을 보고 초혜가 이윽고는 맥을 놓고 말았다.

스르르 무너져 내리는 그녀를 능사운이 얼른 부축하여 품에 안았다.

백룡건은 피라도 튈까 꺼리는 듯이 멀찍이 물러섰다.

다음으로 자룡건이 무거운 걸음으로 이초평에게 다가섰다. 그리고 쾌속하게 이초평의 남은 한 팔을 벤 그는 피가 뿜어지기 전에 튕기듯이 뒤로 물러났다.

뒤이어 서두르듯이, 혹은 쫓기듯이 흑룡건과 청룡건이 차례로 앞으로 나와 이초평의 다리 하나씩을 잘라냈다.

동굴 바닥은 이내 피의 강을 이루었고, 그 질펀한 핏속에 이초평의 사지와 동체가 제멋대로 나뒹굴고 있었다.

16

어느 순간부터 이심전의 두 눈은 차라리 초점을 잃고 있었다.

그러나 모든 것은 이상하게도 선명했다.

이심전은 아버지의 사지를 하나하나 잘라내고 있는 악마들의 모습을 눈에 담기 시작했다.

눈에 보이는 모든 것과 목소리와 냄새 따위까지도 담았다. 아니, 새겼다. 악착같이.

무슨 생각이 있는 건 아니었다. 그냥 그래야만 할 것 같았다. 그가 할 수 있는 일은 그것뿐이었으므로.

第十章
대폭발

1

우르르~ 릉!

우렛소리가 다시 들렸다.

뿐만 아니라, 이번에는 동굴바닥까지 은은히 울리는 것을 여실히 느낄 수 있었다.

그러고 보니 우렛소리는 먼 곳이 아니라 반대로 동굴 안쪽으로부터 울려 나오는 것 같기도 했다.

잠시 농굴 안쪽 싶숙한 곳으로 눈길을 주던 백룡건은 설핏 미간을 좁히고 말았다.

용건 모두의 시선이 그에게로 향하고 있었는데, 특히 흑룡건의 눈빛에는 미처 숨기지 못한 한 가닥의 불안 같은 느낌이 서려 있었다.

그때 마침, 조심스럽게 초혜를 동굴 벽에 기대놓은 능사운이 다시 이심전에게로 다가가고 있었으므로 백룡건은 언뜻 시선을 그쪽으로 옮겨갔다.

그러나 백룡건은 능사운을 제지하지는 않았다.

능사운은 이심전의 숨결이라도 살피는 듯이 하며 얼굴을 가까이 가져다대었다.

"꾸며서라도 저자가 듣기 원하는 말을 해라. 그래야만 네 아버지와 너와 우리가 살 방도를 마지막까지 찾아볼 수 있을 것이다. 내 말 알겠느냐?"

능사운이 이심전의 귀에 작게 속삭인 그 말을 듣지는 못했지만, 백룡건은 가볍게 실소를 머금었다.

백룡건이 천천히 다가오는 것을 보고 능사운은 서둘러 초혜에게로 돌아갔다.

핏!

지풍을 쏘아 이심전의 아혈을 풀어준 뒤 백룡건이 무표정하게 말했다.

"마지막으로 한 번 더 기회를 주지. 그래도 나의 궁금증을 풀어주지 못할 시에는 이번에는 네 아비의 목이 잘릴 것이다. 그리고 네놈 또한 네 아비와 똑같은 순서를 밟게 될 것이고."

"말하겠소!"

이심전의 그 간단한 한마디는 차라리 무덤덤했기에 백룡건은 문득 미간을 좁히고 말았다. 이어 그의 눈빛에 언뜻 묘한 흥미가 더해졌으나, 그는 말을 하는 대신에 눈짓으로 뒷말을 독촉했다.

"사실 혈룡사를 유황연 안에다 쏟아 버린 것은 아니오!"

사뭇 달라진 말투만으로도 이심전은 갑자기 다른 사람이 된 듯했다. 마치 지금까지의 절박함과 공포 따위에서 한순간에 벗어나기라도 한 것처럼.

사뭇 놀랍다고 할 변화였지만, 그러한 것이 아마도 모든 것을 포기한 데서 나올 수도 있는 것이리라고 스스로에게 이해를 구하면서 백룡건은 언뜻 능사운 쪽을 바라보았다.

능사운 역시도 이채롭다는 빛을 숨기지 못한 채로 이심전을 보고 있는 중이었다.

그런 능사운에게서 백룡건은 문득 약간의 묘한 동질감 같은 것을 느껴보았다. 비록 아주 잠깐이었을 뿐이지만.

"혹시 귀한 물건일지도 모른다는 생각에 차마 아주 버리지는 못하고 유황연 근처의 석순 아래에다 묻어두었소."

사뭇 덤덤하게 덧붙이는 이심전의 모습에서 백룡건은 당연히 그 말에 신빙성이 없다는 판단을 했다. 그러나 판단과는 별개로 그는 간단히 고개를 끄덕였다.

2

"다섯째!"

백룡건의 부름과 눈짓이 의미하는 바를 인식하는 순간, 흑룡건은 그만 부르르 치를 떨고 말았다. 바로 이초평의 피투성이 동체를 그러러 안고 가라는 지시였기 때문이다.

백룡건의 깊숙이 가라앉은 시선이 곧바로 다른 용건에게로 옮겨갈 때였다.

"아버지는 내가 안고 가도록 해주시오!"

이심전이었다.

그런데 그때 이심전이 보이는 차분함은 차라리 초월적으로까지 여겨지는 데가 있었기에, 백룡건은 짐짓 날카로운 기세를 일으켜 그를 쏘아보았다.

그러나 이심전은 간단히 그를 외면해 버렸다. 그리고는 힘겨운 걸음걸이로 그의 아비에게로 다가가는 것이었다.

그런 중에도 이심전은 동굴 바닥에 고인 피 웅덩이들을 피해 가려 애쓰는 모습이었다. 그러나 그의 아비에게 닿기 위해서는 결국 그의 아비의 피로 질퍽거리는 바닥을 밟지 않을 수는 없었다.

이윽고 이심전은 몸통만 남은 아버지의 동체를 조심스럽게 안아 올려 품에 안았다.

이초평의 두 눈은 감겨 있었고, 아무런 움직임도 없었다.

다만 맞닿은 얼굴과 가슴으로부터 가녀린 호흡과 심장의 박동이 전해져 왔고, 잠깐 사이에 그의 앞가슴을 적셔드는 피에서 서러운 온기를 느낄 수 있었기에 이심전은 아버지가 아직 살아 있음을 느낄 수 있었다.

앞서 용건들이 대강의 지혈 조치를 취한 바는 있지만, 그것만으로는 이초평의 출혈을 아주 멈추게 하지는 못해서 사지의 절단면에서는 지금 계속 피가 배어 나오고 있는 중이었다.

이심전의 앞섶은 금세 흥건히 젖었고, 이내 온몸으로 번져 나가 그의 몸 전체가 피투성이가 되고 말았다.

능사운은 다시금 신중하게 상황을 가늠해 보았다.

그러나 내상을 입은 몸으로는 그 혼자서도 도망치지 못할 것인데, 혼절한 초혜까지 안고서 도망을 친다는 것은 도저히 불가능한 일이었다.

다만 저들은 지금 광기에 젖은 광신도의 집단 같았으니, 저들이 자신과 초혜에게 깊은 주의를 두지 않기를 바랄 뿐이었고, 그렇다면 어떤 기회를 포착할 수도 있으리라고 미약한 기대를 가져보는 것이었다.

그때였다.

"아~!"

그의 품에 안겨 있던 초혜가 문득 깨어나며 힘겨운 신음을 뱉어냈다.

쉿!

능사운이 다급히 입을 오므려 보였으나, 그때 저 앞쪽에서 막 걸음을 떼고 있던 백룡건이 흘깃 뒤를 돌아보고는 빙긋이 웃어 보이는 것이었다.

"이제 우리 두 사람이 소용될 일은 없지 않겠소?"

능사운이 애써 차분하게 물은 데 대해 백룡건이 웃는 얼굴 그대로 대답했다.

"여기에서의 일이 끝나는 대로 항촌으로 갈 작정이니 너희도 우리와 함께 움직이도록 한다."

이어 백룡건의 지시를 받은 청룡건이 능사운과 초혜의 뒤쪽으로 위치를 옮겼다.

3

"흑!"

초혜는 기어이 울음을 터뜨리고 말았다.

맨 앞에서 아버지의 동체를 안은 채 힘겹게 걷고 있는 이심전의 족적이 매 걸음마다 선명히 동굴 바닥에 찍히는 것을 보고서였다.

피의 족적이었다, 아비의 피로 찍는.

동굴 안으로 들어갈수록 열기의 강도는 급격히 강해졌고, 고약한 냄새 또한 확연히 짙어졌다.

금세 속이 역겨워지고 머리가 지끈거렸는데, 그런 종류의 증상이란 단순히 내공으로 억누른다고 해서 해소될 종류의 것이 아니었다.

그리하여 백룡건과 나머지 용건들은 각자 영단 한 알씩을 꺼내 복용하였다.

능사운은 역시 한 알의 영단을 더 복용했거니와, 특히 못 견뎌하는 초혜에게는 수시로 영단을 복용시키고 있는 중이었다.

그러나 초혜는 영단을 복용할 때의 잠시간만 나아질 뿐, 이내 호흡 곤란과 두통을 호소하고 있었다.

"잠시 멈춰라!"

선두에 선 이심전의 걸음이 점점 느려졌기에 백룡건이 멈추게 하고는 영단 한 알을 건넸다.

이심전이 영단을 받아서 코에 대자 대번에 싸한 향기가 콧구멍을 뚫으며 거칠어진 호흡을 부드럽게 쓰다듬는 듯했고, 더하여 한 가닥 청량한 기운이 머리를 맑게 해주었다.

"즉시 삼켜라!"

공기와 오래 접촉할수록 영단의 약효가 반감될 것이기에 백룡건이 나직이 재촉했다. 그러나 그의 입에서는 이어 거친 호통이 터져 나왔다.

"이런 멍청한 놈이 있나?"

미처 말릴 새도 없이 이심전이 그 한 알의 영단을 제 아비의 입 속으로 밀어 넣어 버린 것이다.

백룡건이 차갑게 서슬을 세웠다.

"놈! 견딜 만하다는 것이로구나? 하면 어서 걸음을 서둘러라!"

이심전은 다시 힘겨운 걸음을 떼기 시작했다.

"헉!"

"허억!"

금세 호흡이 턱 밑까지 닿았지만, 이심전은 악착같이 한 걸음 한 걸음 걸어나갔다.

백룡건의 서슬 때문은 아니었다.

아버지 때문이었다.

이심전이 아버지와의 아주 희미한 교감 같은 것을 느끼게 된 깃은 역설적이게도 맞닿은 가슴을 통해 전해지는 아버지의 심장 박동과 체온이 점점 더 가냘파지는 것으로부터 아버지가 이제 곧 죽고 말 것이란 사실을 인정하지 않을 수 없게 된 순간부터였다.

4

[심… 전… 아!]

그것은 소리가 아니었다.

가슴을 울리는 기이한 무엇이었다.

이심전은 아버지의 얼굴을 내려다보았다.

두 눈을 감은 아버지의 얼굴은 차라리 편안해 보였다. 모든 고통을 이윽고는 초월해 버린 듯이.

[아아! 아버지!]

[이놈아! 아비가 분명 멀리 도망치라고 일렀거늘, 어찌하여 말을 듣지 않고 다시 와서 이런 고초를 당한단 말이냐?]

마치 아버지의 영혼이 말을 건네고 있는 것만 같았다.

그것이 다만 그 혼자만의 상상에 불과할지라도 그것마저도 너무나 소중했다. 아버지와 나누는 마지막 대화가 될 것이기에.

뚝!

이심전의 눈에서 떨어진 눈물 한 방울이 아버지의 얼굴로 떨어졌다.

그 차가운 간지러움 때문이었을까?

아버지는 문득 미소를 짓는 듯했다.

이심전은 곧바로 그 미소에 몰입해 들어갔다.

결코 놓칠 수 없는 미소였다.

[울지 마라, 아들아!]

[울지 않습니다.]

[녀석, 이번에는 아비의 말을 절대 어기지 말거라.]

[……!]

[저들은 결국 너를 죽이려 할 것이다.]

[아아! 그럼 저는 어찌해야 합니까?]

[도망치거라.]

[하지만… 이 동굴 속에서 제가 어디로 도망을 칠 수 있단 말입니까?]

[이 동굴은 꽤나 깊은데, 아비도 유황연이 있는 곳까지밖에 들어가 보지 못했다. 너는 기회를 틈타서 동굴 안으로 도망치거라. 유황연이 있는 곳에서부터는 사람이 견디기 어려울 정도로 열기와 독기가 극심해지는데다 연기까지 자욱해서 사방을 분간하기조차 어려우니, 저들이 아무리 무공을 지닌 무사들이라고 해도 끝까지 너를 쫓지는 못할 것이다. 그리고 너는 반드시 살 길을 찾을 수 있을 것이다.]

[그렇지만… 저는 이미 숨 쉬기조차 어려운걸요?]

[아들아, 너는 할 수 있다. 이 아비를 위해서라도 끝까지 포기해서는 안 되느니라. 이 아비가 넋이라도 되어 끝까지 너를 지킬 것이니라.]

[아아! 아버지!]

[심전아!]

[예. 아버지!]

[아비는 이제 많이 힘들구나. 그만 쉬었으면 좋겠으니 네가 좀 도와주겠느냐?]

이심전은 흠칫 몸을 떨고 말았다. 어느 틈에 두 눈 가득 고인 눈물이 마구 흐트러졌다.

아버지가 가만히 웃었다.

[허허허! 이 녀석아, 설마 못난 아비의 마지막 부탁마저 들어주지 않겠다는 것이냐?]

5

앞쪽이 갑작스러운 운무로 가득하더니, 더욱이 숨 쉬기가 거북할 정도로 뜨거운 열기가 뿜어져 나오고 있었다.

"저 앞쪽이 유황연이오."

이심전이 지친 목소리로, 그러나 건조한 느낌으로 말했다.

차분하게 앞쪽을 살피는 백룡건의 눈에 언뜻 경이롭다는 빛이 서렸다.

짙은 운무는 그들 앞쪽의 동굴 바닥 어디쯤에서 거칠게 소용돌이치며 치솟고 있었는데, 과연 그곳에 이름 그대로 유황의 연못이 있는 것 같았다.

다만 운무는 기이하게도 그들이 있는 쪽으로는 퍼져 나오지 않고 동굴 안쪽으로만 뭉클거리고 꿈틀거리며 느리게 빨려들어가고 있었는데, 마치 그 안쪽에 무언가가 있어서 운무를 빨아들이고 있는 것처럼 보였다.

아직 운무 속으로 들어서지도 않았는데 벌써 공기가 품고 있는 독성은 한층 더 강력해진 것 같았다.

당장에 초혜가 극심한 호흡 곤란을 호소하고 있었다.

뿐만 아니라 용건 중에서도 흑룡건이 어떤 이상 증상을 느끼는지 급격히 불안한 기색을 보이고 있었다.

"무슨 짓이냐?"

백룡건이 날카롭게 소리쳤다. 이심전이 동굴 벽에다 등을 기대다시피 한 채로 운무 속으로 들어서고 있었던 것이다.

백룡건이 한걸음에 이심전에게로 다가서며 그대로 목덜미를 낚아채려 손을 뻗었다.

그러나 다음 순간 백룡건은 급히 신형을 멈춰 세웠다. 마치 낯선 인간의 침입에 노한 듯이 그의 발아래에서 운무가 거칠게 회오리치기 시작했는데, 그런 중에 언뜻언뜻 비치는 무언가를 본 때문이었다.

부글거리며 끓어오르는 적황색의 수면(水面)!

그것은 바로 유황연이었다.

그런데 두어 걸음쯤이나 앞에 있는 이심전은 지금 유황연에 빠지지 않고 마치 허공을 밟고 있는 듯한 모습이었다.

백룡건이 다시 자세히 보니 이심전은 한 뼘 남짓으로 동굴 벽에서 돌출되어 나온 턱을 밟고 서 있는 중이었다.

"유황연 근처에 석순이 있다고 하지 않았느냐? 한데 너는 지금 또 어디로 가려는 것이냐?"

백룡건의 날카로운 물음에 대해 이심전이 차분하게 대답했다.

"석순은 유황연 너머에 있소."

백룡건은 차갑게 냉소했다. 이심전이 대답을 하는 중에도 계속 걸음을 떼고 있었기 때문이다. 그러나 그는 잠시만 더 지켜볼 작정을 하였다.

그런 중에 이심전의 신형이 금세 짙은 운무에 휩싸이며 그 형체가 순간순간 흐릿해졌기에 백룡건이 뒤쪽의 흑룡건을 돌아보며 턱짓을 했다.

흑룡건이 설핏 곤혹스러운 표정으로 되었으나, 감히 조금도 지체하지 못하고 곧장 앞으로 나와서는 조심스럽게 동굴 벽면의 돌출 턱을 밟으며 이심전의 뒤를 따랐다.

6

"무슨 일이냐?"

짙은 운무 속에서 발바닥의 감각에만 의지하다시피 하여 한 걸음 한 걸음 위태롭게 떼며 근 삼 장여를 가고 있는 중에 앞쪽의 이심전이 갑자기 걸음을 멈추었기에 흑룡건이 날카롭게 외쳐 물었다.

그러나 이심전은 대답하지 않고 묵묵히 서 있기만 했다.

"이놈이? 무슨 일이냐고 묻지 않느냐?"

흑룡건이 안 그래도 점점 가빠지는 호흡에다 머리까지 지끈거리는 중이라 버럭 역정을 냈다.

그러나 그는 곧바로 소스라치며 외치고 말았다.

"무슨 짓이냐?"

흑룡건의 짜랑한 목소리가 '웅!' 하는 음파를 동반하며 사방으로 퍼져 나가자 주변의 운무가 놀란 듯이 크게 출렁거렸고, 그 덕에 뒤쪽에서 지켜보던 사람들도 앞쪽에서 무슨 일이 벌어지고 있는지를 한순간 생생히 볼 수 있었다.

이심전은 두 팔을 앞으로 반쯤 내뻗고 있었는데, 그의 손끝에는 이초평의 짤막한 동체가 위태롭게 놓여 있었다.

모두가 흠칫 놀라고 말 때, 이심전은 스르르 팔의 힘을 풀었다.

아버지의 동체가 유황연 속으로 떨어져 내리는 모습은 이상하게도 느리게 펼쳐졌다. 아버지는 한 장의 붉은 꽃잎이 되어 아스라하게 낙하하고 있었다.

이심전은 차라리 무심하게 아버지의 낙하 궤적을 좇았다.

[아들아, 도망치거라!]

마지막 울림을 남기며 아버지는 마침내 부글거리는 수면에 닿았고, 천천히 아래로 잠겨들었다.

"이놈!"

아버지의 울림과 겹치듯이 뒤쪽에서 벼락같은 호통이 터져 나왔다.

백룡건이었다.

그리고 다시 무언가 묘한 소리를 내며 날아오고 있었다.

패애앳!

이심전은 돌아보지 않았지만, 운무를 가르며 그를 향해 쏜살같이 날아오고 있는 것은 한 자루의 단검이었다.

"안 돼!"

초혜가 비명처럼 소리쳤다.

그녀뿐만 아니라 다른 모두도 그 한 자루 단검이 이심전을 노리고 날아가는 것이라 여겼다.

그러나 섬전처럼 날아간 단검은 막 유황연에 잠겨들고 있는 이초평의 동체를 베었다.

서걱!

기이하도록 선명한 절단음과 함께 이초평의 동체가 두 동강이 났다. 마치 환상처럼. 그리고는 완전히 수면 아래로 사라져버렸다.

휘류류류!

그 한 자루의 단검은 마치 살아 있는 생명체인 듯이 스르르 떠오르더니, 완만하게 방향을 바꾸어서는 다시 백룡건에게로 돌아갔다.

그 놀라운 광경에 능사운은 저도 모르게 중얼거렸다.

"설마… 어검술이란 말인가?"

그러나 그때 누군가 비교적 침착하게 찬사를 터뜨렸다.

"멋진 비검술이다!"

황룡건이었다.

이심전은 환상처럼, 그러나 또렷하게 보았다. 동체에서 분리된 아버지의 머리가 수면 아래로 사라지기 직전에 문득 두 눈이 떠지며 그와 시선을 맞추는 것을.

[도망치거라, 아들아!]

"아버지~!"

이심전은 절규했다. 그러나 그 비통한 외침은 제대로 터져 나가지도 못하고 그의 입속에서만 웅얼거리며 맴돌았다.

다음 순간 이심전은 달리기 시작했다, 거세게 회오리치는 운무의 바다를 헤치며.

"놈을 잡아!"

백룡건의 날카로운 외침에 그때까지도 망연자실하고 있던 흑룡건이 퍼뜩 정신을 차리며 곧장 이심전을 쫓았다.

뒤이어 백룡건의 곁에 있던 세 명의 용건 또한 일제히 신형을 날렸다.

그러나 유황연 너머에서 합류한 네 명의 용건은 급히 한 알씩의 영단부터 복용해야만 했다.

운무가 품고 있는 지극의 독기로 인해 머리가 지끈거리다 못해 눈앞의 광경이 빙빙 도는 듯이 어지러워지기 시작했고, 더욱이 운무가 뿜어내는 뜨거운 열기는 이제 얼굴과 피부가 따끔거릴 정도라 당장에 호흡이 곤란했다.

영단의 약효도 잠시뿐이었다. 이대로는 곧 내공의 운용마저도 여의치 않게 될 것이니, 그때는 자칫 그들 네 명 모두가 위험한 지경에 빠지고 말 터였다.

"지독한 놈!"

황룡건이 앞쪽을 노려보며 내뱉었다. 짙은 운무 속에서 언뜻 이심전의 모습이 어른거렸던 것이다.

이심전이 무공도 없는 처지에 벌써 쓰러졌어야 마땅할 노릇인데도, 여태까지 버티며 악착같이 도망을 치고 있는 것이다.

그러나 황룡건은 선뜻 쫓아갈 엄두를 내지는 못했다.

다른 셋의 심정도 마찬가지였다. 무작정 쫓아갈 엄두는 나지 않고, 그렇다고 쫓지 않자니 대형의 엄혹(嚴酷)한 성정을 모르지 않는 터에 어떤 질책이 돌아올지 걱정을 하지 않을 수 없고, 그렇게 그들 네 사람이 잠시간 난감해하고 있을 때였다.

우르릉!

격한 우렛소리와 함께 동굴이 흔들렸다.

소리는 바로 근처에서 생긴 듯이 선명했고, 바닥의 흔들림은 그들의 몸까지 흔들리게 만들 정도로 생생했다.

"이형(二兄)?"

흑룡건이 흠칫 질린 얼굴로 황룡건을 보았다.

황룡건이 사실은 자신도 크게 놀란 터였지만, 애써 표정을 추스르며 흑룡건을 진정시키려 하였다. 그러나 그는 황급히 소맷자락으로 얼굴을 가리며 놀란 소리를 토해내고 말았다.

"허엇!"

동굴 안쪽으로부터 돌연 확 끼쳐온 그것은 맨살로는 도저히 견디지 못할 정도의 뜨거운 열기였다.

용건들은 황급히 동굴 벽으로 붙어 섰다.

그때 자룡건이 동굴 안쪽을 가리키며 급하게 외쳤다.

"이형! 저것 좀 보시오!"

운무 속에서 붉은빛의 환한 기운이 일렁이고 있었다.

"아무래도 조짐이 심상치 않으니 서둘러 동굴을 벗어나야 할 것 같습니다!"

자룡건이 이어 하는 말에 흑룡건이 불안한 기색을 감추지 못하며 물었다.

"이대로 간다면 대형에게는 뭐라 말할 것이오?"

청룡건이 애써 차분하게 그 말을 받았다.

"저 붉은빛과 열기로 보아 저 안쪽에는 필시 용암천이나 분화구 같은 게 있는 것으로 보이니, 놈이 쫓기던 중에 돌연 분화구 속으로 뛰어들었다고 합시다! 이미 제 아비를 유황연 속으로 밀어 넣은 지독한 놈이니 충분히 그럴 법한 일이고… 사실 이처럼 극렬한 독기와 열기 속에서는 아무리 끈질기다고 해도 무공도, 모르는 놈이 결코 오래 견디지 못하리라는 것은 자명하지 않소?"

황룡건이 잠시 고민하는 기색이더니 이내 고개를 끄덕였다.

"좋다, 우리로서도 더 이상은 어찌해 보기 어려우니 그렇게 하도록 하자."

7

"동굴의 끝에 용암이 끓는 커다란 분화구가 하나 있는데, 놈은 그 속으로 뛰어들고 말았습니다."

돌아온 황룡건이 백룡건에게 보고를 하는 중에, 초혜는 그만 다리에 힘이 풀리고 말았다.

"흑!"

얼른 부축해 안는 능사운의 품속에 얼굴을 묻으며 초혜는 가늘게 흐느꼈다.

백룡건은 못마땅한 기색이었다. 그러나 그의 차가운 시선은 황룡건이 아닌, 능사운과 그의 품에 안긴 초혜에게로 향해 있었다.

그때였다.

우르릉!

다시금 우렛소리가 일어났고, 이번에는 동굴이 아예 무너질 듯이 크게 흔들렸다.

우수수!

동굴 천장이며 벽에서 크고 작은 돌조각이 무더기로 떨어져 내리자 내내 침착하던 백룡건도 언뜻 당황의 기색을 떠올리고 말았다.

"이건… 화산이 폭발하려는 조짐이에요! 위험해요! 즉시 여기에서 빠져나가야 해요!"

초혜가 질린 목소리로 외쳤다.

우르릉!

초혜의 다급함에 호응이라도 하듯이 또다시 우렛소리와 진동이 일었고, 좀 전보다 확연히 더 많은 돌조각이 떨어져 내렸다.

백룡건도 더 이상은 지체하지 못하고 급히 외쳤다.

"모두 동굴을 빠져나간다!"

8

우르릉!

쿠우웅!

우르르릉!

콰아앙!

동굴 바깥은 가히 천번지복(天飜地覆)의 광경이 펼쳐지고 있었다.

바로 맞은편의 산봉우리로부터 수십여 장에 이르는 불기둥이 장대하게 솟구쳐 오르고 있었고, 주변 사방으로 검붉은 불의 비를 퍼붓고 있었다.

눈에 보이는 데까지가 온통 불바다였다.

동굴이 거대한 암반 지대의 중간쯤에 위치해 있는 덕분인지 백룡건 등이 서 있는 곳은 아직 불비[火雨]의 세례를 받지 않고 있었다.

그러나 마치 섬처럼 고립되어서 몹시도 위태로운 지경이었다.

그때였다.

와르르릉!

건너편으로 보이는 계곡에 돌연 시커먼 잿빛의 거대한 흐름이 생겨나더니 곧장 성난 파도처럼 휘돌아 치며 산 아래쪽으로 덮쳐 내려가는 것이었다.

"아……!"

초혜가 비명조차 제대로 지르지 못한 채 두 눈을 부릅떴다.

엄청난 속도로 계곡을 휩쓸고 내려가는 그 거대한 화산재의 사태가 향하는 방향은 바로 황촌 마을이 있는 쪽이었다.

그뿐만이 아니었다.

화산재 사태의 뒤를 이어 다시 시뻘건 용암의 강이 모든 것을 불태우며 도도히 밀려 내려가고 있었다.

"안 돼! 할아버지!"

초혜가 외치며 뛰어가려는 것을 능사운이 급히 팔을 낚아챘다.

"진정해라, 혜매!"

그때였다.

어느 틈에 다가왔는지 백룡건이 기이한 금나수법으로 능사운의 손을 떨쳐 내고 초혜의 손목을 낚아채서는 다시 훌쩍 뒤로 물러서는 것이었다.

"무슨 짓이냐?"

능사운이 대경하여 외쳤다.

그러나 백룡건은 차분하기만 했다.

"너는 가볍지 않은 내상을 입은 상태다. 하니 너 혼자서 이곳을 빠져나가는 것만으로도 버거운 처지일 것인데, 어떻게 무공도 모르는 이 여인까지 책임질 수가 있겠느냐?"

능사운이 격노하여 외쳤다.

"그 여인은 나와 정혼한 사이다! 감히 남의 여인을 능멸하려 하느냐?"

순간 백룡건은 멈칫하며 잡고 있던 초혜의 손목을 놓아주었다.

그러나 이내 당황을 추스른 후 백룡건은 초혜의 눈을 똑바로 응시하며 물었다.

"조부를 구해야 하지 않겠나?"

묻는 말이었으나, 백룡건의 차분하게 가라앉은 눈빛은 자신에게 어떤 방도가 있음을 말하고 있었다.

초혜가 당장에 다급하게 호소했다.

"도와주세요!"

능사운이 안타깝게 외쳤다.

"혜매! 이럴 때일수록 냉정해져야 한다! 지금쯤 화산재가 마을을 휩쓸어 버렸을 것이니, 지금 마을로 간다고 해도 이미 소용이 없는 일이다! 더욱이 다시 용암이 마을을 덮쳐가고 있으니 마을로 들어가는 것조차도 불가능하게 되었다!"

그러자 백룡건이 초혜를 향한 채로 차분히 반박했다.

"분명한 사실은 능사운은 지금 그대의 조부를 구할 수 없다고 말하고 있다는 것이고, 반면에 나는 할 수 있다는 것이다."

능사운이 분개하며 호통 쳤다.

"닥쳐라! 그따위 간교한 거짓말로 사람을 현혹시키려 하느냐?"

그러나 백룡건은 능사운을 무시한 채 여전히 초혜의 눈을 응시하며 자신의 말을 이어갔다.

"또한 그대도 이미 보았듯이, 나는 능사운보다 훨씬 더 강하다. 자, 그렇다면 그대는 과연 누구를 믿을 것인가? 누구에게 도움을 청하겠는가?"

초혜의 눈빛이 크게 흔들렸다. 그러나 그녀는 곧 백룡건의 소맷자락을 잡으며 간청했다.

"저희 할아버지를 좀 구해주세요! 어서요! 늦기 전에 어서요!"

순간 백룡건은 득의의 미소를 떠올렸고, 반면에 능사운의 얼굴빛은 창백하게 변하고 말았다.

능사운의 얼굴이 실망과 분노로 물들고 마는 것을 초혜도 보았다.

그러나 초혜는 잡고 있던 백룡긴의 소맷자락을 놓지는 않았다. 아니, 감히 놓지 못했다. 백룡건이야말로 조부의 목숨을 구할 수 있는 유일한 길이라 여겼기에.

"자, 시간이 없다!"

백룡건이 초혜의 손을 이끌며 서두르는데, 그때 능사운이 결연한 기색으로 그의 앞을 가로막아 섰다.

"내게 무례를 범하면 어떤 응징이 돌아가는지 충분히 말해주었을 텐데?"

백룡건이 나직이 경고하였으나 능사운은 오히려 가슴을 폈다.

"내 목을 내준다 해도 네놈이 그녀를 농락하도록 내버려 둘 수는 없다!"

"어린놈이 기어코 죽기를 자초하는구나!"

백룡건이 이윽고는 차가운 살기를 뿜어냈고, 그러자 초혜가 다급히 백룡건의 앞을 막아서며 호소했다.

"아아! 안 돼요! 사운 가가는 저의……."

그러나 초혜는 말을 하다 말고 갑자기 맥을 놓으며 쓰러졌다.

백룡건이 재빨리 초혜를 안아 드는 걸 보고 능사운이 상처 입은 맹수처럼 으르렁거렸다.

"그 더러운 손 당장 떼지 못하겠느냐!"

그러나 백룡건은 가볍게 미끄러져 뒤로 물러나며 외쳤다.

"둘째!"

"예, 대형!"

황룡건이 복명하며 한 걸음 앞으로 나서자 백룡건은 차갑게 명령했다.

"죽여라!"

황룡건은 일시 멈칫하는 기색이었으나, 이내 성큼성큼 능사운과의 거리를 좁혀갔다. 그리고 단검을 뽑아 들고 곧장 능사운을 향해 겨누었다.

그런데 바로 그때였다.

"멈춰라!"

서편 허공 저편에서 한소리 우렁찬 호통이 울리더니, 곧이어 하나의 신형이 마치 붕새처럼 유려하면서도 섬전처럼 쾌속하게 쏘아왔다.

9

허공에서 직하(直下)하여 가볍게 능사운의 앞으로 착지한 인물은 각진 얼굴에 은연중의 위엄이 엿보이는 백의의 중년인이었다.

겨울 밤하늘의 별빛처럼 차가운 정광이 서린 시선으로 주변을 일별하면서 백의 중년인이 등 뒤의 능사운에게 물었다.

"어떻게 된 일이냐?"

능사운이 크게 안도하는 한편으로 다급하게 호소했다.

"아버지! 우선 혜매부터 구해주십시오!"

그랬다. 백의 중년인은 바로 능사운의 아버지였다.

그는 지난 며칠 동안 먼 곳으로 출타했다가 집에 돌아오는 길에 화산 폭발의 징후를 보았고, 능사운이 초혜를 만나러 황촌마을로 갔다는 말을 듣고는 급히 그 행직을 추적해 오는 길이었다.

아들의 다급한 말이 아니더라도 백룡건의 품속에 혼절한 채 안겨 있는 초혜의 모습만으로도 상황을 짐작하기는 충분했기에 백의 중년인은 곧장 검을 뽑았다.

스릉!

단순히 발검만으로도 날카로운 검세(劍勢)가 사방으로 떨쳐지는 것에서, 백의 중년인은 절정의 경지에 오른 검사의 풍모를 단번에 과시했다.

백의 중년인이 담담히 검을 겨누자 다시 한 무리 무형의 기운이 뿜어져 나왔는데, 순간 다섯 걸음 거리에서 단검을 겨누고 있던 황룡건은 얼굴의 살갗이 따끔거리는 느낌을 받고는 반사적으로 흠칫 몸을 움츠리고 말았다.

"검기상인(劍氣傷人)?"

황룡건이 나직한 경악을 뱉을 때였다.

백룡건이 성큼 앞으로 나서며 백의 중년인을 향해 정중히 포권지례를 취했다.

그 정중함에 백의 중년인이 언뜻 의아해하며 물었다.

"공자는 누구인가?"

백룡건의 입술이 달싹거렸다. 그러나 소리는 들리지 않았다.

그런데 한순간 백의 중년인의 표정이 돌연 아연해지더니 이윽고는 딱딱하게 굳고 말았다.

그리고 백룡건이 다시 가볍게 고개를 숙여 예를 취하자, 이번에 백의 중년인은 또한 마주 고개를 숙여 답례를 하는 것이었다.

지켜보고 있던 능사운이 크게 당황하고 마는데, 순간 백의 중년인은 낚아채듯이 아들의 손목을 잡으며 무겁게 뱉었다.

"가자!"

"아버지……?"

능사운이 크게 반발하며 손목을 비틀어 빼내려 했다.

순간 백의 중년인의 손이 번개처럼 움직였고, 능사운의 몸은 대번에 뻣뻣하게 굳고 말았다. 일시에 능사운의 마혈과 아혈까지 점혈해 버린 것이다.

꼼짝도 못하는 채로 잔뜩 충혈된 두 눈만 부릅뜨고 있는 능사운을 안아 들며 백의 중년인이 나직이 말했다.

"자세한 내막은 이곳을 벗어난 다음에 말해주마."

이어 백의 중년인은 곧장 신형을 날렸다.

"우리도 이곳을 벗어난다!"

능사운 부자의 모습이 저만치 사라질 즈음, 백룡건이 나직이 명령했다.

이어 백룡건을 필두로 용건들이 일제히 신형을 날렸고, 이내 몇 개의 점으로 화해 아득히 사라져 갔다.

콰르릉!

모두가 떠난 직후 동굴 안쪽에서 거창한 폭발음이 일었고, 뒤이어 검붉은 불길을 담은 거대한 연기 기둥이 마치 괴물처럼 꿈틀기리며 쏟아져 나왔다.

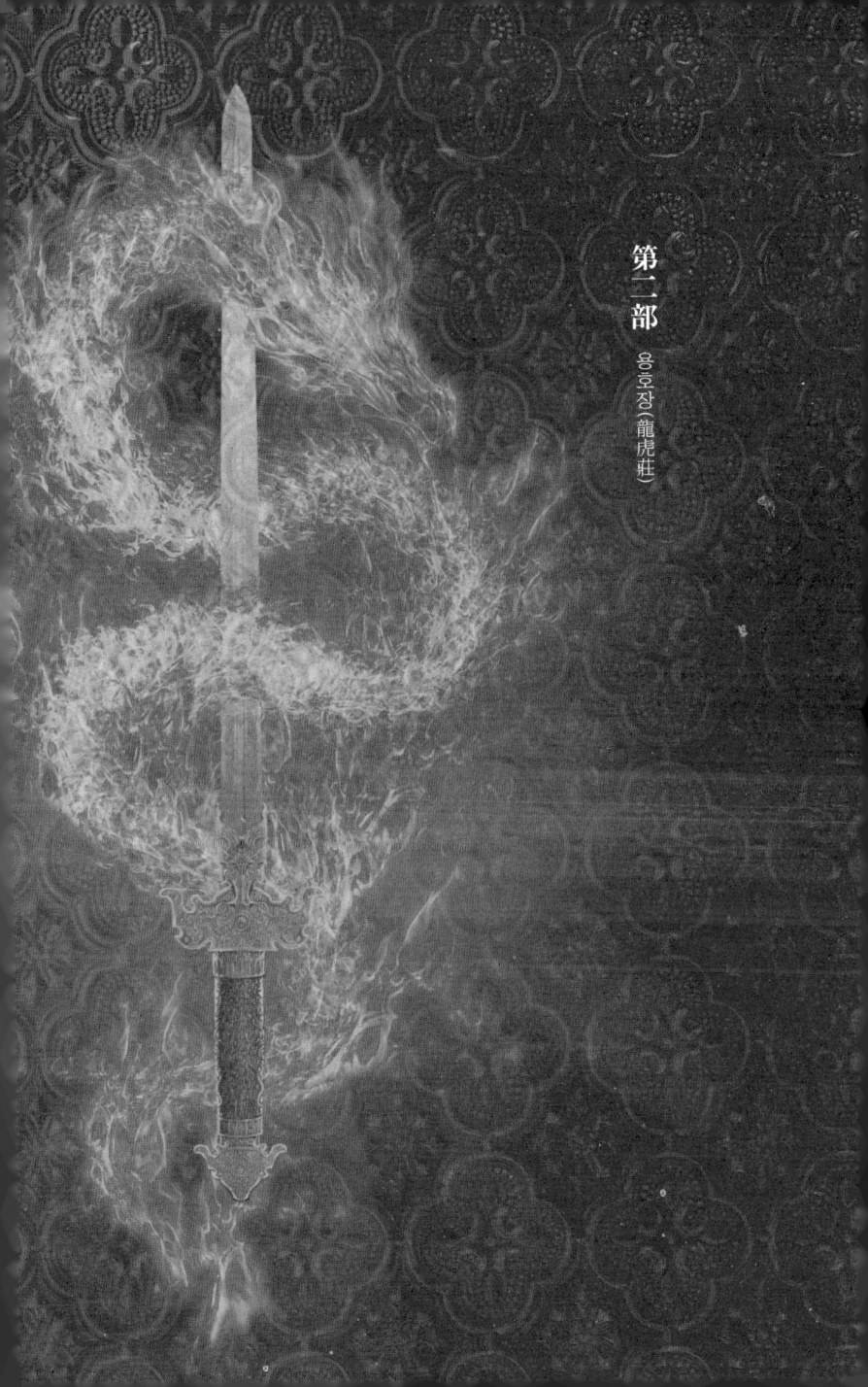

第二部 용호장(龍虎莊)

第一章
추괴(醜怪)

1

용호장(龍虎莊)은 그 규모와 성세(盛勢)에 있어 대도성(大道城)의 첫째, 둘째를 다투는 상단(商團)이다.

용호장의 후원.

커다란 정원수 아래에서 열 살 정도의 또래아이 다섯 명이 옹기종기 모여 있었다.

아이들은 땅에 파놓은 구덩이에다 물을 붓고 하며 제법 분주한 모습들이었다.

그런데 한눈에 보기에도 개구쟁이인 녀석들은 지금 뭔가 짓궂은 장난짓거리를 꾸미고 있음에 분명해 보였다.

2

용호장주 서량(徐量)은 풍채 좋은 호인 풍모의 육십대 노인이었다.

서량은 지금 손님을 맞고 있는 중인데, 이제 서른쯤으로 보이는 백의 청년이었다.

백의 청년은 다소 왜소한 체구였다.

그러나 청년의 각진 얼굴과 짙은 검미(劍眉), 그리고 형형한 눈빛은 당당한 기개를 표출하고 있어서 누구라도 감히 경시하지 못할 은연중의 위엄이 녹아났다.

하긴, 대도성 최대의 상단 주인으로서 대도성주조차도 함부로 대하지 못한다는 서량이 지금 보이고 있는 지극한 정중함만으로도 백의 청년이 얼마나 귀한 손님인지는 충분히 짐작할 만하다고 하겠다.

그러나 백의 청년은 진작부터 다분히 지루하고 번거롭다는 기색을 감추지 못하고 있었다.

"그럼 이제 지난 반기 동안의 회계를 총괄하여 보고 드리겠습니다. 우선 지출 총액은……."

"아, 장주, 그런데 말이오."

서량의 말을 간단히 끊더니 백의 청년은 한쪽 벽면에 진열되어 있는 화분 중의 하나를 가리켰다.

"저기 연노랑의 꽃이 제법 화려하게 핀 저것은 난(蘭)의 일종이오? 지난번에 왔을 때는 못 본 것 같은데… 어디서 구해온 것이오?"

순간 서량은 내심의 탄식을 금치 못하며 가만히 고개를 흔들고 말았다.

장(莊)의 주요 업무를 보고받는 백의 청년의 태도는 늘 이런 식이었다. 용호장의 업무는 외부에서 생각하는 것보다 훨씬 더 규모가 컸고, 백의 청년은 기껏 한 해에 두어 번 정도나 장을 방문하는 데 그치면서도 말이다.

그러나 서량으로서는 자신의 일을 결코 소홀이 할 수 없었으므로 청년의 기색을 살펴가며 보고를 계속해 나갔다.

그렇게 보고와 딴청이 계속 이어졌다. 마치 서로의 고집을 겨루듯이.

그러다 백의 청년은 이윽고 짜증을 견딜 수 없게 된 듯했다.

"그만합시다. 매번 그 내용이 그 내용인 것을 왜 굳이 또 들어야 한단 말이오?"

"주군!"

서량이 짐짓 두 눈을 부라렸다.

그러나 백의 청년은 아랑곳없이 계속 불만을 쏟아냈다.

"사실이 그렇지 않소? 장의 일은 장주가 충분히 잘 처리하고 있는데 굳이 나까지 골머리를 앓게 만들려는 건 도대체 무슨 심술이냔 말이오?"

서량이 다시금 정색을 했다.

"장의 시업들은 주군의 장도(壯圖)에 중요한 기반이 될 것들입니다. 하니 그 경영 현황을 살피는 일에 조금의 소홀함이라도 있어서는 안 될 것입니다."

그러자 백의 청년은 버럭 역정을 내듯이 목소리를 높였다.

"또 그 소리요? 장도니 뭐니 하는 소리는 제발 그만 좀 하시오! 이런 일에 아무리 열심을 떨어본들, 그래서 결국 내가 할 수 있는 게 뭐란 말이오? 장주도 나도 이젠 좀 솔직하게 현실을 직시해야 하는 것 아니오? 우리가, 아니, 내가 사실은 기껏 한 개의 계란에 불과할 뿐이란 진실을 말이오!"

"주군, 그게 무슨 당치 않은 말씀이십니까?"

"왜? 내 말이 틀렸소? 내가 아무리 발버둥을 쳐본다 한들 결국은 거대한 바위와 부딪치려는 하나의 계란에 불과할 뿐인데, 발버둥 칠수록 그런 현실이 점점 더 명확해질 뿐인데, 어찌하여 나더러 자꾸만 더 발버둥을 쳐보라고만 하느냔 말이오? 그렇게 해서 기어이 박살이 나야만 만족할 것이오?"

"아아! 주군! 어찌 그런 말씀을⋯⋯!"

서량이 끝내는 길게 탄식하고 마는데, 한순간에 전신의 맥이 다 빠지고 만 듯이 문득 십 년은 더 늙어 보이는 것이었다.

백의 청년이 그제야 격정을 추스르는 모양이다.

"미안하오. 괜한 역정을 내서⋯⋯."

그리고 백의 청년은 훌쩍 자리에서 일어섰다. 이어 성큼 바깥을 향해 걸어나가면서 덧붙였다.

"잠시 머리 좀 식히고 오겠소."

안타까운 눈빛으로 백의 청년의 뒷모습을 바라보고 있던 서량은 나직이 한숨을 불어 내쉬었다.

"후우!"

그러나 서량은 백의 청년의 뒤를 따라나서지는 않았다. 그가 후원으로 나간 것을 알고 있기 때문이다.

사실 이곳 용호장의 후원은 대도성을 통틀어도 꽤나 명성이나 있을 정도로 잘 가꾸어져 있는 편이어서, 백의 청년도 장에 들를 때마다 잠깐씩이라도 꼭 둘러보곤 했던 것이다.

3

널찍널찍한 디딤돌들로 이루어진 후원의 산책로를 백의 청년
은 천천히 거닐고 있었다.

그때 우울한 마음과 복잡한 생각에 젖은 그를 문득 깨운 것은
작은 소곤거림이었다.

"온다. 온다."

"쉿. 조용히 해라."

아이들의 목소리였다. 그 앳된 소리들은 뭔가 크게 흥미로운
일을 앞두고 있는 듯이 잔뜩 들떠 있었다.

주변은 이내 조용해졌지만, 앞쪽에 제법 커다란 그늘을 드리
운 한 그루 정원수 뒤쪽쯤에서 사뭇 부풀며 들썩이는 그 은밀한
들뜸은 이윽고 야금야금 주변으로 팽창해 나가고 있는 중이었
다.

백의 청년은 조용히 옆에 선 나무의 그늘 속으로 들어섰다.
무언지 모를 그 흥미로움과 들뜸에 그도 슬쩍 한 발을 끼어들고
싶어진 것이다. 무단히.

4

그 한 무더기의 사뭇 독특하면서도 강렬한 냄새는 갑작스럽
게 밀려들었다.

냄새를 몰고 온 것은 냄새만큼이나 독특한 모습의 한 사내였다.

사내는 머리 위까지 잔뜩 쌓아 올려 작은 동산같이 된 커다란 거름지게를 지고 있었다.

아마도 장의 일꾼일 사내는 정원수들을 돌며 거름을 주기 시작했다.

잠시 보고 있자니 사내의 그 일은 묵묵한 반복이었다. 한 그루의 정원수 앞에 멈춰 지게를 내리고, 삼지창으로 '푹!' 찔러 두둑이 거름을 들어내서는 '휙!' 나무뿌리 주변에다 흩뿌리고, 다시 지게를 지고 그 옆의 나무로 옮겨가서 지게를 내리고 삼지창으로 '푹!' 찔러 두둑이 거름을 들어내서는 '휙!' 나무뿌리 주변에다 흩뿌리고 하는 일들의.

사내는 덥수룩하게 기른 머리를 묶지도 않아서 머리카락이 얼굴의 반 너머나 가리고 있었다. 거기에 검게 그을린 피부와 깡마른 체격이 더해져 제법 나이가 들어 보이는 느낌이었다.

그때 문득 한줄기 바람이 불어왔고, 사내가 이마의 땀을 훔치려는지 머리카락을 쓸어 올렸다.

그런데 언뜻 드러난 사내의 얼굴은 흉측했다. 얼굴 전체가 온통 흉터로 뒤덮여 있었는데, 아마도 화상으로 인한 것처럼 보였다.

그러고 보니 삼지창을 들고 있는 사내의 손까지도 흉터로 가득했고, 더욱이 오그라들어 약간 뒤틀린 듯이 보이기까지 했다.

5

거름지게의 사내가 점점 더 아이들이 숨어 있는 쪽과 가까워
지면서 아이들의 긴장이 급박하게 고조되고 있다는 것을 백의
청년은 느낄 수가 있었다.

아이들이 노리고 있는 대상은 바로 사내임에 분명했다.

다분히 불순한 느낌의 긴장과 흥분이었지만, 백의 청년은 그
불순함에 대해 말리거나 방해할 생각으로는 조금도 되지 않았
다. 오히려 이제부터 과연 무슨 일이 벌어지는지 슬쩍 고개를
내밀고 엿보고자 하는 충동이 문득 솟아나는 것이었다.

그리고 그럼으로써 백의 청년은 이미 아이들이 꾸미고 있는
어떤 짓궂은 장난내지는 음모 같은 것의 동조자가 되어버린 것
같기도 했다.

"헉!"

외마디 비명 같은 급한 소리를 내뱉으며 거름지게 사내의 몸
이 순간 휘청하였다.

사내의 한쪽 발이 갑자기 땅속으로 푹 빠져 버린 것이었는데,
그가 밟은 땅바닥이 진흙탕처럼 출렁거리고 있었다.

그제야 백의 청년은 진상을 알아챌 수 있었다.

아이들은 땅에다 구덩이를 피고 물을 부은 다음 교묘히 위장
하여 덮어두었던 것이다.

동시에 백의 청년은 사내에 대한 뒤늦은 염려를 하지 않을 수
없었다.

사내가 무거운 지게를 지고 있기에 자칫 다리가 부러지거나
하는 심한 부상을 입을 우려가 큰 것이었다. 물론 아이들이야

그런 데까지는 미처 생각하지 못했겠지만.

한데 그러는 잠깐의 사이에 상황은 백의 청년의 염려를 사뭇 무색하게 만드는 양상으로 전개되고 있었다.

"끙!"

한마디 용쓰는 소리와 함께 기우뚱 넘어가던 사내가 이미 거의 다 넘어간 거름지게의 무게중심을 힘겹게 되돌려 낸 것이다.

이어 사내가 구덩이에 빠진 다리를 빼냈는데, 무릎까지가 온통 진흙투성이였다.

그런데 백의 청년도 적지 않게 놀랐지만, 아이들의 놀람은 더했던 모양이다.

"엇?"

"어?"

아이들에게서 몇 마디 놀란 소리가 새어 나왔고, 사내가 아이들이 숨은 쪽을 향해 힐끗 시선을 돌렸다.

순간 아이들은 저마다 소리를 내지르며 놀란 메뚜기 떼처럼 뛰어 달아났다.

"도망쳐!"

"으아!"

아이들이 '후드득!' 후원을 가로질러 도망을 치는데도 사내는 딱히 아이들을 뒤쫓아갈 생각이 없어 보였다.

그렇더라도 한소리 호통이나 욕지거리쯤은 내지를 법도 하건만, 사내는 그저 멀거니 아이들이 도망치는 모습을 바라보고만 있었다.

그리고 아이들의 모습이 아예 사라지고 나자 사내는 다시 자신이 하던, 거름 뿌리는 일을 계속하는 것이었다. 묵묵히.

백의 청년은 그대로 정원수 그늘 속에 서 있었다. 조용히.

6

"저자는 누구요?"

가만히 등 뒤로 다가서는 기척을 느끼고도 백의 청년은 뒤돌아보지 않은 채 작은 소리로 물었다.

백의 청년의 시선이 향해 있는 곳을 힐끗 보고 나서 서량이 별 감흥 없이, 그러나 역시 작은 소리로 대답했다.

"장의 허드렛일을 하는 역부(役夫) 중 하나입니다."

그리고 서량은 사뭇 가라앉은 목소리로 덧붙였다.

"보고 받으셔야 할 중요한 사안들이 아직 많이 남았습니다. 그러니 그만 안으로 드시지요."

백의 청년은 가볍게 고개를 가로저었다.

그러나 그의 눈빛은 사뭇 단호했고, 더욱이 서량에게 좀 더 자세한 사항을 얘기하기를 독촉하고 있었다.

서량이 언뜻 미간을 좁혔으나, 이내 어쩔 수 없다는 표정으로 되며 대답했다.

"마방에 소속된 추괴(醜怪)라는 아이입니다."

"이름이 추괴란 말이오?"

"예. 보시다시피 얼굴과 전신에 온통 화상 자국이라 보기에 흉하다고 주변에서 다들 그렇게 부르다 보니 자연스럽게 그게 이름처럼 되어버렸지요."

"혹시 저자… 추괴에게 어떤 특별하달 만한 점이 있지는 않소?"

"특별한 점이라고 하시면……?"

백의 청년의 물음에 대해 서량은 언뜻 백의 청년이 추괴에 대해 관심을 가지는 자체가 오히려 홍미롭다는 듯한 표정으로 되며 되물었다.

백의 청년은 그제야 몸을 돌리며 서량에게로 시선을 주었다.

"잠깐 지켜보았는데, 추괴의 힘과 신체의 강건함은 제법 대단한 것 같았소. 그런데 한눈에 보기에도 무공을 익힌 것 같지는 않고, 더욱이 체형으로 보아서 타고난 역사도 아닌 것 같으니 혹시 어떤 사정이나 남다른 내력 같은 것이 있지는 않는지 궁금해서 물어보는 것이오."

"허허허! 그렇습니까? 추괴에게 그런 면모가 있었단 말입니까?"

서량이 자신은 미처 알지 못하고 있던 사실을 백의 청년에게서 처음으로 듣는다는 듯이 가볍게 웃으며 받은 데 대해 백의 청년은 일시 애매한 기색이 되고 말았다.

그때 서량이 슬쩍 덧붙였다.

"하긴 추괴에게는 제법 특별하달 수 있는 내력이 있긴 합니다만……."

"그렇소?"

곧바로 홍미를 되살리는 백의 청년에 대해 서량이 다시금 가볍게 실소하고 나서 짐짓 여유를 비쳤다.

"그 얘기를 하자면 제법 길어질 것인데, 혹시 지루해하시지나 않을지…….”

　서량이 사뭇 노골적으로 꼬집는 데 대해 백의 청년은 가볍게
쓴웃음을 지었다.

　“그게… 그러니까…….”

　서량은 웃음을 참는 기색을 굳이 숨기지 않으며 다시금 짐짓
말꼬리를 빼고 나서야 본격적으로 말을 시작했다.

　“한 오 년쯤 전의 일입니다. 서북 지역에서 아주 큰 화산 폭발
이 있었는데, 엄청난 지진과 거대한 용암의 분출로 일대의 지형
이 완전히 뒤바뀌고 방원 수백 리가 온통 화산재로 뒤덮이는 그
야말로 천번지복의 대폭발이었지요.”

　과거를 더듬는 듯이 잠시 지그시 두 눈을 감았다 뜬 서량이
다시 말을 이었다.

　“마침 그때 저는 중요한 표행을 직접 지휘하여 인근 지역을
지나고 있는 중이었는데, 갑작스런 화산 폭발로 인해 꼼짝없이
발이 묶이고 말았지요. 그런데 근 닷새가 넘도록 오도 가도 못
하고 객잔 신세를 지다 보니 비용도 비용이지만 표물을 인계해
야 할 날짜가 촉박하게 되었습니다. 그래서 어쩔 수 없이 위험
을 무릅쓰고 화산 폭발의 중심 지역을 약간 우회하는 경로를 택
하여 강행군을 하기로 했지요. 그런데 화산 지대를 미처 벗어나
지도 못한 상태에서 갑자기 엄청난 폭우가 퍼붓기 시작하는 겁
니다. 그러니 풀 한 포기 남지 않고 황폐화된 지대의 사방에서
는 금세 여러 갈래의 급류가 형성되고 말았지요.”

　“지금 추괴의 내력에 대해 얘기하려는 게 맞소?”

　백의 청년이 슬쩍 답답함을 내비치는 것을 서량이 빙그레 웃

으며 고개를 끄덕였다.

"그럼요."

간단한 한마디로 백의 청년을 무색하게 만들고 나서 서량은 느긋하게 다시 말을 이어갔다.

"그런데 급류를 건너는 일은 참으로 위험천만한 순간들의 연속이었습니다. 사람의 안전도 안전이지만, 자칫하면 표물을 실은 표차가 거센 물살에 떠내려가고 말 형국이었으니까요. 그러나 다시 되돌아갔다가는 그야말로 만사휴의(萬事休矣)가 되고 마는 것이니 다른 선택의 여지는 조금도 없었습니다. 그렇게 갖은 위험을 감수해 가며 하나씩 급류들을 헤쳐 나가던 중이었는데, 몇 번째인가의 급류에 이르렀을 때 거친 물살에 떠내려 오는 시체 한 구를 발견하게 되었지요. 그런데 우리가 아무리 곤궁한 처지라고는 해도 물에 떠내려가는 시체를 못 본 체할 수는 없어서 어찌어찌 애를 쓴 끝에 겨우 물 밖으로 건져낼 수 있었지요. 아! 그런데 그 시체의 형상이란… 실로 참혹할 지경이었습니다."

서량은 미간에다 깊은 세로 주름을 만들었다, 그때의 광경이 생생하다는 듯이.

"온몸이 새카맣게 타버렸는데, 얼굴은 오관의 형체마저 알아볼 수 없었고, 사지가 모조리 오그라들어 뒤틀려 버린데다, 다시 물에 퉁퉁 불은 몰골이라니……. 도저히 사람의 몰골이 아니어서 차마 두 번은 쳐다보지 못할 정도였지요. 아아! 그런데 참으로 놀랍게도… 그 시체는 아직 숨이 붙어 있었습니다."

"음! 그래서 어떻게 되었습니까?"

백의 청년이 재촉한 데 대해 서량은 짐짓 숨을 한번 돌린 다음 다시 말을 이었다.

"차라리 난감했지요. 당시의 형편에서야 시체를 간단히나마 수습해 주는 것만도 버거운 일이었으니 말입니다. 그러나 어찌하겠습니까? 산목숨을 차마 팽개치고 갈 수는 없는 노릇이었지요. 표차 하나를 비워 그 시체나 다름없는 형체를 싣게 하고는 천신만고 끝에 겨우 화산 지대를 빠져나왔습니다. 그리고 나서야 어렵게 의원을 찾았는데, 의원이 진단하기를, 전신의 살은 물론이고 숫제 관절의 연골마저도 다 녹아내린 데다 지독한 화독(火毒)이 폐부와 장기 깊숙이 침투했으니 치료할 여지는 조금도 없다고 하더군요. 더하여 아직 살아 있는 자체가 도무지 이해할 수 없는 일이니, 아무리 끈질긴 생명력이라고 할지라도 결코 사흘을 더 버티지는 못할 것이라고 아예 단정을 해버렸지요. 그때는 또 얼마나 난감하던지……. 하지만 기왕의 인연인데, 어떻게 할 수가 있었겠습니까? 며칠만 더 거두고 있다가 숨이 끊어지면 어디 적당한 곳에다 묻어주는 수밖에요. 허허! 그런데 말입니다."

"기적적으로 회생을 하였군요?"

백의 청년이 짧게 물었다.

서량이 슬쩍 눈짓으로 추괴 쪽을 가리켰다.

"지금 저렇듯이 멀쩡하게 살아 있으니 당연히 그렇게 된 것이지요. 그러나 그렇게 되기까지의 과정은… 말씀대로 기적이라고 해도 절대 과언이 아닙니다."

"음!"

"일단 의원의 단정은 틀렸습니다. 그것도 아주 형편없이 말입니다. 추괴는 그로부터 근 보름여 후 우리가 무사히 표행을 마치고 장으로 돌아왔을 때까지도 죽지 않았으니까요. 그러나 여전히 깨어나지는 못한 채였으니, 참으로 지독히도 질긴 생명이었습니다. 역부들이 쓰는 방 하나를 비우게 하여 임시로 그를 눕혀놓도록 했지만, 따로 치료를 하거나 의원을 붙이지는 않았습니다. 누가 보아도 이미 송장이었으니 그저 숨이 끊어지기만을 기다리는 것 외에 달리 해줄 수 있는 것은 없었지요. 그리고 저는 바쁜 일상으로 돌아갔고, 추괴의 일은 한동안 잊고 있었습니다. 그런데 그로부터 다시 한 달여쯤 후에 뜻밖에도 추괴가 깨어났다는 보고를 받게 된 것입니다."

"그냥 방치해 두기만 하였는데, 스스로 깨어났단 말이오?"

"그러니 기적이라고 할 수밖에요. 그리고 정작으로 놀라운 일들은 그 뒤부터입니다."

그런데 백의 청년의 눈빛이 조금도 흐트러지지 않고 자신의 입에 고정되어 있는 것을 보고는 서량이 문득 다시금 슬쩍 꼬집었다.

"업무 보고 때는 그토록 따분해하시더니 지금은 아주 눈에서 총기가 철철 넘치십니다?"

"그렇소?"

백의 청년이 짐짓 태연하게 되물은 데 대해 두 사람은 마주 보며 웃음을 터뜨리고 말았다.

"허허허!"

"하하하!"

두 사람이 같이 한바탕 웃어젖히고 난 다음, 서량이 말을 계속했다.

　"의식을 차렸다고는 하나 추괴는 전혀 몸을 움직이지 못했고, 겨우 물이나 미음 같은 음식만 받아넘길 뿐이었지요. 그런 채로 한 달이 지나고, 두 달이 지나고, 반년이 지나는 동안에 추괴는 다시금 주변 모두의 애물덩어리가 되고 말았습니다. 그런데 그렇게 거의 일 년여가 지났을 즈음이었습니다. 추괴가 돌연 움직이기 시작한 것입니다. 누운 채로 꿈틀거리고, 몸을 뒤집고, 뒹굴고, 이윽고는 기어 다니기까지. 그때 그를 돌보던 역부들의 표현대로라면 추괴는 그야말로 처절할 정도로 필사적이었다고 하더군요. 그리고 다시 두어 달이 더 지났을 때 추괴는 마침내 스스로의 두 다리로 버텨 일어나고야 말았습니다."

　"아!"

　"그 뒤로도 추괴는 참으로 엄청난 집념을 보였습니다. 수없이 넘어지고 다시 일어나고 하면서 결국에는 멀쩡히 걷기까지, 그야말로 초인적인 의지였습니다. 또한 그 이후로 지켜보니 그 아이는 참으로 성실하고도 충직한 성정을 지니고 있었습니다. 주변의 놀림과 멸시에도 불구하고 오그라든 사지일망정 무엇이라도 할 수 있는 일들을 스스로 찾아서 히곤 했는데, 어느 때부터인가는 누가 시키지도 않았건만 제 스스로 마방을 드나들며 말똥 치우는 일을 하기 시작하더군요. 아마도 제 딴에는 그렇게 해서라도 은혜를 갚아보겠다는 것으로 보였습니다."

　서량이 말을 끝낸 후에도 백의 청년은 잠시 더 생각에 잠겨 있더니 문득 물었다.

"음! 한데… 그의 본래 이름이나 신분 등에 관해서 따로 알아본 것은 있소?"

서량이 담담하게 고개를 가로저었다.

"추괴가 그처럼 극적인 과정을 거쳐 오늘에 이르다 보니 그런 것에 대한 조사는 미처 하지 못했습니다. 물론 지금이라도 조사를 해볼 수는 있겠습니다만, 기껏 마방의 역부에 불과한데다, 그에게 과거를 떠올리게 하는 것이 어쩌면 지독한 고통이 될 수도 있겠다 싶기도 해서……."

백의 청년이 가볍게 고개를 끄덕였다.

그러나 서량은 오랫동안 옆에서 지켜봐 온 입장으로서 백의 청년이 아직도 뭔가 석연치 않아하고 있다는 것을 느낄 수 있었다.

하지만 서량은 백의 청년이 석연치 않아하는 것이 구체적으로 무엇인지에 대해서까지는 그다지 궁금하지 않았다. 백의 청년은 평상시에도 그 속을 다 짐작해 볼 수 있는 사람이 결코 아니었으므로.

第二章
장삼(張三)

1

'적당하다!'

적당한 키에 적당한 체형, 그리고 못생기지도 잘생기지도 않은 적당한 얼굴 생김새를 지닌 그에 대해서는 그렇게 표현하는 것이 가장 잘 어울렸다.

그렇다고 그가 그저 그런 평범한 얼굴이라는 건 또 아니다.

뭐랄까?

얼굴만 놓고 보더라도 하나하나 뜯어보자면 그저 그런 평범한 이목구비이긴 한데, 전체적으로 보면 또 묘하게 구색이 맞고 조화를 이루는 데가 있어서 제법 매력 같은 것이 느껴지는, 적어도 쉽게 지겨워질 것 같은 얼굴은 아닌, 그래서 또한 참으로 '적당하다'고 표현하는 것이 잘 어울리는 딱 그런 얼굴이었다.

그의 이름은 장삼이었다.

그리고 그는 지금 마방으로 가는 길이었다.

2

열 살 남짓쯤 되었을까?

고만고만한 아이들 대여섯 명이 우르르 모여 있었다.

녀석들은 지금 사내 하나를 놀려대고 있는 중이었다.

"야, 이 못생긴 괴물아!"

"추괴야! 추괴야!"

"야, 이 바보천치야!"

"추괴야! 추괴야!"

길에 바로 접해 있는 텃밭에서 거름을 주고 있는 사내는 바로 추괴였다.

아이들은 마치 악머구리 떼와 같았다.

한 아이가 소리쳐 선창하면, 다른 아이들은 '추괴야! 추괴야!'를 따갑도록 외쳐 댔다.

추괴는 전혀 반응을 보이지 않고 묵묵히 제 할 일만 하고 있었다.

그러자 아이들은 점점 밭 안으로까지 들어가서 더욱 성가시게 악을 써댔다.

인접한 다른 밭에는 청년 서넛과 늙은이 하나가 있었다.

일하던 중에 잠시 휴식을 취하고 있는 모양새들인 그들은, 아이들이 추괴를 놀리는 광경을 그저 구경만 하고 있었고, 말릴 생각 같은 것은 조금도 없어 보였다.

게다가 청년들은 이따금씩 피식거리며 웃기도 하였는데, 그럼으로써 그들은 그런 광경에 대해 상당히 익숙해 보이는 데가 있었다.

　"이 녀석들!"

　난데없는 호통 소리에 아이들의 악다구니가 대번에 뚝 끊어졌다.

　호통을 친 이는 바로 장삼이었다.

　아이들과 어른들에게 모두 낯선 존재인 장삼이 자못 기세등등하게 눈을 부라리자, 아이들은 대번에 주눅이 들고 마는 모습들이 되었고, 어른들은 다소간 떨떠름해하는 것 같으면서도, 그러나 곧바로 뭐라고 반응을 하기는 또 껄끄럽다는 모양새들이었다.

　"네놈들은 집에 어른도 안 계시느냐? 삼촌 같은 이를 함부로 놀리다니, 도대체 어디서 배워먹은 버르장머리들이냐?"

　장삼이 짐짓 주먹까지 흔들어 보이자, 순간 아이들은 '와아!' 하고 소리를 지르면서 냅다 도망을 쳐버렸다.

　장삼은 쓴웃음을 짓고 말았다.

　아이들 때문이 아니라 와중에도 무슨 일이 있었느냐는 듯이 묵묵히 제 할 일만 계속하고 있는 추뇌의 모습을 힐끗 보고서였다.

　그때였다.

　지켜보고 있던 청년 중의 하나가 성큼성큼 밭을 가로질러 장삼에게로 오더니 '쓱!' 하고 아래위를 한번 훑고는 대뜸 큰 소리로 따지고 들었다.

"댁은 뉘신데 다짜고짜 우리 동네 아이들을 혼내는 것이오?"

장삼이 잠시 어이없다는 표정을 짓고는 곧장 마주 따졌다.

"다짜고짜라니? 무슨 말이 그렇소? 그럼 아이들이 함부로 어른을 놀리는 것을 보고도 가만히 두어야 한다는 것이오?"

그런데 청년이 처음에는 장삼의 체격이 그다지 크지 않은 데 대해 만만하게 본 모양이더니, 장삼이 막상 정색으로 인상을 굳히고서 카랑카랑한 목소리로 마주 따지고 들자 주춤 기세가 꺾이고 마는 모습이었다.

그러자 근처에 와 있던 나머지 청년 셋이 한꺼번에 우르르 다가들며 기세를 돋우었다.

"뭐야, 당신?"

"누군데 남의 동네에 와서 함부로 시비야?"

그러나 장삼이 조금도 지지 않고서 마주 눈을 부라렸다.

"이 사람들이 지금 누구한테 막말이야?"

장삼이 작정하고서 다부지게 나가자, 청년들은 움찔하는 기색들이 역력하였다.

그러나 빠르게 서로의 눈치를 맞춘 청년들이 일제히 팔뚝을 걷어붙이는데, 숫자로 밀어붙여 한바탕 몰매라도 가할 듯한 기세들이었다.

그때였다.

"그만들 하게!"

걸걸한 호통 소리였다.

멀찍이 서서 지켜보고 섰던 노인은 청년들에게 호통 친 데 이어 장삼을 향해서도 타이르고 나무라듯이 말했다.

"그쪽도 이 동네 사정을 알지 못하면서 그리 함부로 나설 일은 아닐 것이니, 그냥 가던 길이나 가도록 하게."

장삼이 뭐라고 대꾸할 분위기는 또 아니어서 그냥 묵묵히만 있자, 청년들 또한 마지못한 듯이 장삼을 한 번씩 쏘아보고는 짐짓 사나운 걸음으로 가서 괭이며 연장들을 챙겨서는 우르르 몰려가 버렸다.

이어 노인 역시도 장삼에게 마땅찮다는 눈길을 한 번 더 주고는 청년들을 뒤따라 가버리는 것이었다.

장삼이 멀거니 그들의 뒷모습을 보고 있는 중인데, 그때 거름 주는 일을 다 마쳤는지 추괴가 지게를 어깨에 걸쳐 메고는 성큼성큼 밭을 나왔다.

이어 추괴는 장삼에게 눈길 한번 주지 않고서 내처 길을 따라가 버리는 것이었다.

"나 참, 누구 때문에 이 사달을 벌였는데, 고맙다고는 못할망정 그냥 횡하니 가버리나?"

장삼이 어이없어 중얼거렸으나 들어주는 이도 없는 마당이라 어깨를 한번 으쓱하고는 그 역시도 길을 따라 걷기 시작했다.

한참을 걷다가 앞쪽에서 걸어가던 추괴가 갈랫길에서 오른쪽으로 꺾어드는 것을 보고 장삼이 걸음을 재촉해 따라붙으며 소리쳤다.

"이보시오! 이쪽이 마방으로 가는 길이 맞소?"

추괴가 힐끗 뒤를 돌아보았다. 그러나 그는 아무 대답 없이 다시 고개를 돌리고는 계속 걸어갔다.

장삼은 습관처럼 어깨를 으쓱했다. 그러나 그 역시도 다시 묻지는 않고 묵묵히 추괴의 뒤를 따랐다.

3

마방에 들어섰을 때 가장 먼저 장삼을 반긴 것은 냄새였다.

쿼쿼한 말똥 냄새!

장삼이 말과 접해본 적이 없는 것은 아니지만, 마방으로 들어서자마자 확 풍겨와 콧속으로 돌진해 드는 그 독특한 냄새는 그로 하여금 일시 숨이 콱 틀어 막히는 느낌이 들게 할 정도로 진하고도 강렬했다.

"신입 역부로 발령받은 장삼이라고 합니다!"

장삼의 씩씩한 인사에 마방의 책임자 장 노사는 사람 좋은 웃음으로 반겼다.

"어서 오게. 그렇지 않아도 내당(內堂)의 연락을 받고서 기다리고 있던 중일세."

장 노사는 육십 줄은 훌쩍 넘겨 보였는데, 이마에 굵게 파인 세 가닥의 주름이 사뭇 푸근한 인상이었다.

"이쪽은 조상간일세."

장 노사의 소개에 사십대 초반쯤의 제법 건장한 체구를 지닌 장한이 누렇게 변색된 이를 드러내며 웃어 보였다.

"편하게 그냥 형님이라고 불러."

짐짓 친근한 체했지만, 조상간에 대한 첫인상은 그다지 좋지가 않았기에 장삼은 그저 모호하게 까딱 고개만 숙여 보였다.

"그리고 이쪽은 양철."

조상간과 비슷한 나이대의 다른 장한 하나가 희미한 웃음기를 피워 올리며 가볍게 한 손을 들어 보이는데 왠지 건들거리는 느낌이다.

"마지막으로 이쪽은 추괴."

유일하게 구면인지라 장삼이 짐짓 반가운 체를 했다.

"앞으로 잘 좀 부탁합시다."

그러나 장삼의 인사에 대해 추괴는 들은 체를 하지 않고 슬쩍 시선마저 피해 버리는 것이었다.

장삼이 당황스러워할 때였다.

조상간이 피시시 웃으며 자신의 머리를 가리켰다.

"쟤는 이게 좀 낮아. 그리고 말을 알아듣기는 해도 할 줄은 모르니까 신경 쓰지 말라고."

"아, 예."

왠지 편치 않은 조상간의 친절에 장삼이 대충 대답을 얼버무리는데, 장 노사가 조상간에게 힐끗 눈총을 주고는 다시 장삼에게 말을 건넸다.

"그런데 자네."

"예, 노사."

"마방 일이 어떤 것인지에 대해서는 좀 아는 게 있나?"

"예? 아, 예. 그게… 마방 일에 대해 안다기보다는 그냥 말을 좀 다룰 줄은 압니다."

장 노사가 가볍게 실소하며 반문했다.

"말을 다룰 줄 안다고? 어떻게 말인가?"

"예? 아, 뭐… 그냥 몇 번 타본 적이 있어서……."

"뭐라고? 허허허!"

장 노사가 이윽고는 어이없다는 듯이 소리 내어 웃었다. 그리고는 장삼의 어깨를 가볍게 툭 치며 말했다.

"마방의 일이란 게 하잘것없기는 해도 막상 해보면 그리 쉽지만은 않다네. 그러니 자네는 우선 하나씩 일을 배우는 것부터 시작하는 게 좋겠어. 뭐, 그렇다고 해서 특별할 것은 또 없으니 그저 한동안 여기 추괴를 따라다니도록 하게. 그러다 보면 저절로 일에 익숙해지게 될 테니까 말일세."

이어 장 노사는 조상간과 양철에게도 따로 당부를 했다.

"이곳 마방까지 흘러온 다음에야 누구 할 것 없이 다 고달픈 처지들이 아니겠는가? 하니 장삼이 적응할 때까지는 자네들도 신경을 좀 써주도록 하게."

장 노사가 자리를 뜨자마자 추괴는 곧장 쇠스랑을 집어 들었다. 그리고 옆 칸의 마구간으로 가더니 바닥의 오물을 치우기 시작했다.

장삼이 방금 장 노사의 지침을 받은 터라 썩 내키지는 않는 걸음으로 추괴에게로 가려 할 때였다.

"어이, 동생!"

조상간이 그를 불러 세웠다.

"예?"

"동생은 우리랑 가세."

"하지만 장 노사께서 추… 형에게 일을 배우라고……."

장삼이 머뭇거리자 양철이 짐짓 호탕하게 웃으며 끼어들었다.

"하하하! 마방 일이 뭐 별게 있다고 배우고 말고 할 게 있겠어? 그냥 한 며칠 지내다 보면 다 저절로 알게 되는 거지. 그리고 첫날이고 하니까 우리에게 이런저런 얘기를 듣는 편이 훨씬 더 배울 게 많을걸."

그런데다 장삼이 첫날부터 감히 고참들의 말을 무시할 수는 없어서 엉거주춤 두 사람을 따라나섰다.

조상간과 양철이 하는 얘기들은 대개가 실없는 것들이었으나, 개중에 간혹 장삼이 참고로 할 만한 얘기들이 있긴 했다.

마방의 말은 총 사십여 마리나 되는데, 그러나 그중 이십여 마리 정도는 거의 항상 표행에 동원이 되므로 마방에서 일상적으로 관리하는 말은 대략 이십여 마리 정도라고 했다.

장삼이 잘은 알지 못하지만, 대충 짐작해 보기에 사람 넷—이제는 그까지 쳐서 다섯이지만—이 말 이십여 마리를 감당하기는 그리 녹록하지 않으리라는 짐작이 들었다.

그런데다 책임자인 장 노사가 직접 일손을 보탤 것 같지는 않고, 디히어 조상간이나 양철 역시도 충실하게 각자의 몫을 담당하리라고는 영 믿어지지가 않았다.

'그렇다면 추괴 혼자서 일을 도맡다시피 하고 있는 것인가?'

장삼이 흘깃 놀아보니 저쪽 미구간에서는 추괴가 한창 일에 열중해 있는 중이었다.

4

장삼이 며칠간 지켜보자니 마방의 일은 그가 처음에 짐작했던 것보다는 훨씬 다양하고도 많았다.

그가 추괴를 따라다니며 본 것만 해도 그랬다.

때맞추어 말들의 먹이 챙기기,

배설물 치우고 마구간 청소하기,

마구간에서 나온 배설물로 거름 만들기,

그 거름을 지게로 져다 정원이나 밭에다 뿌리기,

말 털 빗겨주기,

말 목욕시키기,

말 운동시키기,

질병이 있는지 관찰 및 진단하고 병든 놈 치료하기 등등…….

게다가 이십여 마리 말은 다시 암놈과 수놈, 새끼와 어미, 늙은 놈과 젊은 놈, 순한 놈과 거친 놈 등등으로 각양각색이었으니, 그 각각의 사정과 형편에 맞추어 돌보아야 할 일들이 다시 세분화가 되었다.

그처럼 복잡하고도 많은 일을 실질적으로는 추괴 혼자서 거의 다 감당하다시피 하고 있는 것이었다. 불평 한마디 없이 묵묵하게.

사실 추괴가 일을 하기는 참 잘하는 것 같았다.

마른 체구임에도 불구하고 일할 때 보면 그는 가히 장사라고 해도 좋을 만큼 힘이 좋았다. 두세 사람이 힘을 모아서 지고, 밀고, 끌어야 할 일들을 그 혼자서 너끈히 해내니 말이다.

그러나 며칠간 가까이에서 추괴를 지켜보면서 장삼은 때때로 분노를 느끼지 않을 수 없었다.

추괴에게 자행되는 괴롭힘에 대해서였다.

몇 사람 되지도 않는 마방 내에서 수시로 일어나는 그 같은 괴롭힘은 바로 조상간과 양철에 의해서였다.

내내 빈둥거리며 놀기만 하는 그들 두 사람의 유일하다시피 한 일이 있다면 그건 바로 추괴를 괴롭히는 일이었다.

별다른 이유도 없었다. 짜증난다고, 괜한 화풀이로, 심지어는 심심하다는 이유에서였다.

그러나 장삼이 그런 광경을 몇 차례나 보고 난 다음에는 조상간과 양철에 대해서보다는 오히려 추괴에 대해서 더한 울화를 가지게 되었다.

추괴는 참으로 둔하고도 미련해 보였다.

오로지 일만 할 줄 알았지, 도무지 말이 안 될 만큼 억울한 상황을 당하고 있으면서도 반발은커녕 화조차 낼 줄 모른다는 점에서 그랬다.

더욱이 일할 때 보여주는 추괴의 완력이라면 조상간이나 양철에 비해서 못할 것도 없을 터인데도 마치 고양이 앞의 쥐처럼 찍소리조차 못하고 당하고만 있으니 장삼이 그저 지켜보는 입장일 뿐이다 하면서도 순간순간 울화가 치밀어 오르는 것이었다.

어찌 보자니 추괴는 괴롭힘을 당하는 데에 아예 이력이 나 있는 것 같기도 했다.

좀 심하게 당해서 허리를 제대로 못 펴고 다리를 절뚝일 정도가 되었더라도 다음날 아침이면 무슨 일이 있었느냐는 듯이 멀쩡한 모습으로 다시 일을 하는 것이었다.

더욱이 얼굴과 온몸이 온통 흉터로 뒤덮이다시피 하였으니,

웬만큼 맞아서는 흔적조차 남지 않았다.

5

'추(醜)하다고 하는 것까지는 어쩔 수 없겠지만, 그처럼 순하고 성실하게 살아가는 사람에게 괴(怪) 자(字)까지 붙이는 것은 참으로 마땅하지가 않다.'

마음 한편에 그런 심정을 가지고 있던 장삼이 드디어 추괴에게서 '괴' 자를 달아야 할 이유가 될 수도 있겠다 싶은 한 가지를 발견한 것은 그가 마방에 온 지 열흘쯤 지났을 때였다.

하루 종일 손에서 일을 놓지 못하는 추괴였지만, 잠깐씩이나마 짬이 생길 때가 없지는 않았다.

이를테면 점심을 먹고 난 다음의 짧은 휴식 시간 같은 때였는데, 다른 사람들은 어디 등이라도 기댈 만한 곳을 찾아서 장소 불문하고 잠깐 눈을 붙이기도 하는데, 추괴는 그 짧은 동안마다 어디론가 사라지곤 했다.

처음에 장삼은 추괴가 조상간과 양철의 찝쩍거림을 피하려고 그러는가 보다 여겨 그저 측은히만 생각하였다.

그러나 추괴의 그런 모습이 몇 번이나 눈에 띄기에 하루는 장삼이 문득 호기심이 생겨 슬쩍 그 뒤를 따라가 보았던 것인데, 바로 그때 추괴의 사뭇 특이한 모습을 발견하게 된 것이다.

추괴는 눈에 잘 띄지 않는 작고 깊숙한 구석에 들어가 잔뜩 움츠린 채로 꼼짝도 하지 않고 있었다.

그런 그는 마치 꽉 끼는 틈새에 단단히 틀어박힌 돌멩이처럼

보였다. 정말이다. 그는 아예 숨을 쉬는 기척조차 없이 그대로
한 개의 돌이 되어버린 듯했기에 장삼은 혹시 그가 그대로 죽어
버린 것이나 아닌지 의심이 들었을 정도다.

그러나 장삼은 알고 있었다. 일부러 하려고 해도 그렇게 꼼짝
도 없이, 더욱이 아무런 기척마저 내지 않고 있기가 결코 쉬운
일은 아니라는 것을.

그래서 특이하다고 느낀 것이다.

6

장삼이 추괴의 또 한 가지 특이한 모습을 발견한 것은 다시
며칠이 더 지나 그가 마방에 들어온 지 대략 보름여가 되었을
즈음이다.

그가 한밤중에 어쩌다 잠이 깨고 보니 시각은 이미 자시를 한
참 넘겨 막 새벽으로 접어드는 모양 같았다.

그런데 한번 깬 잠이 다시 쉬 들지 않는데다 창틈으로 스며드
는 달빛이 참으로 좋아서 장삼은 자리에서 일어나 방을 나섰다.

세상 만물이 다 고요히 잠들어 있는데, 끝없이 광활한 밤하늘
에 휘영청 뜬 만월이 참으로 감난할 만하였다.

언뜻 당대의 시인이라도 된 듯싶은 감회가 일기에 장삼은 회
랑(回廊)을 따라 천천히 걸어보기로 했다.

회랑은 사십여 개가 넘는 마구간들을 따라 좁고 길게 이어져
있었다.

그런데 장삼이 천천히 거닐며 마구간을 스무 칸쯤이나 지났

을 때다.

완만히 휘어져 돌아 나간 건너편의 한 마구간 안에서 언뜻 무언가가 움직이고 있는 듯한 느낌이 있었다.

반사적으로 발소리를 죽이고 회랑의 그림자를 따라 몸을 숨기며 다가간 장삼은 비어 있는 마구간 안에 우뚝 서 있는 사람 하나를 볼 수 있었다.

그리고 놀라지 않을 수 없었다.

추괴였다.

더욱이 추괴의 모습은 장삼이 지금까지 전혀 상상조차 해보지 못했던 것이었다.

'설마 검술을 연마하고 있단 말인가? 그가?'

추괴는 지금 손에 길쭉한 물체 하나를 들고서 천천히 움직이고 있는 중이었다. 마치 검초(劍招)를 펼치는 것처럼.

그러나 장삼은 이내 확인할 수 있었다, 그것이 검이 아니라 다만 길쭉한 나무막대기에 불과하다는 것을.

또한 추괴의 움직임이 어떤 초식을 펼친다고 하기에는 너무도 단순하다는 사실을.

반듯하게 가로 긋는 횡일로(橫一路)!

똑바로 내리긋는 종일로(縱一路)!

우 상단에서 좌 하단으로 비스듬히 그어 내리는 좌사일로(左斜一路)!

다시 반대로 좌 상단에서 우 하단으로 비스듬히 내리긋는 우사일로(右斜一路)!

장삼이 잠시 지켜보자니 추괴가 나무막대기로 펼쳐내는 동작은 그게 다였다.

물론 그것들에 무슨 무슨 '로(路)'니 하고 하나하나 이름을 붙인다는 것은 다분히 어색하고도 쓸데없는 짓일 터였다.

'십팔(十八) 자(字)인가?'

문득 생각해 내곤 괜스레 우스워졌기에 장삼은 소리없이 피식 웃고 말았다.

그랬다.

추괴의 그 단순한 몸짓은 마치 허공에다 십팔 자를 반복적으로 그려내고 있는 것 같았다.

장삼이 숨어 지켜보는 중에 추괴의 십팔 자 그리기는 끊임없이 반복되었다. 그렇게 밤을 지새우고 말 듯이.

그러나 장삼은 추괴를 방해할 생각은 조금도 들지 않았다.

그러기에 추괴의 모습은 너무도 진지해 보였다.

추괴는 온 정성을 다하듯이 허공에다 한 획 한 획 그어 나가고 있었다.

혹은 무언가 보다 크고 복잡한 무형의 그림을 완성시키기 위해 한 땀 한 땀 촘촘한 가상의 그물을 지어 나가는 것 같기도 했다.

시간이 흐를수록 장삼 스스로도 진지해져 가고 있었다. 아니, 그는 모르는 사이에 추괴의 진지함에 함께 빠져들고 있는 중이었다.

어느 순간쯤에 장삼은 문득 그런 생각을 해보았다. 어쩌면 추괴가 지금 완전한 몰입 상태에 있는지도 모르겠다고.

7

장삼이 발견한 추괴의 특이한 점들에 대해 마방의 다른 식구들 중에서는 누구도 알지 못하는 것 같았다.

그럼으로써 장삼은 갑자기 추괴와 훌쩍 가까워진 듯한 느낌이었다.

장삼이 단순히 추괴의 곁을 따라다니던 것에서 진일보(進一步)하여 아예 팔을 걷어붙이고 본격적으로 추괴의 일을 돕기 시작하자, 처음에는 뚱한 표정으로 지켜보던 조상간과 양철은 이내 영 못마땅하다는 기색을 드러냈다.

조상간과 양철이 이윽고는 자신과 추괴를 한데 묶어서 슬슬 괴롭히기 시작했지만, 장삼은 일단 그냥 감수하기로 했다.

사실 장삼도 성질이 있다면 있는 사람이었으니, 조상간과 양철 정도를 무서워하는 것은 결코 아니었다.

다만 기왕에 추괴와 좀 더 가까이 지내보기로 작정을 한 바이니, 그가 겪는 고초까지도 오롯이 한번 공감해 보자는 생각이었다.

물론 길게 참아낼 자신까지는 없었지만 말이다.

8

장삼이 며칠간을 마구간도 함께 치고 곳곳의 정원이며 밭으로 거름을 져 나를 때에도 열심히 따라다니고 했는데도, 추괴는 때때로 별 의미 없어 보이는 웃음만 지을 뿐 대개는 아무 감흥이 없는 듯한 모습이었다.

그런 까닭에 장삼은 남들이 보았으면 이상하다 할 버릇 같은 게 한 가지 생기고 말았다. 곧, 추괴의 반응이 있든 말든 상관하지 않고서 그저 생각나는 대로의 얘기들을 혼자서 툭툭 뱉곤 하게 된 것이다.

그런데 지금 장삼은 깜짝 놀라고 있는 중이었다.

"글을 알았던가?"

비록 땅바닥에다 그리듯이 쓴 간단한 문장에 불과했지만, 추괴가 글로써 자신의 의사 표현을 해오리라고는 장삼은 상상조차 하지 못한 일이다.

어쨌든 그렇게 해서 장삼은 드디어 추괴와의 소통의 물꼬를 튼 셈이었으니, 우선은 그가 가장 궁금해하던 것부터 질문을 쏟아냈다.

"추 형, 매일 밤마다 빈 마구간에서 혼자 무얼 하는 거요?"

그런데 망설이는 기색도 없이 대번에 그려낸 추괴의 필답은 다시금 장삼을 놀라게 만들기에 충분했다.

검과 친해지기!

장삼이 잠시 멍한 기분이 되고 나서야 다시 물었다.

"어떻게 말이오?"

장삼의 그 질문이 사뭇 단도직입적이었던 때문인지 이번에 추괴는 잠시 머뭇거리고 나서야 다시 필답을 내놓았다.

일체 되기!

이번에도 장삼은 여지없이 흠칫 놀라고 말았다.

그가 애써 놀람을 추스르며, 아니, 불쑥 치솟아 오르려는 흥분까지를 억누르며 물었다.

"일체라면, 하나가 된다는 것인데… 하면 추형은 검과 하나가 되고자 한단 말이오?"

그러나 그렇게 묻고 나서도 장삼은 막상 추괴가 그렇다는 대답을 하리라고는 기대하지 않았다. 아니, 그런 대답을 기대하는 것 자체가 너무나 지나친 일이었다.

그러나 그 순간 추괴는 고개를 끄덕였다. 아무렇지도 않게.

"허!"

장삼은 저도 모르게 탄식을 뱉고 말았다.

"후우!"

다시 한 번 길게 한숨을 내쉬고 나서야 장삼은 실속 없이 한껏 들떠 버린 스스로의 흥분을 어느 정도 가라앉힐 수가 있었다. 그리고 추괴와의 첫 대화는 일단 이쯤에서 마무리하는 것이 좋겠다는 생각을 했다.

9

장삼이 추괴와의 공감대를 보다 확연하게 넓힐 수 있었던 건 바로 그 '십팔 자' 덕분이었다.

사실 추괴는 장삼이 그의 '검과 친해지기'를 지켜보고 있다는 걸 진작부터 알고 있었던 것 같다.

그런데도 추괴가 그것을 멈추거나 혹은 다른 방도를 강구하거나 하지 않았던 것은, 그가 자신에 대해 어느 정도라도 호감 내지는 친밀감을 느낀 때문이 아니었을까 하고 장삼은 나름대로 해석을 했다.

그리고 그것을 근거로 장삼은 추괴에게 한 걸음 더 가까이 다가설 작정을 내볼 수 있었던 것이다.

곧, 약간의 개입 내지는 간섭을 해보기로 한 것이다.

물론 걱정이 되긴 했다.

아무리 의미 없고 보잘것없는 몸짓에 불과하더라도 추괴가 그것에 대해 보이는 진지함만으로도 그 '검과 친해지기'는 그에게 더없이 소중할 터인데, 타인이 섣불리 개입하여 간섭을 하려고 한다면 추괴의 입장에서는 모독이나 조롱으로 받아들이기 쉽지 않겠는가?

"거기에다 몇 가지 변화를 더 추가해 보는 것은 어떻겠소?"

그렇게 말하며 장삼이 불쑥 나섰을 때, 추괴는 별로 놀라는 기색도 없이 하고 있던 동작을 순순히 멈추었다.

추괴의 흉터투성이 얼굴에서는 도저히 표정조차 짐작해 볼 수가 없었기에 장삼은 말하고자 하는 바를 최대한 빠르게 쏟아냈다.

"그러니까 말이오, 이건… 이를테면 역십팔자법(逆十八字法)이라고 할 수 있을 것인데… 그러니까 추형이 원래는 이렇게… 횡(橫), 종(縱), 우사(右斜), 좌사(左斜)로 십팔 자를 그리지 않았소?"

허공에다 궤적을 그려내는 장삼의 손을 주시하는 추괴의 눈빛이 반짝하고 빛났다.

　그것을 보고서야 장삼이 안도하며 짐짓 차분하게 말을 이어냈다.

　"내 생각은 거기에다 이렇게… 역횡(逆橫), 역종(逆縱), 역우사(逆右斜), 역좌사(逆左斜)의 네 가지 변화를 추가해 보면 어떻겠느냐는 거요. 그러면 한결 더 짜임새가 있어질 것이고, 나중에 익숙해지기만 한다면 이 여덟 가지의 조합으로 또 다른 변화들을 얼마든지 만들어낼 수 있는 것이니……."

　그러나 장삼은 더 이상 말을 이을 수가 없었다.

　추괴가 나무 막대기를 허공에다 그어대고 있었다.

　종!

　횡!

　우사!

　좌사!

　이윽고 장삼의 두 눈이 커졌다.

　역종!

　역횡!

　역우사!

　역좌사!

　"좋아!"

　장삼은 자신도 모르게 환호를 뱉어냈다.

　그리고 그는 다시 외쳤다.

　"한 번 더!"

그 말을 따르기라도 하는 것처럼 추괴는 다시금 나무 막대기를 그어갔다. 십팔 자에 이어 역 십팔 자까지.

두 번째 추괴의 동작들은 처음보다 한결 안정되고 자연스러웠다.

장삼은 그와 추괴의 사이가 오늘 밤 한 걸음이 아니라 한꺼번에 열 걸음쯤은 더 가까워졌다는 생각을 했다.

10

장삼은 또 한 가지 깜짝 놀랄 만한 추괴의 비밀과 맞닥뜨렸다. 어느 날 갑자기.

여느 때처럼 그날도 함께 십팔자법(十八字法)을 다듬어가는 중이었는데, 추괴가 느닷없이 한마디를 뱉어낸 것이다.

그것은 아무런 기미도 없다가 갑자기 뱉어낸 짧고 어눌한 소리에 불과했지만, 그래서 무슨 소리인지 알아듣기도 힘들었지만, 그러나 분명 말이었다.

추괴는 말을 할 줄 알았던 것이다.

다만 지금까지는 누구에게도 말을 하지 않아왔을 뿐인 것이다.

추괴가 말을 할 수 있다는 걸 안 다음부터 장삼은 가능하면 필담 대신 말로 그와 소통하고자 시도를 했다.

그러나 추괴는 역시 말을 하는 것에 대해 몹시 어려워했고, 때로는 완강하기까지 해서 그가 말을 하는 것에 대해 강한 거부감 같은 것을 가진 것은 아닌가 하고 여겨질 정도였다.

그런 데 대해 장삼은 추괴가 극단적으로 소심한 성격이거나,

혹은 자신의 처지에 대한 지독한 열등감, 또는 자괴감 같은 것을 가지고 있지 않나 하는 짐작을 해볼 뿐이었다.

11

추괴의 십팔자법은 나름의 완성도를 더해가고 있었다.

그런 중에 장삼과 추괴 사이의 소통의 깊이와 폭에도 상당한 진전이 있었다. 즉, 이제 장삼은 필담 외에도 제법 다양하게 추괴와의 소통 방식을 확보하게 된 것이다.

이를테면 눈을 깜빡이고, 이마를 찡그리고, 고개를 끄덕이고 가로젓는 등의 추괴의 표정과 몸짓들을 주의해 읽는 것만으로도 그의 간단한 생각과 마음 정도는 짐작할 수 있게 되었고, 거기에다 여전히 사뭇 어색하고 어설픈데다 기껏 짧은 단어의 조합에 불과하기는 하지만, 어쨌든 그의 말까지 더해지면 웬만큼 복잡한 의사소통까지도 크게 문제가 될 것은 없었다.

물론 그런 것은 어디까지나 장삼과 추괴 단둘만 있을 때에 한해서였다.

또한 그럼으로써 추괴와 그런 정도의 소통이 가능하다는 것은 어쩌면 장삼 스스로의 지나친 과장 내지는 혼자만의 착각인지도 모를 일이었다.

"아이고, 힘들어 죽겠네! 추 형, 우리 잠깐만 쉬었다 합시다!"

마구간을 치우던 중에 장삼이 쇠스랑을 내려놓으며 엄살조로 말했다.

그러나 그에 대해 추괴가 그저 씩하고 한번 웃어 보였을 뿐

하던 일을 계속했기에 장삼이 짐짓 목소리에 힘을 주어 다시 말했다.

"거, 잠깐 쉬었다 하자니까요?"

그제야 마지못한 듯 손을 멈춘 추괴가 사뭇 조심스럽게 입을 뗐다.

"저는. 괜찮. 쉬십."

잔뜩 쉰 듯한 목소리에 뚝뚝 끊어지기까지 하는 그 말투는 어눌하다 못해 처음 듣는 사람이라면 괴이하다고 할 법했다.

순간 장삼은 불쑥 짜증이 치밀고 말았다. 오늘따라 괜스레 말이다.

"거참, 추형은 사람이 어째 그렇소?"

장삼의 돌연한 정색에 추괴가 움찔하며 그 순한 두 눈을 크게 떴다.

"어떻게 된 게 걸핏하면 굽실거리기부터 하느냐는 거요?"

그랬다. 장삼이 불쑥 짜증을 낸 것은 바로 그런 때문이었다.

그와 추괴는 이제 마방에서, 아니, 용호장을 통틀어서도 가장 가까운 사이가 되었다고 해도 좋을 터인데, 그가 조금 목소리를 높였다고 해서 지레 주눅부터 들고 마는 추괴의 모습에 대해서인 것이다.

질책으로 들었던지 추괴는 감히 눈조차 마주치지 못하고 고개를 떨구었다.

"죄송."

순간 장삼은 다시금 화가 치솟는 것을 겨우 추슬러 눌렀다.

그리고 추괴의 저런 모습이 이미 굳어져 버린 그의 의식상의 문제이자 몸에 밴 습성일 터이니 결코 쉽게, 그리고 단기에 고쳐질 수 있는 문제는 아닐 것이라고 생각하며 장삼은 애써 밝게 표정을 바꾸었다.

"추형은 올해 몇이나 되었소?"

당황한 눈치인 중에도 잠시 생각해 보는 기색이더니 추괴는 조금 모호하게 대답을 했다.

"스물. 하나."

장삼이 짐짓 반색을 했다.

"어? 그렇소? 나하고 같네! 에이, 그럼 서로 간에 괜히 어색할 것 없이 이제부터 그냥 말 틉시다!"

"저는."

"거참, 말 트자니까!"

"......"

"어허! 그냥 친구 하자니까. 자, 따라 해보라고. 어이, 친구!"

추괴는 당황하여 어쩔 줄 몰라 하는 기색이었다.

그러나 장삼이 우격다짐이다시피 밀어붙이자 끝내는 따라 하고 말았다.

"어, 어이."

"그렇지! 어이, 친구!"

"어이. 친구."

"다시! 더 크게! 어이, 친구!"

"어이. 친구."

"하하하! 좋아! 아주 잘했어! 친구!"

第三章
마방쟁투(馬房爭鬪)

1

"개새끼들이 말이야, 몇 년 전만 하더라도 내 발 밑에서 빌빌
거리던 자식들이… 언제부터 그렇게 건방져졌대? 하! 가소로운
새끼들! 그래, 내 분명히 기억해 두마! 오늘 내 앞에서 뻣뻣하게
힘 들어가 있던 니들 모가지 말이다! 그리고 조금만 기다려라!
조만간 그 모가지들 콱콱 밟아줄 날이 있을 테니까! 니미랄! 그
런데 이놈의 마방부터 벗어나야 뭘 해도 하지! 에이, 이놈의 지
긋지긋한 냄새! 불이나 확 싸질러 버릴까 부다!"

양철의 부축을 받으며 돌아온 조상간은 밖에서 무슨 안 좋은
일이 있었던지 오늘따라 잔뜩 취한데다 심기까지 몹시 불편해
보였다.

그런데 그때 마침 늦게까지 마구(馬具)를 정리하고 숙소로 돌
아오던 추괴가 눈에 띄자 조상간은 대뜸 고함을 질렀다.

"야! 너!"

추괴가 멈칫 그 자리에 섰고, 조상간의 얼굴은 대번에 험악하게 변했다.

"저 괴물새끼 좀 보소? 야, 빨랑 이리 안 기어와? 이제는 너 같은 새끼까지 날 무시하냐?"

추괴가 잔뜩 위축된 모습으로 주춤주춤 다가왔다.

그러나 조상간은 기다리지 못하고서 양철의 부축을 뿌리치며 그대로 달려나갔다.

퍽!

발길질 한 번에 추괴는 그대로 바닥으로 나뒹굴었고, 잠시 제풀에 비틀거리던 조상칸은 쓰러진 추괴에게로 다시 달려들어 짓밟기 시작했다.

퍽!

퍼억!

양철은 바로 옆에서 지켜보고 있었다. 그러나 말릴 생각은 조금도 없어 보였고, 오히려 재미있는 구경이라도 한다는 듯이 빙글거리고 있었다.

새우처럼 몸을 만 채로 추괴는 저항의 몸짓은커녕 비명 소리조차 내지 못하고서 무지막지한 구타를 그저 감당하고만 있었다.

"죽어! 이 징그러운 괴물새끼야!"

조상간의 발길질은 점점 더 거칠고도 집요해졌다.

2

추괴가 당하고 있는 광경을, 이윽고 얼굴이 온통 피로 적셔지는 광경까지를 장삼은 줄곧 지켜보고만 있었다. 내심의 격동을 겨우겨우 억누르면서.

장삼은 지금 추괴가 스스로를 지키려는 최소한의 저항이라도 하기를 안타깝게 기다리고 있는 중이었다.

추괴는 당연히 그래야만 하는 것이다.

장삼이 처음 추괴에게 친구가 되자고 했던 건 사실 깊이 생각하고 한 말은 아니었다.

그러나 그때 이후로 장삼은 점점 더 진심으로 되었다. 추괴의 순수함에, 그리고 진지함에 대해 정말로 깊은 흥미를 느끼게 된 것이다.

나아가 장삼은 추괴에게서 묘한 위안 같은 것을 받기도 했다. 가장 힘겹고 고달프다고 해야 할 삶임에도 바보스러울 정도로 우직하게 나름의 최선을 다해 살아가고 있는 그에게서.

그런 이유 때문에라도 장삼은 지금 쉽사리 나설 수가 없었다. 지금 그가 너무 쉽게 나선다면 그건 동정일지언정 진성으로 추괴를 위하는 일은 아닐 것이라는 생각이다.

지금 추괴에게 가장 필요한 것은 그에게 가해지는 부당한 박해에 대해 그 스스로 저항을 하는 일이다. 적어도 저항하려는 최소한의 의지라도 가져야만 하는 것이다.

그리고 이제부터 그러한 의지를 조금씩이라도 쌓아 나갈 때만이 추괴는 이윽고 한 사람의 인간으로서 스스로의 존엄에 대해 깨닫게 될 것이고, 아울러 그런 깨달음이 있고 나서야 비로소 지금과는 확연히 달라질 그의 미래를 기대해 볼 수 있게 될 것이다.

3

"죽어! 죽어! 이 새끼야! 아주 죽어버려!"

이제 조상간의 발길질은 추괴의 얼굴에 집중되고 있었다.

쾍!

쾍!

피가 낭자했지만 조상간은 도무지 멈출 기색이 아니었다.

그런데 오늘따라 장 노사도 출타 중이었으니 말릴 생각 없이 지켜만 보고 있던 양철도 이제쯤에서는 이대로 두어서는 안 되겠다 싶어진 모양이다.

"조형, 이제 그만하시오. 그러다 사람 죽이겠소."

그러나 조상간은 이미 흥분이 극에 달한 모습이었다.

"말리지 마! 오늘 이 새끼 죽여 버리고 말 테니까 아무도 나 말리지 말라고!"

조상간의 몸짓에서는 이윽고 광기마저 비쳤고, 질린다는 듯이 양철은 두어 걸음을 뒤로 물러났다.

그때였다.

"야, 이 등신아!"

버럭 터져 나온 그 외침은 사뭇 날카로운데다 억눌린 분노까지 서려 있는 듯했다.

조상간이 반사적이다시피 멈칫하며 발길질을 멈추었다.

장삼이었다.

그러나 장삼의 분노는 조상간이 아닌, 피범벅인 채로 바닥에 널브러져 있는 추괴를 향해 있었다.

"너 정말로 등신이야? 어떻게 된 인간이 이딴 식으로 당하면서도 아예 저항할 생각조차 못해? 지렁이도 밟으면 꿈틀댄다더라! 그런데 넌 지렁이보다도 못한 인간이야?"

장삼이 다시 소리를 질렀지만, 추괴는 두 손으로 얼굴을 감싼 채 아무런 반응이 없었다. 다만 숨을 몰아쉬는 듯이 그의 어깨가 조금씩 들썩거리고 있었다.

그런데 그때였다.

조상간이 별안간 한 발로 추괴의 머리를 밟더니 힘껏 짓이기는 것이었다.

그런 채로 조상간은 장삼을 향해 느물거렸다.

"흐흐흐! 이 추물이 지렁이보다 훨씬 못하다는 걸 아직도 모르고 있었단 말이냐?"

순간 장삼은 상처 입은 맹수처럼 으르렁거렸다.

"야, 이 개새끼야!"

동시에 돌진해 나간 장삼은 온몸으로 조상간의 가슴을 들이받아 버렸다.

쾅!

"억!"

외마디 비명과 함께 조상간은 그대로 나가떨어졌다. 그리고는 충격 때문인지 취기 때문인지 일어나지 못한 채로 버둥거렸는데, 그러면서도 그의 입만큼은 여전히 거칠었다.

"야, 이 새끼야! 너도 오늘 한번 뒈져 볼래?"

장삼이 다시 덮쳐들었다.

"오냐, 이 개새끼야! 이참에 아주 죽여주마!"

그대로 조상간의 가슴 위로 올라탄 장삼이 주먹을 내리꽂기 시작했다.

퍽!

퍽!

퍽!

둘의 체격 차이는 상당했지만 조상간은 제대로 힘도 쓰지 못했고, 속수무책으로 몇 대의 주먹을 잇달아 얻어맞은 그의 얼굴은 금세 피투성이로 변했다.

"야, 장삼! 너 이 새끼, 지금 무슨 짓이야?"

잠깐 사이에 벌어진 그 일련의 사태에 대해 뒤늦게 파악이 된 듯이 양철이 그제야 소매를 걷어붙이며 달려오더니 곧바로 장삼의 어깨를 틀어잡았다.

그러나 양철은 제대로 힘도 써보기도 전에 놀란 소리부터 내질렀다.

"어, 엇? 뭐, 뭐야?"

양철이 졸지에 허공에 달랑 들어 올려지고 말았는데, 황급히 고개를 돌려본 그가 차라리 어이가 없다는 듯이 중얼거렸다.

"추괴……?"

그랬다.

바로 추괴였다.

비참한 몰골로 널브러져 있더니 어느 틈에 일어났는지 추괴가 양철의 몸통을 끌어안아 번쩍 들어 올리고 있었던 것이다.

"이 새끼, 이거 안 놔?"

양철이 거칠게 소리치며 온몸을 비틀어댔다. 그러나 그는 제대로 발버둥조차 치지를 못했다.

엄청난 완력이었다. 양철은 가슴뼈가 으스러지는 듯한 압박을 느꼈다.

추괴의 완력이 제법 대단한 줄이야 양철도 익히 알고 있는 바이지만, 그것은 다만 일할 때만 소용되는 것인 줄 알았다. 그런데 이렇게 직접 당하고 보니 그로서는 도무지 감당할 수 없을 정도였다.

추괴가 양철을 붙잡고 있는 사이에 장삼은 가차없이 조상간을 팼고, 이윽고 조상간은 저항의 몸짓조차 없이 그저 장삼의 주먹질에 따라 머리만 이리저리 흔들렸다.

"이, 이봐, 추괴! 이것… 좀 풀어… 주라!"

양철이 이윽고는 사정조가 되었으나, 추괴는 들은 척도 하지 않았다.

장삼이 완전히 널브러진 조상간을 내버려 두고 몸을 일으키고 나서야 추괴는 양철을 풀어주었다.

"후우!"

양철이 길게 한번 숨을 몰아쉬고 나서야 주춤주춤 조상간에게로 다가가 그의 몸을 흔들었다.

"끄응!"

된 신음 소리를 내며 겨우 깨어나는 조상간을 양철이 힘겹게 부축해 일으켰다.

"이… 새끼들……."

와중에도 조상간이 뭐라고 옹알대는 것을 양철이 다급하게
손바닥으로 입을 막았다.

4

"방금처럼 하는 거다. 이제부터는 네가 결코 바보가 아니란
사실을 확실하게 알려주란 말이다. 그래서 누구라도 널 쉽게 건
드리지 못하게 만들란 말이다."

장삼의 말에 추괴는 멍하니 서 있기만 했다.

툭!

가볍게 추괴의 어깨를 건드리며 장삼은 문득 웃는 얼굴을 만
들었다.

"조상간이하고 양철 그 두 놈이 우리 눈치를 보며 슬금슬금
도망치는 거 봤지?"

그러나 추괴는 여전히 묵묵하기만 했다.

흉터 가득한 그 얼굴에서는 본래부터도 표정을 읽기 어려웠
지만, 지금 온통 피 칠까지 하고 보니 장삼은 추괴가 무슨 생각
을 하고 있는지 도무지 짐작조차 해볼 수가 없었다.

5

다음날.

마방의 풍경은 여전했다.

그러나 사실은 많은 게 바뀌어 있었다.

조상간과 양철은 감히 장삼과 눈을 마주치지 못했다.

얼떨결에 눈이 마주쳤을 때, 장삼이 슬쩍 한번 눈에 힘을 주는 것만으로도 그들은 흠칫 시선을 피해 버리곤 했다.

장삼에게 주눅이 들었더라도 내심의 울분을 참아내기는 어려웠던지 조상간은 장삼 몰래 추괴를 향해 주먹을 흔들어 보이기도 했다.

그런데 조상간의 그런 짓에 대해서는 추괴에 앞서 양철이 먼저 초조해하는 눈치였다.

사실 양철은 아직까지 조상간에게 말을 해주지 못하고 있었다. 어제 직접 당해보니 추괴의 완력이 정말로 대단하더라는 말을 수치스러움에 차마.

추괴 또한 이전과는 사뭇 달라져서 조상간의 위압에 대해 어떤 반항의 표시까지는 못하더라도, 최소한 지레 겁을 먹는 모습은 아니었다.

장삼은 모르는 체하였다. 그렇지만 자꾸만 빙글거리게 되는 것은 어쩔 수가 없었다.

6

쾅!

거친 발길질 한 번에 마방의 대문 빗장이 그대로 부서져 나갔다.

이어 대문을 박차며 십여 명의 패거리가 우르르 몰려들어

왔다.

난데없는 소동에 장삼과 추괴는 화들짝 잠에서 깨어났다. 그러나 그들이 미처 옷가지를 찾아 걸치기도 전에 왈칵 방문이 열어젖혀졌다.

"네놈이 장삼이냐?"

거칠게 위압하는 목소리에 장삼은 여지없이 움츠러들고 마는 모습으로 되었다.

"그렇소! 한데 무슨 일로……?"

"밖으로 나와라!"

장삼이 재빨리 옷을 챙겨 입고 방을 나서면서 멍하니 있는 추괴를 눈짓으로 추슬렀다.

추괴가 그제야 급하게 윗저고리에 팔을 꿰면서 장삼의 뒤를 따랐다.

"대체 무슨 일이기에… 한밤중에……?"

패거리들의 복장에서 그들이 내당 소속의 무사들이란 것을 진작에 알아보았기에 장삼이 놀람보다는 영문을 모르겠다는 얼굴로 물었다.

"네놈이 몇 푼어치도 안 되는 알량한 재간을 믿고서 감히 내 아우를 건드렸다고?"

패거리 가운데 기다란 말상[馬相]의 얼굴을 지닌 자가 목소리를 깔며 뱉었다.

"그게 무슨 말이오? 나는 당신이 누구인지도 모르는데, 어떻게 당신의 아우를 건드렸다는 것이오?"

장삼이 펄쩍 뛰며 받을 때였다.

옆방의 문이 슬며시 열리더니 두 사람이 천천히 밖으로 나왔다.

조상간과 양철이었다.

그 둘의 사뭇 느긋해 보이는 모습에서 장삼은 일이 어떻게 된 것인지 퍼뜩 짐작을 해볼 수 있었다.

장삼이 안쪽에 있는 장 노사의 방을 힐끗 돌아보았다. 그러나 그는 이미 알고 있었다, 웬만한 소란쯤에는 그 방문이 열리지 않으리라는 것을.

초저녁에 조상간이 웬일로 사 들고 온 홍주 한 병을 술이라면 사족을 못 쓰는 장 노사가 단숨에 비우고는 거나하게 취해 진작에 곯아떨어진 것이다.

'제기랄!'

장삼이 설핏 표정을 일그러뜨리고 마는데, 말상의 사내가 조상간을 돌아보며 물었다.

"아우, 이자가 자네를 핍박했다는 그자가 맞는가?"

조상간은 흠칫 당황스러운 모습이었다. 그렇게 대놓고 물어볼 줄은 미처 몰랐다는 듯이.

조상간이 슬그머니 고개를 끄덕여 보이자, 말상의 사내는 곧장 인상을 굳혔다.

"네놈이 어느 바닥에서 굴러먹다 온 놈인지는 모르겠다만, 여기는 용호장이다. 신입 역부 주제에 감히 겁도 없이 함부로 주먹을 휘둘렀으니 일단 그 죄부터 묻겠다. 어이!"

십여 명의 무사가 일제히 다가들었다.

장삼이 감히 대항할 엄두를 내지 못하고 황급히 뒷걸음질을 치는 와중에도 장 노사의 방 쪽을 향했다. 여차하면 장 노사의 방으로 뛰어들어서 뺨을 후려쳐서라도 그를 깨워볼 참이다.

그러나 장삼은 이내 멈칫 서고 말았다. 성큼 그의 앞으로 나서며 무사들을 가로막은 사람 때문이었다.

추괴였다.

무사들 역시 언뜻 당황스러워하는 듯이 보였다.

그러나 그들은 곧장 추괴에 대한 응징에 들어갔다.

"비켜라!"

선두에 선 무사가 호통 치며 그대로 주먹을 날렸다.

퍽!

추괴의 머리가 홱 돌아가며 대번에 코피가 터졌다. 그러나 그는 힘주어 버티며 장삼의 앞에서 비켜나지 않았다.

무사는 사뭇 당황스럽다는 기색이 되었으나, 이내 차갑게 외치며 다시금 주먹을 내질렀다.

"근데 이게 진짜로 죽으려고 환장을 했나?"

퍽!

퍼억!

잇따른 타격에 휘청거리면서도 추괴는 악착같이 버텨냈다. 악다문 이에서 그는 결코 비켜서지 않겠다는 각오로 보였다.

장삼은 알 수 있었다, 추괴가 다만 그를 지켜주고자 하는 것임을.

"멈춰!"

외치며 장삼은 그대로 몸을 날렸다.

퍽!

장삼의 비각(飛脚) 한 수에 가슴을 걷어차인 무사의 몸이 허
공에 붕 떴다가는 그대로 땅바닥에 내팽개쳐졌다.

　곧바로 무사들이 우르르 달려들었고, 주먹과 발길질이 난무
하는 속에서 장삼은 힘껏 추괴의 등을 떠밀었다.

　"도망쳐!"

　한 손으로 열 손을 당할 재간은 없는 것이니 도망치는 수밖에
없었다. 그리고 사실 추괴만 거치적거리지 않는다면 장삼이 혼
자서는 어떻게 해서든 상황을 모면할 자신이 있기도 했다.

　그러나 추괴는 끝내 뻗대며 도망치기를 거부했다. 우직한 건
지 미련스러운 건지, 추괴는 어쩔 수 없이 추괴였다.

　'제기랄!'

　장삼은 지그시 입술을 깨물었다. 뭔가 다른 수를 내야만 했
다.

　그런데 그때였다.

　텅!

　안쪽에서 방문 하나가 벌컥 열리더니 한소리 호통이 터져 나
왔다.

　"이게 대체 뭣 하는 짓들이야?"

　호통에서는 미처 깨지 못한 취기가 풍겼다.

　바로 장 노사였다.

7

　방을 나서는 장 노사는 약간 비틀거리고 있었다. 그러나 벌겋

게 충혈된 눈으로 한 바퀴 휙 둘러보는 것만으로도 그는 대강의 상황을 파악한 모양이다.

"자네는 수경단(守警團)의 유석전(柳碩詮)이 아닌가?"

장 노사의 시선을 받은 말상의 사내가 설핏 인상을 찡그렸다. 그러나 곤란하기보다는 다소간 껄끄럽다는 기색 정도로 보였다.

"한데 유석전 자네는 누구의 명령으로 지금 이 같은 소동을 벌리고 있는 것인가?"

장 노사의 말이 대뜸 다그치는 것으로 되자 말상의 사내 유석전이 인상을 펴며 짐짓 웃는 얼굴을 만들었다.

"장 노사, 여기에는 그럴 만한 사정이 있는 것이니, 노사는 그냥 모른 체하셔도 됩니다."

장 노사의 충혈된 눈에 언뜻 힘이 들어갔다.

"나더러 모른 체하라고? 이곳 마방을 책임지고 있는 노부더러 말인가?"

유석전이 문득 미소를 지웠다. 그리고 얼굴빛을 무겁게 바꾸었다.

"이거 왜 이러십니까? 그럴 만한 사정이 있다고 하지 않습니까?"

장삼은 그쯤에서 장 노사가 당연히 한발 물러설 것이라고 짐작했다. 장 노사에게서 뚜렷한 주관이나 더욱이 기개 같은 것을 기대할 수는 없는 노릇이니 말이다.

그런데 장삼의 짐작은 사뭇 빗나갔다.

"허허! 네가 누구의 뒷배를 믿고 이리 방자하게 나오는지 모르겠다만, 이곳이 마방인 이상에는 감히 네 맘대로 설칠 수는 없을 것이다!"

뜻밖의 호기(豪氣)였다.

유석전은 언뜻 당황스러운 기색이 되는 듯했다. 그러나 그는 이내 험악한 인상을 만들며 버럭 목소리를 높였다.

"정말 이럴 거요? 제기랄! 그래서? 내가 내 맘대로 설치겠다면 또 어떻게 할 거요?"

이어 유석전은 무사들을 향해 외쳤다.

"장삼이란 놈을 묶어라! 단(團)으로 끌고 간다!"

장 노사가 성난 몸짓으로 와서 장삼의 앞을 가로막았다.

"이놈들! 감히 누구 마음대로 마방의 사람을 건드리겠다는 것이냐?"

자못 당당한 호통이었다.

그러나 약간씩 휘청거리는 장 노사의 다리를 보면서 장삼은 아무래도 술기운 탓, 혹은 덕분이라는 생각을 해보지 않을 수 없었다.

"서두르지 않고 뭣들 하느냐?"

유석전의 채근에 무사들이 장 노사를 밀어제치며 우르르 달려들었다.

"멈춰라! 이놈들아!"

장 노사가 뒤에서 무사 하나의 옷자락을 움켜잡으며 고함을 쳤다. 그러나 곧바로 가슴을 떠밀리고는 그대로 나동그라지고 말았다.

"아이고! 이 흉악한 놈들이 늙은이를 치는구나! 아이고! 늙은

이 죽는다!"

장 노사가 바닥에 주저앉은 채로 고래고래 소리를 질러댔다.

그 틈에 장삼은 추괴의 팔을 가볍게 틀어잡았다. 일단은 이 자리를 피하고 볼 작정이었다.

그러나 다음 순간 장삼은 저도 모르게 가볍게 놀람의 소리를 뱉고 말았다.

"엇?"

제법 힘을 주어 끌어당겼음에도 추괴가 약간 기우뚱했을 뿐 곧바로 두 다리에 힘을 주며 굳건히 버틴 때문이다.

그러나 장삼이 그 놀람의 여운까지를 음미할 틈은 없었다.

"무슨 소동들이냐?"

나직하면서도 위엄이 깃든 그 호통은 언제인지 모르게 대문 안으로 들어서 있는 한 인물이 터뜨려 낸 것이었다.

그리고 그 인물을 발견하는 순간, 유석전을 비롯한 무사들 전부는 일제히 동작을 멈추고 머리를 숙였다.

"단주님!"

유석전은 설핏 당황한 모습이었다.

8

"이 늦은 시각에 여기까지 와서 도대체 무엇을 하고 있는 건가?"

묵직한 저음으로 유석전에게 묻는 이는 수경단의 단주인 윤걸(尹傑)이었다.

그러나 윤걸은 경위를 묻는 것이지, 딱히 수하를 나무라거나 질책하는 투는 아니었다.

잠깐 동안 유석전으로부터 자초지종을 보고받고 난 윤걸이 사람들의 뒤쪽에 숨듯이 서 있는 조상간을 불렀다.

조상간은 윤걸을 몹시 어려워하는 듯이 주춤주춤 앞으로 걸어나왔는데, 양철 또한 주춤거리며 그 뒤를 따랐다.

사실 조상간과 양철은 처음 용호장에 들어올 때는 역부가 아닌 무사로 지원을 하였고, 그리하여 한때는 수경단에 소속된 이력이 있는 자들이었다.

그러나 둘은 무술 실력이 따라주지 못하는데다 불성실하기까지 하여 얼마 지나지 않아서 수경단에서 방출되었고, 이후 역부가 되어 몇몇 부서를 거친 끝에 이윽고 마방까지 흘러들게 된 것이다.

"너로 인해 이 소란이 벌어졌다는 것이 사실이냐?"

"단주님, 그게… 그렇게 된 것이긴 합니다만……."

조상간이 기어드는 목소리인 중에도 말꼬리를 달려는 것에 대해 윤걸이 버럭 호통을 내질렀다.

"이런 못난 놈! 그래도 네놈이 한때나마 수경단에 적(籍)을 두었던 사로, 이렇게 마방의 역부에게까지 매를 맞고 다니는 처지로 전락하였단 말이냐? 그리고 그런 수모를 당하였거든 차라리 혀를 깨물고 죽지는 못할망정 부끄러운 줄도 모르고 이런 소란을 일으켜?"

"용서해 주십시오, 단주님! 하지만……."

황급히 머리를 숙이면서도 다시금 말꼬리를 붙이는 조상간에 대해 윤걸이 차라리 한심하다는 듯이 혀를 찼다.

"쯧! 구차스럽게 또 무슨 변명이 남았더냐?"

조상간이 급히 장삼을 가리켰다.

"저놈은 정말로 보통 놈이 아닙니다."

"허허! 그걸 지금 변명이라고 지껄이고 있느냐?"

윤걸이 돌아보지도 않고서 차라리 실소하고 마는데, 조상간의 곁에 같이 섰던 양철이 얼른 거들었다.

"조형의 말은 사실입니다. 더욱이 저놈과 추괴가 함께 조형에게 덤볐기 때문에 조형으로서는 당할 수밖에 없는 상황이었습니다."

"에라, 이 졸렬한 인사들아! 추괴라니? 어디 걸고넘어질 데가 없어서 추괴란 말이냐?"

윤걸이 버럭 고함을 지르고 말 때, 유석전이 슬쩍 나섰다.

"제가 조가의 얘기를 자세히 들어보건대, 저 장삼이란 놈이 어디에서 간단한 권장법 몇 수를 훔쳐 배우기는 한 모양입니다. 그러니 놈이 그 알량한 재주를 믿고서 장에 들어온 지 얼마 되지도 않은 주제에 함부로 사람을 치고 다닌다기에 잡아다가 한번 따끔하게 훈계를 하려던 것이었습니다."

윤걸이 그제야 장삼 쪽으로 힐끗 눈길을 주었다.

그러나 그는 곧 시큰둥한 듯한 표정으로 되며 윤석전에게 물었다.

"그래서… 이제 어찌할 참인가?"

"처음의 뜻대로 저 장삼을 본단으로 끌고 가 조직의 기강과 질서에 대해 약간의 훈계를 좀 할까 합니다."

"그래?"

윤걸이 짧게 반문하고는 이내 다시 가볍게 고개를 끄덕여 보였는데, 곧 윤석전의 말에 대한 수긍의 표시였다.

시종 어정쩡한 모습으로 보고 있던 장 노사가 성큼 나선 것은 그때였다.

"이보시오, 윤 단주!"

윤걸은 짐짓 두 눈을 크게 떠 보였다, 마치 그제야 장 노사가 이 자리에 함께 있는 것을 알게 되었다는 듯이.

사실 장 노사는 용호장의 창건 때부터 지금까지 평생을 용호장에서만 지낸 인물이었다.

하여 장주를 비롯한 장의 고위직 중 그와 이런저런 크고 작은 인연이나 친분을 하나씩이라도 가지지 않은 사람은 없다고 할 수 있었으니, 특별한 능력이나 이렇다 할 그간의 공적도 없는 장 노사가 지금 마방의 책임자 노릇이라도 하고 있는 건 바로 그런 덕분이라고 볼 수 있었다.

그러나 그렇다고 하더라도 조직의 체계와 기강은 어디까지나 엄연해야 한다는 것이 윤걸의 소신이었다.

"아, 장 노사! 그래, 무슨 하실 말씀이 있으시오?"

짐짓 존중해 준다는 듯한 윤걸의 말에 장 노사는 언뜻 단호한 기색으로 되었다.

"조상간과 장삼 등은 다 마방 소속이오! 하니 저들 사이에 무슨 문제가 있어 그 시시비비를 가려야 하는 것이라면 그 일차적인 소관은 어디까지나 마방의 책임자인 이 사람에게 있는 것이오! 한데도 이 사람과 아무런 협의도 없이 다짜고짜 마방의 사람을 수경단으로 끌고 가려 한다면 그것은 참으로 옳지 않소이다!"

윤걸의 얼굴에 언뜻 당혹스러운 기색이 스치는데, 눈치를 보고 있던 윤석전이 재빨리 끼어들었다.

"이 문제는 이미 마방만의 문제라고 할 수 없게 되었습니다. 저와 제 수하들 또한 이미 시시비비에 휘말리고 말았으니 말입니다."

그에 윤걸이 짐짓 표정을 굳히며 윤석전을 질책했다.

"그러게 자네는 애초에 왜 이런 사달을 만들었단 말인가?"

"죄송합니다, 단주님!"

윤석전이 얼른 허리를 숙이고는 다시 조심스럽게 말을 이었다.

"그러나 기왕에 일이 이렇게 되고 말았으니, 어쨌든 해결을 보지 않을 수는 없게 되었다고 할 것인데, 사람을 본단으로 데리고 가는 것에 대해서는 장 노사께서 이처럼 극력 반대를 하시니… 그렇다면 어떻게 하든 지금 이 자리에서 해결을 볼 수밖에 없는 노릇이지 않겠습니까?"

"지금 이 자리에서 해결을 본다?"

"그렇습니다!"

"음! 어떻게 말인가?"

"결국 저 장삼을 훈계해야 일이 해결되는 것이니… 간단한 비무를 허락해 주시기를 청하는 바입니다."

"비무를… 하겠다는 말인가?"

"예!"

"누구랑 말인가? 자네와?"

"비무는 어디까지나 공정해야 하는 것이고, 더욱이 단주께서 지켜보시는 자리인데 제가 직접 나설 수야 있겠습니까? 다만 저 장삼이 제법 권장법을 할 줄 안다고 하니 제 수하 중의 하나로 하여금 상대하게 한다면 한쪽으로 크게 치우치지는 않을 것 같습니다."

"흠?"

윤걸이 문득 흥미롭다는 기색으로 될 때였다.

"윤 단주, 지금 설마… 싸움을 붙이겠다는 것이오?"

장 노사가 펄쩍 뛰다시피 하며 나섰다.

그에 대해 윤걸은 잠시 생각을 정리하는 듯하더니 이내 빙긋이 미소를 떠올리며 받았다.

"싸움이 아니라 비무라고 하지 않소?"

"지금 그걸 말씀이라고 하시오? 말똥이나 치우는 역부에게 비무라니? 그게 어떻게 가당키나 하단 말이오?"

장 노사가 거칠게 반발했다.

윤걸이 노기를 비치지는 않았다. 다만 그는 입가에 떠올려 놓았던 미소를 거두고 가만히 장 노사를 응시하였다.

장 노사가 잠시는 그 눈길을 받았으나, 깊숙한 중에 날카로운 정광을 띤 윤걸의 눈빛을 오래 버텨낼 수는 없었다. 그때까지 그를 지탱해 주고 있던 취기마저도 어느 틈에 사라지고 만 것 같았다.

슬그머니 시선을 피하고 마는 장 노사에 대해 윤걸이 다시금 빙그레한 미소를 떠올리며 말했다.

"본 장이 비록 상단이라고는 하나 그 본래의 근본은 무가(武家)라고 할 것이니, 이와 같은 시비에 대해 어설프게 봉합하여 당사자들 간에 계속 앙금이 남게 하는 것보다는 차라리 공정한 비무를 통해 명쾌하게 해결을 보도록 하는 것도 그리 나쁘지 않은 방법일 것이오. 그리고 장 노사는 조금도 걱정하지 마시오. 만약 무슨 문제가 생긴다면 그 모든 책임은 이 사람이 다 질 터이니 말이오."

장 노사가 이윽고는 고개를 떨구고 말았고, 유걸은 짐짓 위엄을 실어 나직이 외쳤다.

"단판의 비무로 모든 시비를 가릴 것이다! 비무에서 진 자는 이 일에 관한 한 향후 어떤 불만도 가지지 말아야 하며, 만약 그것을 어길 시에는 곧 나 유걸을 능멸하는 것으로 간주할 것이다! 비무에 특별한 규칙은 없다! 다만 무기는 그 어떤 종류의 것이라도 허용하지 않는다!"

9

사람들은 모두 멀찍이 뒤로 물러나 장삼을 바라보고 있는 중에 장삼은 추괴를 바라보고 있었다.

그런 채로 전혀 움직일 기색이 아닌 장삼에 대해 처음에 모두는 의아해했다. 그러나 장삼의 그런 모습이 의미하는 바는 묘하게도 점차로 분명해지는 듯했고, 그 때문에 사람들은 저마다 사뭇 당황스러운 기색들이 되어가고 있는 중이었다.

'나는 나서고 싶지 않다! 네가 대신 나서 줄 수는 없겠느냐?'

장삼의 눈빛과 표정은 마치 그렇게 말하고 있는 듯했다.

가장 당황스러워 보이는 것은 역시 추괴였다.

한순간 추괴는 장삼의 시선을 피하듯이 고개를 떨구었다. 그러나 그는 곧장 걸음을 떼었다. 도살장으로 끌려가는 것을 알면서도 주인의 재촉에 터벅터벅 힘겹게 걸음을 내딛는 한 마리 소처럼.

"아니, 저……?"

"허허!"

유석전이 당황의 소리를 뱉고, 윤걸은 차라리 어이없다는 실소를 흘릴 때였다.

또 한 사람이 재빠르게 마당 가운데로 나왔다.

조상간이었다.

"허! 조가 저놈은 또 왜? 아니, 저자들이 지금 대체 무엇을 하자는 게야?"

윤걸의 목소리에 역정이 확 묻어났다. 그러나 다시 호통으로까지 이어지지는 않았다.

양철은 몹시 초조했다. 그는 아직까지도 조상간에게 말을 하지 못한 것이다. 그가 경험했던 추괴의 의외의 면모에 대해.

그러나 만약에 일이 잘못된다고 하더라도 그 책임은 어디까지나 조상간에게 있다고 해야 할 것이다. 말릴 틈도 주지 않고서 제멋대로 불쑥 튀어나가 버린 그에게.

10

"저런… 놈!"

윤결은 자신도 모르게 나직한 노갈을 뱉었다.

예정에 없던 상황에 대해 이 자리를 주재하고 있는 자신이 미처 정리를 하기도 전인데, 대뜸 주먹 한 방으로 추괴의 코피를 터뜨려 놓는 조상간의 무도함에 대해서였다.

그러나 한발 늦게 개입을 하기에는 뭔가 좀 애매하였고, 더욱이 그때 윤석전이 차라리 흥미롭다는 듯한 기색으로 되어 있었기에 그 또한 일단은 좀 더 두고 보자는 쪽으로 마음을 정하였다.

얼굴을 감싸 쥔 채로 추괴는 감히 대항할 엄두조차도 내지 못하는 모습이었다.

그런 데 대해 조상간은 자못 의기양양하였고, 모두에게 시위라도 하는 듯이 주먹을 들어 보이더니 다시 잇달아 주먹을 내질렀다.

퍽!

퍽!

추괴의 얼굴은 금세 피투성이로 변하고 말았다.

윤결은 입맛이 썼다.

괜한 짓을 벌여 이런 말도 되지 않는 상황을 지켜보고 있어야 하는 처지가 되었으니, 나중에 밖으로 말이 흘러나가기라도 한다면 그때에 감당해야 할 면구스러움에 대해서였다.

11

장삼은 그저 지켜만 보리라 작정하고 있는 참이었다.

그러나 그는 이윽고 참지 못하고 있는 대로 고함을 내지르고 말았다.

"싸워! 같이 때리라고!"

그러나 장삼의 그 고함이 상황에 어떤 변화를 일으키리라고 생각하는 사람은 아무도 없었다.

심지어 장삼 자신조차도 다만 답답한 울화와 안타까움을 토해낸 것일 뿐이었다.

그런데 그때였다.

추괴가 힐끗 장삼 쪽을 돌아보았고, 이어 그의 몸이 엎어지듯이 와락 앞으로 쏠렸다.

퍽!

단발의 야무진 소리가 났다.

그리고 한 사람이 그대로 주저앉았다.

그런 채로 그는 다시 앞으로 무너졌다.

누구도 예상하지 못한 돌변에 사방은 일순 조용해졌다. 그러나 그 같은 고요는 다시 잠깐 만에 깨어졌다.

"이야! 아아~!"

장삼은 고함을 시르며 추괴에게로 달려갔다. 그리고 멍한 채로 서 있는 추괴를 얼싸안고 마구 소리를 질러댔다.

"이겼다! 네가 이겼다! 우리가 이겼단 말이다! 와아아~!"

누구 들으라고, 혹은 기를 꺾어놓으려는 계산에서 지르는 소리는 아니었다. 그냥 저절로 소리가 터져 나왔다. 가슴속으로부터 뜨거운 무엇이 마구 치밀어 올라왔다.

고함 소리에 정신을 차린 것일까? 엎어져 있던 조상간이 흠칫 깨어나더니 정신을 차리려는 듯이 세차게 머리를 흔들었다.

그런데 다음 순간이었다.

몸을 일으킨 조상간의 손에는 날카로운 비수 한 자루가 쥐어져 있었고, 그는 그대로 추괴의 등을 향해 달려들었다.

"엇?"

"어엇?"

몇 마디의 놀란 소리가 터져 나왔다.

그런 중에 얼싸안고 있던 장삼과 추괴의 몸이 한순간 빙글 돌면서 서로의 위치를 바꾸었고, 동시이다시피 장삼의 오른발이 짧게 공간을 휘돌아 나가서는 그대로 조상간의 비수 쥔 손목을 후렸다.

꽉!

"악!"

짧은 비명을 내지르며 조상간이 손목을 움켜잡은 채로 주춤 뒷걸음질을 쳤다.

탱!

튕겨 나간 비수가 그제야 바닥의 단단한 무엇에 부딪쳤는지 호된 금속성을 토해냈다.

"저놈이?"

유걸의 노한 호통이 터져 나온 것은 그다음이었다. 그렇더라도 앞으로 쏘아 나가는 그의 신형은 그야말로 바람 같았다.

짝~!

내공이 실린 그의 일장에 뺨을 얻어맞은 자가 허공으로 붕 떠올라서는 그대로 땅바닥에 처박혔다.

"가자!"

그러고도 노기를 추스르지 못한 유걸이 차갑게 외치며 휭하니 대문을 빠져 나갔고, 유석전과 나머지 무사들이 황급하게 그 뒤를 따랐다.

"휴우!"

길게 한숨을 내쉰 장 노사는 안쓰러운 눈길을 한곳으로 주었다.

그의 눈길이 닿은 곳에 한 사람이 엎어져 있었다. 개구쟁이가 휘두른 싸리나무 회초리에 맞아 쭉 뻗어버린 개구리처럼 꼼짝도 하지 않은 채.

조상간이었다.

『심검지』 2권에 계속…

NOMEN
노멘

이영균 장편 소설

억울한 누명으로 인한 감옥살이 1년.
직장, 친구, 애인도… 모두 떠나 버렸다.

911테러 이후, 극비리에 진행된 프로젝트.
그리고 그 결과물, 슈퍼컴퓨터 HAL8999

대한민국의 평범한 청년 동범과
인류가 만든 최고의 컴퓨터에서 깨어난 존재의 만남.

Nomen est omen 이름이 곧 운명!

인류의 미래를 가르는 사건은
이 우연한 만남으로부터 시작되었다.

Book Publishing CHUNGEORAM

유행이 아닌 자유추구 -
WWW.chungeoram.com

오채지 新무협 판타지 소설

十兵鬼
십병귀

마교가 무림을 일통한 지 십 년. 강호의 도의는 땅에 떨어지고 오직 칼의 법척만이 지배하는 환란의 시대는 끝날 기미를 보이지 않았다. 그러던 어느 날, 혼마(魂魔)가 죽었다. 오십 세에 혼세신교(混世神敎)의 교주로 등극, 구십 세에 구주팔황과 사해오호를 정복한 철의 무인은 고락을 함께 했던 수백 명의 마군(魔軍)들이 지켜보는 가운데 조용히 숨을 거두었다. 그리고 삼 년 후, 한 사람이 신교를 떠났다.

마도의 하늘 아래 살 수 없는 자, 금사도(金砂島)로 오라.

신비로운 열 개의 병기, 내력을 알 수 없는 사내, 그를 만나기 위해 찾아온 수많은 사람들의 금사도를 향한 여정은 과거에도 없었고 앞으로도 없을 대살겁의 탄생을 예고하는 서막이었다.

Book Publishing CHUNGEORAM

유행이 아닌 자유추구 ~
WWW.chungeoram.com

CASTLE OF ANOTHER WORLD
이계 마왕성

강한이 장편 소설

『이계만화점』의 작가 **강한이**가 돌아왔다.
그가 전하는 신개념 마왕성의 이야기!

가족을 잃고 더부살이로 받던 설움을 떠나
서울로 상경해 우연히 얻은 셋방
그곳 지하실에서 채빈의 불행한 인생이 뒤엎어진다!

이계마왕성!

그곳에서 배워라, 지혜가 되리라!
그곳에서 얻어라, 내 것이 되리라!

마왕이 아니다, 마왕성을 이용하는 현대인일 뿐.

마왕성의 사나이, 그가 이제 날아오른다!

Book Publishing CHUNGEORAM

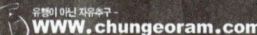
유행이 아닌 자유추구 -
WWW.chungeoram.com

참마도 新무협 판타지 소설

"하늘의 달은 벗 삼아도
땅 위에 떠오른 달은 피하라.
그 달 아래 춤을 추는 자,
사람이 아니라 귀신일지니……"

뜨거운 대지 위에 차가운 달이 떠오른다.
희뿌연 검광과 피가 흩뿌려지고
망자의 혼이 허공에서 춤출 때
귀역의 사자가 그곳에 있을 것이다.

유행이 아닌 자유추구 -
WWW.chungeoram.com
Book Publishing CHUNGEORAM